**cass**

Iori Fujiwara

# DER SONNENSCHIRM DES TERRORISTEN

Kriminalroman

Aus dem Japanischen von
Katja Busson

**cass**

Originaltitel: *Terorisuto no Parasoru*

Publication rights for this German edition
arranged through Kodansha Ltd., Tokyo.

ISBN 978-3-944751-15-3

Zweite Auflage 2017


Lektorat: Hans Peter Jugl
Umschlag: Holzschnitt von Miriam Zweck, Weimar
Umschlaggestaltung: Artographie-Werkstatt, Weimar
Satz: Satz für Satz, Wangen im Allgäu
Druck und Bindung: CPI – Clausen & Bosse, Leck

Printed in Germany

**www.cass-verlag.de**

# DER SONNENSCHIRM DES TERRORISTEN

# 1

An dem Samstag im Oktober hatte es endlich aufgehört zu regnen.

Wachgeworden war ich wie immer kurz nach zehn, hatte wie immer die Neonleuchte angeklickt und den Kopf aus dem Fenster gestreckt. Als Bewohner eines Zimmers, in das nie ein Strahl Sonne fiel, hatte ich mir das irgendwann so angewöhnt. Vom Fenster aus, dem einzigen des Raumes, konnte man die Wand des Nachbarhauses berühren. Aber man sah den Himmel. Einen kleinen Ausschnitt zwar nur, doch aus dem stach mir seit langer Zeit einmal wieder strahlendes Blau in die Augen. Ich zog mir einen Pullover über und verließ das Haus. Sich an so einem Tag die Sonne auf den Pelz scheinen zu lassen, war nicht das Schlechteste. Auch für den ersten Schluck des Tages war ein Platz in der Sonne nicht das Schlechteste. An schönen Tagen gehörte das zu meinem festen Tagesprogramm. Ja, auch ein abgehalfterter, versoffener Kneipier mittleren Alters hat ein Tagesprogramm.

Draußen regte sich kein Lüftchen. Mein Weg durch die Morgensonne nahm ungefähr eine halbe Stunde in Anspruch. Ich überquerte den Koshukaido und ging hinter dem Rathaus über die Fußgängerbrücke zum Park. Dort legte ich mich gleich am Eingang auf den welken Rasen. Da lag ich immer. Die Sonne, die sich in letzter Zeit so rar gemacht hatte, stand schräg über mir. Familien flanierten vorbei, wie an jedem Samstag. Eine Joggerin im Tanktop keuchte vorüber. Aus einem Ghettoblaster kam Musik, die ich nicht kannte. Ich zog die Whiskyflasche aus der Papiertüte und füllte die Plastikkappe. Meine Hände zitterten, ein bisschen ging daneben. Dann brannte sich der erste Schluck des Tages durch meine Kehle.

Die Herbstsonne hatte ringsum alles in mildes Licht getaucht. Hier und da tanzten ein paar Ginkgoblätter durch die friedliche Welt. Die Helle schien den Menschen zu sagen: Alles in Ordnung. Alles gut. Es war elf Uhr morgens, und die Sonne schien.

Auch bei mir war zu dem Zeitpunkt noch alles in Ordnung. Ringsum ebenso. Alles war friedlich. Obschon der Park ohne mich und meinesgleichen zweifellos noch friedlicher ausgesehen hätte. Hier und da lagen ein paar Obdachlose auf dem Rasen. Auch die hatten hin und wieder das Bedürfnis, dem Neonlicht am Westausgang zu entkommen. So wie ich.

Ich füllte die Kappe ein zweites Mal. Meine Hände zitterten immer noch, wieder ging etwas daneben. Aber das Zittern würde bald nachlassen, das wusste ich. Schließlich hatte ich den ersten Schluck schon intus. Richtig Mensch würde ich erst am späten Nachmittag, wenn die Flasche fast leer wäre. Und dann würde ich mehr oder weniger gewissenhaft meiner Arbeit nachgehen. Dieses »Programm« absolvierte ich seit einem Jahr. Gedankenverloren betrachtete ich meine zitternden Hände.

Im selben Moment wurde mir bewusst, dass ich beobachtet wurde. Ich hob den Blick. Vor mir stand ein kleines Mädchen und sah auf mich herab. Sie war fünf oder sechs Jahre alt und trug einen roten Mantel. Den Kopf zur Seite gelegt, musterte sie erst mich und dann meine Hände.

»Ist dir kalt?« fragte sie.

»Nein, wieso?«

»Weil deine Hände zittern. Ganz doll.«

Ich lachte. »Ganz doll? Das stimmt, aber kalt ist mir trotzdem nicht.«

»Hmm … Bist du krank?«

Alkoholismus beziehungsweise Alkoholabhängigkeit schweren Grades – war das eine Krankheit? Ich wusste es nicht. Darüber hatte ich noch nie nachgedacht. »Krank bin ich nicht … glaub ich wenigstens.«

»Ach so. Aber stört das nicht, wenn einem die Hände zittern?«

»Mich nicht«, sagte ich.

»Aber gut Geige spielen kannst du damit nicht.«

Diesmal lachte ich laut. »Ich spiele ja nicht Geige. Und Klavier auch nicht. Deshalb stört mich das Zittern nicht so. *Du* spielst wohl Geige?«

»Ja, und ich spiele sehr gut.«

»Wie gut denn?«

Sie vergrub die Hände in den Manteltaschen. Offenbar

war sie nicht sicher, wie sie antworten sollte. »Also ... ich kann die Dritte von Händel spielen. Die dritte Sonate«, sagte sie schließlich.

»Wow. Ich bin beeindruckt.«

»Ich werd nämlich Violinistin.«

»So? Feine Sache.«

»Du, glaubst du, dass ich Violinistin werden kann?«

Ich überlegte einen Moment, dann sagte ich: »Ja, warum nicht. Wenn deine Sterne günstig stehen.«

»Meine Sterne?«

»Genau. Man kann auch sagen: wenn du Glück hast.«

»Ich muss Glück haben ...?«

»Ja, genau.«

*Hmm*. Die Kleine sah mich unschlüssig an. Wie ein schmales, zerbrechliches Figürchen stand sie da und sah mich an. Ich lag immer noch auf dem Boden und überlegte: Wann hatte ich mich das letzte Mal mit einem so kleinen Mädchen unterhalten?

»Du«, sagte sie mit klarer Stimme. »Du bist ein guter Mann.«

»Wie kommst du denn darauf?« fragte ich.

»Na, alle sagen, dass ich ganz *bestimmt* eine Violinistin werde. In meinem Alter kann nämlich nur *eine* Händel spielen, und das bin ich. Alle Erwachsenen loben mich. Das ist doch blöd. Es gibt niemanden, der was anderes sagt, so wie du.«

»Jeder hat seine eigene Meinung. Aber wenn alle glauben, dass du eine Violinistin wirst, dann haben sie wohl recht.«

»Haben sie nicht. Die sind nur blöd.«

»Findest du? Du scheinst mir ein bisschen leichtfertig mit deinen Worten umzugehen.«

»Was heißt das?«

»Auf jeden Fall, dass ich kein guter Mann bin. Unter Trinkern gibt's keine guten Menschen.«

»Du bist Trinker? Trinkst du Alkohol?«

»Ja. Jetzt auch.«

»Ist mir egal – Alkohol hat damit nichts zu tun.«

Während ich noch über diesen Satz nachdachte, sah ich aus den Augenwinkeln einen Mann auf uns zuschlendern. So alt wie ich oder etwas älter. Der Vater des Mädchens. Er trug eine silbergerahmte Brille, ein Fischgrätjacket und eine paisley-gemusterte Ascot-Krawatte. So zog man sich wohl an, wenn man sich mit Ende vierzig an seinem freien Tag besonders salopp geben wollte. Aber von meinem abgetragenen Pullover war das immer noch himmelweit entfernt.

Der Mann legte dem Mädchen die Hand auf die Schulter. Er ließ kurz den Blick über mich und die Whiskyflasche schweifen, verzog aber keine Miene.

»Du kannst doch den Onkel nicht einfach so stören«, sagte er sanft.

Das Mädchen sah zu ihm auf, dann sofort wieder zu mir. Sie schürzte die Lippen und fragte: »Stör ich dich?«

»Ganz und gar nicht.«

Der Mann sah mich an und lächelte. Ein höfliches Lächeln. »In diesem Alter sind auch Mädchen ganz schön kess ...«

»Wir haben uns über *Wahrheit* unterhalten.«

Das Gesicht des Mannes nahm einen schwer zu deutenden Ausdruck an. »Verstehe. Es tut mir leid, dass sie Sie belästigt hat«, sagte er und nahm seine Tochter an die Hand. »Komm.«

Das Mädchen gehorchte widerstrebend. Im Gehen sah sie sich noch einmal zu mir um. So, als ob sie noch etwas sagen wollte. Ich hätte ihr auch noch gern etwas gesagt. Verhalten hob ich die Hand und winkte. Sie lächelte schüchtern zurück. Dann ließ sie die Hand ihres Vaters los und rannte irgendwohin.

Manche Leute behandeln mich mit Verachtung. Wegen meines Aussehens. Weil ich schon mittags eine Fahne habe. Das bin ich gewöhnt. Ebenso wie die Versuche, statt Verachtung Verständnis zeigen zu wollen. Es gibt aber auch Menschen, für die so etwas wie Verachtung gar nicht zu existieren scheint. Die trifft man allerdings nur selten.

Meinen Gedanken nachhängend, trank ich weiter. Die Worte des kleinen Mädchens gingen mir nicht aus dem Sinn, sie wiederholten sich wie ein süßer Singsang: *Ist mir egal – Alkohol hat damit nichts zu tun.*

Als ich schon nicht mehr zählte, wie oft ich die Kappe zum Mund geführt hatte, kam wieder jemand auf mich zu. Diesmal war es ein junger Mann. Er hatte braungefärbte Haare und hielt einen Stapel Flyer an die Brust gedrückt. Einen davon streckte er mir entgegen.

»Wollen Sie mit mir über Gott sprechen?« fragte er.

»Tut mir leid, aber ich bin beschäftigt.«

»Beschäftigt? Mit was?«

»Mit dem hier«, sagte ich und schwenkte die Whiskyflasche. »Ich bin nämlich von Beruf Trinker, wissen Sie.«

»Das ist ein seltener Beruf«, sagte der junge Mann und grinste. »Nicht schlecht, Alter.« Er nickte und zog ab.

Ich schüttelte den Kopf. Ob sich irgendwer von *dem* bekehren ließ? Wahrscheinlich schon. Hier in Shinjuku konnte alles passieren. Selbst Gott. Ich trank weiter. Das Zittern meiner Hände ließ endlich etwas nach. Ich rollte mich auf den Rücken. Am Himmel standen nur ein paar dünne Wolkenstreifen. Die Sonne hatte immer noch alles in ihr mildes Licht getaucht. Am Rande meines Blickfelds ragten Gebäude auf. Der Park lag mitten in der Stadt. Die Sonne schien. Der perfekte Platz zum Trinken.

Ich war gerade eingedöst, als ich es hörte. Die Erde unter mir vibrierte. Leute schrien. Ich stand auf. Dieses Geräusch, das einem in den Magen fährt, kannte ich nur zu gut.

Es war die Explosion einer Bombe.

Rauch stieg auf. Scharenweise kamen Menschen gelaufen. Sie schrien. Was, war allerdings nicht zu verstehen. Zwei Frauen mittleren Alters rannten kreischend an mir vorbei. Eine Gruppe älterer Leute lief mit unsicheren Schritten auf mich zu. Ehe ich mich versah, rannte ich dem Strom genau entgegen. Das Polizeipräsidium von Shinjuku war nicht weit weg. Ich rechnete. Mir blieben genau anderthalb Minuten. Mehr nicht. Ich erreichte die Mitte des Parks, den tiefer gelegenen Platz mit dem Springbrunnen. Von dem Gerüst über der U-Bahn-Baustelle standen nur noch die Träger, das Dach und die Wände hatte es weggefegt. Man konnte den ganzen Platz überblicken.

Überall lagen Menschen. Rechterhand, unterhalb des künstlichen Wasserfalls, wo das Wasser auf den Beton floss, war ein Krater. Davor ein halbrunder Kranz aus schwarzem Dreck. Dort lag auch noch etwas anderes als Menschen. Nämlich Teile von dem, was früher einmal Menschen gewesen waren. Abgerissene Teile, die ihre ursprüngliche Form verloren hatten. Fleisch und Blut. Als ich die Treppe hinunterrannte, fiel mir etwas ins Auge, das auf den ersten Blick wie ein geborstener Ast aussah. Ich wusste zuerst nicht, was es war. Es war so unnatürlich verdreht, dass ich es nicht erkennen konnte. Ein abgerissener Arm. Die Fingernägel fein säuberlich rot lackiert. Am Fuß der Treppe saß ein Mann und hielt sich den Bauch, als ob er betete. Zwischen seinen Armen quoll etwas hervor, das in der Sonne stumpf glänzte. Es war sein Gedärm. Die Bilder flogen nur so an mir vorbei. Ein vielstimmiges Wimmern und Stöhnen lag über dem Platz, nur dann und wann von einem Schrei unterbrochen.

Ich rannte zum Explosionsherd. Es gab jemanden, den ich finden musste. Ich betete, dass sie den Park bereits verlassen hatte. Wie viele Minuten waren seither verstrichen? Oder sollte ich sagen: Stunden? In dem Moment sah ich jemanden auf der anderen Seite des Platzes die Treppe hinaufgehen. Jemand, der kein Bombenopfer war. Offensichtlich war ich nicht der Einzige, der sich für diesen grausigen Anblick interessierte. Um mich herum lagen Tote und Teile von Toten. Ein Rumpf ohne Gliedmaßen, an dem merkwürdig verdreht noch der Kopf hing. Ein einzelnes Bein. Darauf – wie zum Spaß – der offene Arm eines anderen Menschen. Alles war angekohlt und schwarz. Und blutverschmiert. Das Bild brannte sich mir in Sekunden ein. Hier lagen nur Menschen, die ihren letzten Atemzug bereits getan hatten oder solche, die ihn gerade taten. Ich rannte zwischen ihnen hindurch, durch Reste von Pulverdampf und Rinnsale von Blut. Ein strenger Geruch stach mir in die Nase. Nicht der saure Geruch, den ich kannte. Von weiter weg, von der zum Bahnhof gelegenen Seite des Parks, drang Stöhnen herüber. Die Sonne hatte immer noch alles in klares Licht getaucht. Doch die Welt war nicht mehr das, was sie eben noch gewesen war. Im Bruchteil einer Sekunde war sie verrückt geworden. Nein, wahrscheinlich war sie immer schon verrückt gewesen. Eine Erinnerung wurde wach. Wie aus einem Sumpf stieg sie blubbernd in mir auf. Eine Erinnerung, die ich vor langer Zeit aus meinem Gedächtnis verbannt hatte.

Im Laufen überlegte ich, wie viel Zeit seit der Explosion verstrichen war. Eine Minute wahrscheinlich. Meine Zeit war um. Ich wollte gerade aufgeben, da sah ich den roten Mantel. Auf der anderen Seite des Platzes. Das kleine Mädchen, das so gut Geige spielen konnte, lag zwischen den Betoneinfassungen der Blumenbeete. Sie war bewusstlos, ihr Gesicht war blass. Von ihrer Wange rann Blut. Eine unmittelbare Folge der Bombe war die

Verletzung aber anscheinend nicht. Von der Wucht der Explosion zu Boden gerissen, hatte sie sich wohl irgendwo den Kopf angeschlagen. Dass ihr so nah am Explosionsherd nicht mehr passiert war, grenzte an ein Wunder. Wahrscheinlich hatten ihr die hohen Betoneinfassungen der Beete das Leben gerettet. Ob sie innere Verletzungen hatte, wusste ich allerdings nicht. Ich legte meine Finger an ihre Halsschlagader. Ihr Puls ging regelmäßig. *Deine Sterne stehen günstig*, murmelte ich. Ich hob sie hoch und stieg die nächstbeste Steintreppe hinauf.

Dort stand jemand. Ein Mann in einem dunklen Anzug und mit Sonnenbrille, den Rücken halb zu mir. Er verschwand so schnell zwischen den Bäumen, als hätte er mich gespürt. Wahrscheinlich der Mann, den ich vorher hatte die Treppe hinaufgehen sehen. Ich kümmerte mich nicht um ihn. In der Ferne waren die ersten Sirenen zu hören. Ich hatte Dringenderes zu erledigen. Ich sah mich um. Der junge Mann mit den gefärbten Haaren, der mich hatte bekehren wollen, saß auf dem Boden. Speichel rann ihm aus den Mundwinkeln, sein Blick war leer. Ich versetzte ihm eine Ohrfeige. »Heh, alles in Ordnung?«

»J... ja.« Langsam schwand das Flackern in seinen Augen. Dann schien er mich endlich wahrzunehmen. »Was ... was war das? Was ist passiert? Ich ...«

»Dir ist nichts passiert«, unterbrach ich ihn. »Das ist nur der Schock. Das Mädchen hier kommt auch durch.«

»Was?«

»Dieses Mädchen kommt auch durch. Ich gebe sie in

deine Obhut. Und wehe, du betest nur zu Gott. Wenn der Krankenwagen da ist, bringst du sie hin, und zwar sofort!«

»Wieso ich?«

Ich versetzte ihm noch eine Ohrfeige. »Hör zu. Wenn diesem Mädchen was passiert, bring ich dich um. Kapiert? Das ist kein Witz.«

»Ich ...«

Den Rest des Satzes hörte ich schon nicht mehr. Ohne mich noch einmal umzusehen, war ich losgerannt. Ich lief über die Fußgängerbrücke. Unterwegs kamen mir zwei Streifenpolizisten entgegen. Sie riefen mir etwas zu, aber ich verstand sie nicht. Die Sirenen gellten inzwischen um die Wette. Ich deutete auf den hinteren Teil des Parks. Die Polizisten nickten und rannten weiter. Als ich mich unter die Schaulustigen mischte, die sich am Rathaus zusammenscharten, waren schon rings um den Park Streifenwagen vorgefahren. Ein Stück weiter unten, bei den Hotels, rannten Polizisten über die Fußgängerbrücke. Am Haupteingang des Parks standen ein paar demolierte Autos. Vom Bahnhof her kamen ebenfalls Polizisten gelaufen. Offenbar war die Polizei von ganz Shinjuku auf dem Weg hierher. Als sie vorbei waren, holte ich tief Luft. Ich war außer Atem. Dann marschierte ich los, weg vom Park. Im selben Moment fiel es mir wie Schuppen von den Augen. Früher oder später würde der junge Missionar der Polizei von mir erzählen, daran bestand kein Zweifel. Ich hatte meine Whiskyflasche und die Kappe vergessen. An beiden klebten meine Fingerabdrücke. Und zwar so deutlich wie Fußabdrücke auf frisch gegossenem Beton. Es würde nicht lange dauern, bis sie mich in ihrer Datenbank gefunden hätten.

# 2

In der Passage zum Westausgang reihte sich wie immer ein Karton an den nächsten. »Heh, Shima«, schallte es aus einer der Behausungen, als ich auf dem Weg zum Bahnhof daran vorbeiging.

Obdachlose kannte ich nur wenige. Der, der seinen Kopf aus einer der Kartonagen streckte, war einer von ihnen. Obwohl hier die Regel galt, nie seinen richtigen Namen preiszugeben, hatte er mir mal gesagt, er heiße Tatsu.

»Was war'n da los? War ja'n Höllenlärm. Hier sind im Laufschritt zig Bullen vorbei.«

Tatsus Stimme klang jung. Ich hatte ihn nie nach seinem Alter gefragt, aber wahrscheinlich war er Ende zwanzig. Von den Obdachlosen, die hier wohnten, war er jedenfalls der Jüngste. Außer ihm war keiner unter dreißig.

Ich beugte mich zu ihm hinunter. Sein bis auf den Rücken reichendes Haar stank. Tatsu war einer der wenigen Leute, die ich kannte, die strenger rochen als ich.

»Da ist eine Bombe explodiert.«

»Eine Bombe?«

»Ja.«

»Und, weiter?«

»Keine Ahnung. Aber es scheint ne Menge Tote gegeben zu haben. Hier wird's demnächst wahrscheinlich auch ein bisschen ungemütlicher. Stell dich schon mal darauf ein, dass die Bullen vorbeikommen und Fragen stellen.«

»Die kann ich brauchen wie'n Loch im Kopf. Vielleicht sollte ich für ne Weile untertauchen«, sagte er und strich sich nachdenklich über seinen für einen so jungen Kerl viel zu langen und mächtigen Bart. Die platte, rote Nase darüber verlieh seinem Gesicht einen gewissen Charme.

»Nein, bleib besser, wo du bist«, sagte ich. »Wenn du jetzt verschwindest, machst du dich nur verdächtig. Wenn du nichts weißt, ist es besser, du sagst, dass du nichts weißt.«

»Wahrscheinlich hast du recht.«

»Ich glaube nicht, dass du dir Sorgen machen musst.«

»Dein Wort in Gottes Ohr.« Er klang entspannt wie immer. Bloß nichts überstürzen, war sein Motto.

»Tatsu«, sagte ich nach kurzem Überlegen. »*Eine* Bitte habe ich.«

»Was?«

»Vergiss, dass du mich heute gesehen hast.«

Er grinste. »Von mir erfahren die Bullen kein Wort. Denen würde ich nicht mal was sagen, wenn hier'n Toter läge.«

Zurück im fünften Bezirk ging ich nicht erst zu mir, sondern sofort in die Kneipe um die Ecke. Wenn ich keine Lust hatte zu kochen, aß ich hier. Die Karte war umfangreich, an den üblichen Speisen fehlte nichts. Was ich im Moment brauchte, war allerdings kein Essen, sondern ein Fernseher. Zu Hause hatte ich nämlich keinen.

Die Kneipe war relativ voll. Zuerst warf ich einen Blick auf die Uhr an der Wand. Kurz nach eins. Das Publikum um diese Zeit war anders als sonst. Normalerweise kam ich kurz vor fünf. Dann drängten sich hier Schwule und junge Frauen aus Südostasien.

Ich setzte mich an die Theke zwischen zwei Männer, die Nudelsuppe schlürften und in der Zeitung Pferdewetten studierten. Der Wirt, der nicht mehr als einen weißen Haarkranz auf dem Kopf hatte, erfragte mit einem Blick meine Bestellung. Den einzigen Nachteil, den diese Kneipe hatte, war, dass es hier keinen Whisky gab.

»Ein Bier«, sagte ich.

»Und dazu?«

»Nichts.«

Im Fernsehen lief eine Unterhaltungssendung. Es dauerte nicht lange, bis das Signal einer Eilmeldung ertönte. Am unteren Bildschirmrand wurde ein Nachrichtenband eingeblendet: *Bombenexplosion in Shinjuku. Über 50 Tote und Verletzte.*

Um halb zwei wurde das Programm für eine Sondersendung unterbrochen. *Heute gegen 12.40 Uhr,* begann der Moderator, *ist im Shinjuku Chuo-koen im Stadtteil Shinjuku in Tokyo eine Bombe explodiert. Dabei sind mehrere*

*Menschen ums Leben gekommen. Die Zahl der Toten beläuft sich nach jetziger Kenntnis auf mehr als zehn. 40 Personen wurden verletzt. Sie werden zur Stunde mit Krankenwagen in die umliegenden Krankenhäuser gebracht. Genaueres ist noch nicht bekannt, aber es scheint, dass ein großer Sprengsatz explodiert ist. Wir schalten nun live zu unserem Reporter vor Ort.*

Das Bild sprang vom Studio zum Park. Er war abgesperrt. Vor den Polizeiwagen stand ein Reporter und berichtete, was geschehen war. Die Kamera, in die er sprach, stand auf der Rathausseite. Dann wurde ein Augenzeuge interviewt, den der Sender aufgetan hatte, ein Mann im Anzug, dem Anschein nach ein Büroangestellter, der im Gegensatz zu dem aufgeregten Reporter völlig ruhig war. Er sei im Park gewesen und habe einen lauten Knall gehört. Als er in der Mitte des Parks Feuer und Rauch habe aufsteigen sehen, sei er wie alle anderen weggelaufen, sagte er. Dann ergriff der Reporter wieder das Wort. Viel hatte ich nicht erfahren. Nur dass der künstliche Wasserfall *Niagara-Fälle* genannt wurde.

Dann wurden von einem Hubschrauber aus Luftaufnahmen gezeigt. Vom Baustellengebäude über der U-Bahn im Ostteil des Parks, zur Parkstraße hin, war der größere Teil des Dachs weggeflogen. Ich hatte gar nicht gewusst, dass der Bau L-förmig war. Im Park wimmelte es nur so von Polizisten und Feuerwehrleuten. Die Opfer waren zum größten Teil bereits abtransportiert worden, jetzt sammelte man ein, was sonst noch herumlag. Verstreute Leichenteile und hinterlassene Gegenstände. Darunter meine Whiskyflasche. Die Kamera verharrte auf dem Ort des Geschehens, der mir schon längst nicht mehr real vorkam. Der Geruch der Speisen, der mir von den Tellern ringsum in die Nase stieg, hatte das wackelige Bild surreal werden lassen. Dann wieder Schnitt. Die Pforte eines Krankenhauses. Offenbar hatte man dort gerade Verletzte eingeliefert, der Reporter sprach fortwährend von nichts anderem. Informationen hatte er so gut wie keine.

Das Bild sprang zurück ins Studio, wo sich der Moderator mit einem »Experten« unterhielt, einem älteren Reporter aus der Nachrichtenredaktion. Einen Spezialisten für Sprengstoff aufzutreiben war wahrscheinlich ungleich schwieriger als einen für Flugzeugkatastrophen. Aber mit der Zeit würde schon einer auftauchen. Wenn der Sender einen für nötig hielt, würde man schon einen aus dem Hut zaubern.

Immerhin wusste der Mann gut Bescheid. Er zählte eine Reihe von Vorfällen aus der Vergangenheit auf. Unter anderem auch die Explosion, die 1974 das Mitsui Junko-Gebäude im Stadtteil Marunouchi erschüttert hatte und bei der acht Menschen ums Leben gekommen waren, ein trauriger Rekord, der nun gebrochen worden sei. Beim Sprengstoff, sagte er, müsse es sich um ein hochexplosives Gemisch gehandelt haben. Bei dem Vorfall in Marunouchi sei die Druckwelle zwischen den Hochhäusern hindurchgefegt, was dazu geführt habe, dass an vielen Fenstern die Scheiben gesprungen seien. Die herabfallenden Scherben hätten über 300 Menschen verletzt. Die heutige Explosion dagegen habe, von den Autos auf der Parkstraße einmal abgesehen, außerhalb des Parks keinen Schaden angerichtet. Selbst die Leute, die zwar im Park waren, sich aber nicht auf dem Platz befunden hätten, seien zum größten Teil unverletzt geblieben. Da der Platz wie eine Schüssel konstruiert sei, sei die Druckwelle vermutlich von den sich ringsum meterhoch erhebenden Rasenflächen nach oben abgeleitet worden, in die Luft. Die Personen allerdings, die sich zum Zeitpunkt der Explosion auf dem Platz befunden hätten, seien entweder sofort tot gewesen oder hätten schwere Verletzungen erlitten. Und von den Verletzten erlägen sonderbarerweise auch die meisten ihren Verletzungen. Über solch eine Wucht könne man sich nur wundern. *Sehen Sie sich die interimistische Stahlkonstruktion an, die man als Schutz über der Baustelle an der U-Bahn Linie 12 errichtet hat; sie ist fast völlig zerstört. Die meisten Metallwände sind weggeflogen, haben Autos auf der Straße demoliert, haben Gott sei Dank niemanden erschlagen, aber immerhin etwa zehn Personen verletzt. Auch daran sieht man die Wucht der Explosion. Ob sie beabsichtigt war oder ob es sich um einen Unfall handelt, weiß man nicht. Ob die Bombe gestohlen war oder ob jemand sie gebaut hat, weiß man auch nicht. Das größte Rätsel aber ist, warum die Bombe ausgerechnet an einem Wochenende und noch dazu in einem Park mitten in der Stadt hochgegangen ist. Auch ob es sich bei dem Täter um eine Einzelperson handelt oder ob eine Organisation dahintersteckt, weiß man nicht. Aber bedenken Sie die topografischen Gegebenheiten. Genau gegenüber liegt das Rathaus. Die Polizeidirektion ist auch nur einen Katzensprung entfernt. Und dann ist da noch die U-Bahn-Baustelle, die ich eben erwähnt habe. Übrigens steht unter der Stahlkonstruktion ein Kran, mit dem durch eine Öffnung Material an die unterirdische Baustelle befördert wird. Dort wurde zum Zeitpunkt der Explosion allerdings nicht gearbeitet. Das alles muss man bei der Suche nach den Hintergründen dieses Anschlags in Betracht ziehen. Gleichzeitig darf man nicht ausschließen, dass es nur ein Unfall während eines Sprengstofftransports war. Aber gut, das sind Spekulationen. Zum jetzigen Zeitpunkt ist alles Mögliche denkbar,* sagte der Experte. Wohl wahr, besser hätte ich das auch nicht zusammenfassen können.

Nach Bildern von Straßenkontrollen der Polizei kehrte man wieder zum Ort des Geschehens zurück. Gebetsmühlenartig wiederholte der Reporter den Hergang des Vorfalls. Ein paar Frauen, die im Park gewesen waren und die Explosion gehört hatten, wurden eingeblendet und gaben ihre Augenzeugenberichte von sich. Alle erzählten im wesentlichen das gleiche. An ihren Gesichtern und der Art, wie sie sprachen, konnte man ablesen, wie aufregend sie es fanden, Teil dieser *big news* zu sein.

»Grauenhaft«, sagte der Wirt hinter der Theke.

»In der Tat«, erwiderte ich. »Grauenhaft.«

»Ich meine die da«, schob er nach. »Die Frauen.«

»Ich weiß«, sagte ich.

Als die Nachrichten anfingen, sich zu wiederholen, nahm das Interesse der Gäste, die alle wie gebannt auf den Bildschirm gestarrt hatten, wieder ab. Ich wartete.

Endlich wurden die Namen der Toten und Verletzten eingeblendet. Erst zwei Tote. Männer vom Sicherheitsdienst der U-Bahn-Baustelle. Der eine in den Fünfzigern, der andere in den Zwanzigern. Dann die Namen der Verletzten, die aus den Autos eingeschlossen. Bislang hatte man 31 Personen identifiziert. Darunter vier Mädchen unter zehn Jahren: Midori Oba (2), Junko Saigusa (5), Mayu Miyazaka (6), Kaoru Sagara (7). Dazu drei Männer in den Vierzigern: Reiji Hattori (45), Shoichiro Shinmura (49), Tetsuo Morimoto (41). Über die Schwere ihrer Verletzungen wurde nichts gesagt.

Etwas später erschienen die Namen von acht weiteren Toten. Ein Mädchen unter zehn war nicht dabei. Aber ein Mann in den Vierzigern. Jun Murakami (42).

Die Zahl der Todesopfer, sagte der Sprecher, habe sich um eine Person erhöht. Einschließlich der noch nicht identifizierten beliefe sie sich auf sechzehn. Zweiundvierzig Menschen seien verletzt.

Ich wartete ab. Nach und nach wurden die Namen weiterer Todesopfer eingeblendet. Ich merkte mir jeden einzelnen. Ein Mann und eine Frau mit demselben Familiennamen in den Dreißigern, ein weiterer Mann in den Dreißigern, ein Teenager, eine Frau in den Vierzigern, zwei Frauen in den Fünfzigern – alle tot. Neu dazu kamen ein Mann und eine Frau, beide in den Zwanzigern. Auch bei den Verletzten kam der Name eines weiteren Mädchens unter zehn dazu: Sae Yamane (6). Viele Verletzte waren ein- oder zweiundzwanzig Jahre alt. Hatte es im Park eine Art Treffen gegeben? Als eine Familie, die unter den Verletzten war, eingeblendet wurde, löste sich das Rätsel. Unser Sohn, sagte die nicht mehr junge Mutter, hatte heute ein Klassentreffen. Ein Klassentreffen? Samstags mittags im Park? Was es nicht alles gab! An den Eingängen der Krankenhäuser fing man wieder mit den üblichen Angehörigeninterviews an. Vor einer Klinik stand ein älterer Herr und sagte, dass ihm von der Familie seines Sohnes nur der Enkel geblieben sei, und biss sich auf die Lippen. Es war der Vater beziehungsweise Schwiegervater des Paares in den Dreißigern. Wiederholt fragte ihn der Reporter, wie er sich jetzt fühle. Vor einem anderen Krankenhaus entblödete man sich nicht, einem jungen Mann, der herbeigerannt kam, schätzungsweise im Alter eines Oberschülers, das Mikrofon unter die Nase zu halten. Er gehörte offenbar zu einer der Frauen in den Fünfzigern. »Meine Ma hat sich mit Haiku-Freundinnen ...«

»Schalt um«, sagte der Wirt und zeigte mit dem Finger auf die Fernbedienung, die neben mir lag. »Was glauben diese Arschlöcher vom Fernsehen eigentlich, wer sie sind!«

»Einen Moment noch, bitte.«

Der Wirt hielt kurz inne, dann fragte er: »Verwandte von dir dabei?«

»Nein«, antwortete ich.

Mehr fragte er nicht.

Inzwischen war es fast vier. Auch auf den anderen Kanälen, wenn sie denn Sondersendungen zeigten, wären diese jetzt langsam zu Ende. *Was wir zu diesem Zeitpunkt wissen, ist folgendes* ... sagte der Moderator und wiederholte noch einmal den Hergang des Vorfalls. *Die Zahl der Todesopfer einschließlich jener, die im Krankenhaus ihren Verletzungen erlagen, beläuft sich auf 17, die Zahl der Verletzten auf 46. 12 Tote und 36 Verletzte konnten identifiziert werden. Von den Todesopfern hat man eine weitere Person identifiziert. Es handelt sich um Toru Miyazaka, 48.*

*Das* konnten sie sein. Das konnten die Kleine und ihr Vater sein. Zum ersten Mal stimmte der Nachname eines der Mädchen unter zehn mit dem eines Mannes über vierzig überein. *Möglich* war es. Obschon es genauso gut möglich war, dass der Vater des Mädchens überlebt hatte und nur sie verletzt war. Verletzte Mädchen gab es einige. So viel Zeit, mir die Toten auf dem Platz genauer anzusehen, hatte ich nicht gehabt. Ich hatte mich beeilen müssen. Aber was wollte ich überhaupt? Was machte ich hier, fragte ich mich. Wahrscheinlich wollte ich nur wissen, wie schwer verletzt die Kleine war. Und ob sie ihren Vater verloren hatte. Doch um das herauszufinden, müsste ich die Krankenhäuser oder die Polizei kontaktieren. Aber ich war nicht von der Presse. Ich könnte mich natürlich als Verwandten ausgeben, aber ich kannte ihren Namen nicht. Für die Abendausgabe war es schon zu spät, Bilder von den Opfern stünden wahrscheinlich erst morgen früh in der Zeitung. Dann wäre es besser zu warten. So weit ging die Berichterstattung der Sondernachrichten nicht. Zu viele Tote, zu aktuell. Noch wusste man ja nicht einmal, was genau passiert war. Geschweige denn, gegen wen der Anschlag gerichtet war. Und Informationen, die mir helfen würden einzuschätzen, wie brenzlig *meine* Lage war, würde mir das Fernsehen nicht liefern. Natürlich nicht. Also: was machte ich hier noch? Ich vergeudete meine Zeit mit Biertrinken.

Ich stand auf und verlangte die Rechnung.

Als ich die Kneipe verließ, stand die Sonne merklich tiefer. Bier hatte für mich zu wenig Alkohol, und bis zu meiner Bar warten konnte ich nicht. Ich zog mir deshalb am Automaten eines Getränkemarkts eine kleine Flasche Whisky. An den Automaten gelehnt, genehmigte ich mir einen Schluck aus der Kappe.

Unterwegs blieb ich immer mal wieder stehen und trank. Als ich zu Hause ankam, war die Flasche leer.

# 3

Sechs Uhr.

Ich ging in die nur durch eine Tür von meinem Zimmer getrennte Bar. Wie jeden Abend trug ich die Leuchtreklame hinaus und schaltete sie ein. Ging zurück in die Bar und genehmigte mir einen einfachen Whisky. Samstags kamen die Gäste spät. Vielleicht war es an der Zeit, zwei Tage die Woche zuzumachen, so wie alle anderen. Doch diese Überlegung war jetzt so schal wie abgestandenes Bier. Ich dachte nach. Meine Fingerabdrücke waren genau da, wo die Polizei suchen würde. Es würde nicht lange dauern, bis sie mich gefunden hätten. Zwei, drei Tage. Eine Woche. Mit Glück einen Monat vielleicht. Aber irgendwann würden sie mich finden. Viel Zeit blieb mir nicht. Genauso wenig wie meiner Leber bis zur Zirrhose. Das stand fest. Dafür, dass ich an schönen Tagen im Park lag und trank, gab es Zeugen. Eine Menge Zeugen sogar. Vielleicht hätte ich mir mein Schönwetterprogramm gar nicht erst zulegen sollen. Aber wer hat schon den Zufall auf der Rechnung? Hatte ich es mir in diesem Leben schon zu bequem gemacht? Als es soweit war, machte ich automatisch auch an diesem Tag die Bar auf.

Noch verlief mein Leben in den gewohnten Bahnen. Ich sah auf meine Hände. Das Zittern hatte aufgehört. War es an der Zeit, die Bar hinter mir zu lassen? Ja, das war es wohl.

Kennengelernt hatte ich die Bar als Gast. Damals wurde sie noch von einem fast siebzigjährigen Ehepaar betrieben. Der Mann starb. Ich war arbeitslos. Also fragte mich die Witwe, ob ich die Bar nicht übernehmen wolle. Mir könne sie trauen. Zu dem Zeitpunkt wusste sie schon, dass ich trank. Trotzdem sagte sie das. Das war jetzt drei Jahre her. Sie zog sich aus dem Geschäft zurück, wurde mein Arbeitgeber, und den Gewinn teilten wir uns. In den letzten Monaten überwies ich ihr nach Abzug von Miete und Nebenkosten mitunter weniger als 50 000 Yen. Mit anderen Worten: mehr Einkommen hatte ich auch nicht. Die Bar lag in der Nähe der Kosei-Nenkin-Konzerthalle, in einer Nebenstraße der Yasukuni-dori. Sie befand sich im Erdgeschoss eines heruntergekommenen Gebäudes und war in einem desolaten Zustand. Der Tresen bot Platz für zehn Personen, außerdem gab es einen Tisch. Wir befanden uns mitten in einer Rezession. Was man unter solchen Umständen erwarten durfte, wusste ich nicht. Man musste sich wohl schon glücklich schätzen, wenn man keine rote Zahlen schrieb. Aber die alte Dame beschwerte sich nie. Als ihr Mann noch lebte, hatten sie zusammen in der Nähe der Bar gewohnt. Das Haus war zwar alt, aber das Grundstück groß. Das kam ihr, als die Bodenpreise anzogen, zugute. Das war, bevor die Blase platzte. Wie viel bei der Bar heraussprang, war ihr also vermutlich ziemlich egal. Jetzt besaß sie etwas außerhalb eine Eigentumswohnung und wohnte auch selbst dort in der Nähe. Ihr Mann, könnte man sagen, war zum idealen Zeitpunkt abgetreten. Ich war jedenfalls sowohl ihm als auch ihr dankbar. Das Angebot, die Bar zu übernehmen, war für mich nichts weniger als ein Glücksfall gewesen. Der kleine tote Raum nebenan, der, weil man ihn nicht richtig nutzen konnte, mehr oder weniger als Abstellkammer gedient hatte, wurde mein Zuhause. Drei Jahre lang hatte ich dort Zuflucht gefunden. Und, was noch wichtiger war, einen Arbeitsplatz, an dem ich zum ersten Mal in meinem Leben schalten und walten konnte, wie ich wollte. Allein. Was mich vollends zum Alkoholiker gemacht hatte.

Kurz nach halb sieben ließen sich die ersten Gäste blicken. Zwei Männer. Ich kannte weder den einen noch den anderen. Meine Klientel unterschied sich nicht groß von der des Golden Quarters, dem Amüsierviertel in Kabukicho. Aber diese beiden sahen anders aus. Wenn man drei Jahre in einer Bar gearbeitet hat, hat man einen Blick dafür, in welcher Branche ein Gast tätig ist. Bei den beiden brauchte man den allerdings nicht. Sie hätten ebensogut mit Leuchttafeln auf dem Rücken herumlaufen können. Ihr Erscheinungsbild war geradezu lehrbuchhaft klassisch. Beide trugen die Haare kurz geschoren. Der eine war ungefähr so alt wie ich und kompakt gebaut. Er trug einen weißen Anzug und dazu eine weiße Krawatte. Der andere war jünger, schmächtig und trug einen Anzug in einem Blau, das einen an den Himmel über einem Südseestrand denken ließ. Auf der Wange hatte er eine wie eingemeißelte Narbe, in seinem Hemdausschnitt funkelte eine goldene Kette. Dem Weißgekleideten fehlten an zwei Fingern der linken Hand die jeweils obersten beiden Glieder. Am kleinen und am Ringfinger. Ein gekappter Ringfinger war merkwürdig.

Die beiden setzten sich an den Tresen und sahen sich um. Das machten die meisten, die zum ersten Mal da waren. Und offenbar hatten sie denselben Eindruck wie die meisten. Es gab nur einen Unterschied. Sie behielten ihn nicht für sich.

»Ganz schön eng hier«, sagte der blaue Anzug.

»In der Tat. Und nicht gerade sauber«, sagte der weiße. Dann taxierte er mich. Sein Blick war kalt wie Eis.

»Schäbige Bar. Schäbige Bar mit einem schäbigen Barkeeper.«

Wenn ich mich auf der anderen Seite des Tresens befunden hätte, hätte ich ihm wahrscheinlich zugestimmt. So fragte ich: »Was darf's sein?«

»Zwei Flaschen Bier und die Karte.«

Ich holte das Bier aus dem Kühlschrank, machte es auf und stellte es zusammen mit zwei Gläsern auf den Tresen. Dann sagte ich: »Mit einer Karte kann ich leider nicht dienen.«

»Aha. Mit was kannste denn dienen?« fragte der Blaue.

»Mit Hotdogs.«

»Und sonst?«

»Mit nichts. Nur mit Hotdogs.«

Der Blaue warf dem Weißen einen Blick zu. Einen auffordernden Blick. Aber der Weiße hielt seine durchdringenden Augen unentwegt auf mich gerichtet und schwieg.

»Alter«, sagte der in Blau. »Du betreibst ne Bar, und dein einziger Snack is'n Hotdog?«

Ich nickte.

»Soll das'n Witz sein?«

»Ich bin im Gastgewerbe. Da macht man keine Witze.«

»Die Welt ist am Ende«, machte der Weiße endlich den Mund auf. »Da macht eine schäbige Bar den Kohl auch nicht mehr fett.«

»Meine Maxime lautet: je einfacher, desto besser. Und es gibt Gäste, denen das gefällt. Wenn Sie ein Etablissement mit einer umfangreichen Karte bevorzugen, sind Sie hier fehl am Platze. Aber Shinjuku ist groß. Bars nach Ihrem Geschmack gibt es wie Sand am Meer.«

»Geht's noch, Alter?« Der Blaue wurde laut. »Du weißt wohl nicht, mit wem du's zu tun hast!«

Der Weiße hob beschwichtigend die Hand. Die unversehrte. Am Handgelenk funkelte eine Rolex. »Lass gut sein. Wir nehmen jeder einen Hotdog.«

Ich schaltete den Ofentoaster ein, klappte zwei Scheiben Brot auf und bestrich sie mit Butter. Mit einem Messer schnitt ich die Würstchen ein. Dann begann ich, den Weißkohl zu schnippeln. Meine Hände zitterten nicht. Ich hatte mich auch heute wieder im Griff.

»Alter«, sagte der Blaue, während er dem Weißen Bier einschenkte. »Du fängst *nach* der Bestellung an, Kohl zu schnippeln?«

»So ist es.«

»Was für'n Aufwand!«

Ich hob den Blick. »Wenn man mich vor die Wahl stellte: Tu vieles, was keinen Aufwand erfordert, oder nur eines, das viel Aufwand erfordert, entscheide ich mich für letzteres.«

»Der hier hat's gern kompliziert.«

»Er ist kleinlich«, machte der Weiße seinen Mund auf. »Ein Korinthenkacker. Aber intellektuell. Ein intellektueller Korinthenkacker. Einer von denen, mit denen man nicht reden kann. Die kann ich leiden wie die Pest.«

Ich zerließ ein Stück Butter in der Pfanne und briet die Würstchen an. Dann gab ich den kleingeschnittenen Weißkohl dazu. Ich würzte mit Salz, Pfeffer und Curry, verteilte den Kohl auf die Brote und legte jeweils ein Würstchen obenauf. Dann schob ich das Ganze in den Ofentoaster und wartete. Währenddessen tranken die beiden schweigend ihr Bier. Als das Brot Farbe angenommen hatte, nahm ich die Hotdogs heraus, legte sie auf einen Teller, ließ mit einem Löffel jeweils einen Streifen Ketchup und Senf darüberlaufen und stellte sie auf den Tresen.

»Wow«, entfuhr es dem Blauen nach dem ersten Bissen. »Der schmeckt ja!«

Der Weiße nickte zustimmend. Das Eis seiner Augen schien auf einen Schlag abgetaut. Oder bildete ich mir das nur ein?

»Ich bin zwar kein Fan von Hotdogs, aber der hier ist wirklich gut«, sagte er.

»Das freut mich.«

»Die einfachen Dinge sind die schwierigsten. Dieser Hotdog ist wirklich gut«, wiederholte er.

Eine Weile aß er schweigend weiter. Als er fertig war, wischte er sich die Hände nicht an der Serviette, sondern an einem Taschentuch ab, das er aus der Hosentasche gezogen hatte. Ein Taschentuch von Emanuel Ungaro. Er trank einen Schluck Bier und sagte: »Du weißt, wie man's machen muss.«

»Dann wäre hier mehr los.«

»Naja, wenn der Wirt säuft ...«

Überrascht sah ich auf. Bevor ich aufmachte, hatte ich, auch wenn ich es für nicht besonders wirksam hielt, noch mit einem Mittel gegen Mundgeruch gegurgelt.

»Riecht man's?« fragte ich.

Er schüttelte den Kopf. »Man sieht's. Gesichter wie deins kenne ich zur Genüge. Ich kann dir auch genau sagen, wie fertig du bist. Lange machst du's nicht mehr.«

Ich seufzte. »Wahrscheinlich nicht.«

»Vielleicht täusche ich mich auch.«

»Inwiefern?«

»Auf den ersten Blick dachte ich, du bist'n saufender Korinthenkacker. Aber vielleicht liege ich falsch. Hast du eine Ahnung, welchen Geschäften wir nachgehen?«

»Sie arbeiten im Kaufhaus?«

Er lächelte. Es war das erste Lächeln, das ich bei ihm sah. »Du hast Humor. Gehört dir der Laden?«

»Nein, ich bin nur angestellt. Eingetragen ist er auf jemand anders.«

»Nun, im Kaufhaus arbeiten wir nicht. Aber Kunden haben wir auch, gewissermaßen. Wir sind auf jeden Fall *Dienstleister.*«

Ich nickte schweigend.

Seine Art zu sprechen passte nicht zu seinem Aussehen. Er machte eine kurze Pause.

»Aber wir sind noch nicht erfasst.«

»Im Gesetz gegen Bandengewalt?«

»Genau. Wir zählen nämlich zum Mittelstand. Darf ich dir, von Mittelstand zu Mittelstand sozusagen, einen Rat geben?«

»Bitte.«

»Die Bar heißt *Gohei*, nicht wahr?«

»So heißt sie. Geht auf den Namen eines Vorfahren zurück.«

»Und du heißt Keisuke Shimamura, stimmt's?«

»Sie wissen gut Bescheid.«

»Ohne Informationen überlebst du als Mittelständler nicht. Man redet über dich in der Branche. Hinter vorgehaltener Hand ...«

»Das ist mir neu. Seit wann?«

»Seit heute nachmittag. Da habe ich deinen und den Namen dieser Bar aufgeschnappt. Unsere Branche ist ja überschaubar. So viele Leute sind da nicht unterwegs. Du verstehst, was ich meine?«

»Ich fürchte nein. Mit kriminellen Vereinigungen kenne ich mich nicht so aus.«

Bei dem Wort *kriminell* verzog er keine Miene.

»Im Klartext heißt das, dass du dich in einer prekären

Lage befindest. Warum dein Name in der Branche kursiert, weiß ich allerdings nicht.«

»Da stößt der Mittelstand an seine Grenzen?«

Der Weiße lachte wieder. »Möglicherweise ... Im Chuokoen gab's heute mittag Aufregung.«

»Offenbar.«

»Um diese Art von Aufregung kümmert sich aber nicht das Dezernat für Organisierte Kriminalität. Hier kommt der Staatsschutz ins Spiel. Und der wird sich ordentlich ins Zeug legen.«

»Vermutlich.«

»Da bleiben die natürlich nicht untätig. Die Großunternehmen, meine ich ...«

»Um mir das zu sagen, sind Sie extra vorbeigekommen?«

»Nein, ich wollte dich nur mal gesehen haben. Der Mittelstand hat großes Interesse am Vorgehen der Großunternehmen.«

»Gesehen haben Sie mich. Und wofür waren die Interna?«

»Sagen wir: für den guten Hotdog.«

Der Weiße stand auf. Der Blaue erhob sich auch. Er zückte sein Portemonnaie und gab mir einen 10 000 Yen-Schein.

Wer »stimmt so« sagte, war allerdings der Weiße. Er sah mich unverwandt an.

»Zwei Hotdogs und zwei Flaschen Bier. Das macht nicht einmal 3000 Yen.«

»Nimm's einfach.«

Der Blaue machte die Tür auf. Der Weiße sah mich immer noch an.

»Darf ich dir noch einen Rat geben?«

»Bitte.«

»Im Gastgewerbe sollte man auf seine Kleidung achten. Dein Pullover hat am Ellbogen ein Loch.«

»Das war mir entgangen. Danke für den Hinweis.«

»Ich heiße Asai. Shiro Asai, *Kowa Trading Company*. Das war heute vielleicht nicht das letzte Mal, dass wir uns gesehen haben.«

»Ich werde es mir merken.«

»Der Hotdog war wirklich gut.«

Die zwei verließen die Bar.

Nachdem ich den Tresen abgeräumt hatte, genehmigte ich mir einen Whisky. Dann öffnete ich die Tür neben der Toilette, an der ein Schild mit der Aufschrift *Büro* hing. Das war mein Zimmer. Aus den Klamotten, die sich in einer Ecke stapelten, fischte ich einen Pullover. Den hatte ich vor ungefähr zwei Wochen im Waschsalon gewaschen. Ich zog ihn an. Asais Ratschläge waren deutlich gewesen. Wenigstens der eine. Den anderen hatte ich nicht wirklich verstanden.

Ich ging zurück in die Bar und dachte nach. Heute nachmittag, hatte Asai gesagt. Das konnte nur eins bedeuten: Hier war ich nicht mehr sicher. Sie waren mir auf der Spur.

Eine Weile blieb es ruhig. Kurz nach acht kamen drei Leute, die im Kaufhaus um die Ecke arbeiteten. Auch

Yoshiko, eine Transe aus dem zweiten Bezirk, schaute vorbei. *Wenig los bei uns*, sagte sie, schob sich drei Hotdogs rein und machte sich trotzdem wieder eilig auf den Weg. Danach kamen eine Werbefachfrau und zwei Redakteure aus einem Verlag, der hauptsächlich medizinische Bücher publizierte. Sie kannten sich vom Sehen und unterhielten sich. Natürlich über den Vorfall im Chuokoen. *Das waren sicher die Radikalen*. Lautete die einhellige Meinung. *Aber welcher Gruppierung*? Mehr als das, was ich ohnehin schon wusste, schienen sie auch nicht wissen. Solange Betrieb in der Bar herrschte, trank ich nicht. Ich tat einfach meine Arbeit: Bierflaschen öffnen, Eis hacken, Hotdogs machen.

Mehr Kundschaft kam nicht. Inzwischen war es kurz nach eins. Der letzte Gast war vor zwanzig Minuten gegangen. Ich hatte die Zeit genutzt, um in der Abendausgabe zu lesen, die jemand liegengelassen hatte. Trotz der großen Aufmachung enthielt sie nichts, was ich nicht schon im Fernsehen gehört hatte. Ich faltete die Zeitung wieder zusammen und erhob mich. Es war Zeit zu schließen. Ich genehmigte mir noch einen Whisky, nahm das »Geschlossen«-Schild zur Hand und trat aus der Tür, um die Leuchtreklame wieder hereinzuholen.

Der erste Schlag traf mich in den Bauch. Der zweite erwischte mich an der Schläfe. Mein Körper fühlte sich an, als ob er auseinanderbrechen wollte. Am liebsten hätte ich diesem Gefühl nachgegeben, konnte mich aber gerade noch zusammenreißen, als von hinten Arme erschienen. Ich richtete mich auf und stieß meinen Ellbogen mit voller Wucht nach hinten. Jemand stöhnte auf. Ich tauchte nach links ab – Grundschritte verlernt man nicht – und sah mich um. Sie waren zu dritt. Ich kannte keinen von ihnen. Sie waren jung, Mitte, Ende zwanzig, höchstens Anfang dreißig. Die gehörten vielleicht zu den Großunternehmen, von denen Asai gesprochen hatte. Alle drei trugen dunkle, unauffällige Kleidung. Und soweit ich sehen konnte, waren sie unbewaffnet. Ich hatte keinen blassen Schimmer, was sie von mir wollten.

Jedenfalls hatte ich keine Chance gegen sie. Was für eine Chance sollte ein alter Alkoholiker auch schon haben. Trotzdem ging ich in Kampfstellung. Zog das Kinn ein und hob die Fäuste. *Verhinderter Boxer oder was, der Alte?* hörte ich, bevor sie umstandslos zum Angriff übergingen. Ein Arm flog heran. *Anfänger,* dachte ich. Weißt du nicht, dass der Schlag aus der Hüfte kommen muss. Ich wich aus und verpasste ihm einen Jab. Die Führung mit der Linken war wichtig. Der Schlag erwischte ihn sauber am Kinn. Dann eine Rechte. Meine Faust versank in seinem Bauch, er stöhnte auf. Blitzschnell drehte ich mich zum zweiten Mann. Ich täuschte einen Jab an und zog das Knie hoch. Schreiend klappte er zusammen. Ich packte seinen Arm, verdrehte ihn und hieb ihn auf mein Knie. Das Brechen des Knochens war weithin zu hören. Im selben Moment kam von hinten der Dritte. Ich nahm ihn in den Schwitzkasten und ging mit ihm zu Boden. Als ich einen Fußtritt in die Seite kassierte, wurde mir klar, dass das ein Fehler gewesen war. Mir blieb die Luft weg. *Der* hatte gesessen. *Das war's,* dachte ich, als ich mich zur

Seite rollte. Und genau so kam es dann auch. Um die lebenswichtigen Organe zu schützen, krümmte ich mich wie ein Fötus. Lederschuhe traten auf mich ein. Jeder Tritt war genau dosiert und plaziert. Man hörte förmlich, wie sich das Leder ins Fleisch arbeitete. Ich fühlte mich wie ein Fußball. Die Jungs leisteten ganze Arbeit. So ging man vor, wenn man keine Stelle unverletzt lassen wollte. Ich weiß nicht, wie lange sie mich bearbeiteten. Allmählich spürte ich nichts mehr. Mein Mund schmeckte nach Blut. *Die wollen dich vielleicht fertigmachen,* schoss es mir durch den Kopf. Wenn sie es nicht langsam gut sein ließen, wäre ich das nämlich bald, selbst wenn sie es gar nicht vorhaben sollten. Im selben Moment hörte ich ein *Das genügt!* Die Stimme gehörte keinem der jungen Angreifer. Sie klang nach einem etwa fünfzigjährigen Mann.

»Das war eine Warnung«, flüsterte mir die Stimme im nächsten Moment über mich gebeugt zu. »Verstanden? Besser, du vergisst alles.«

Sein sanfter Ton wirkte irgendwie deplaziert.

Ich rang nach Luft. »Was soll ich vergessen?« presste ich heraus.

»Alles. Alles, was du heute möglicherweise gesehen hast.«

»Was soll ich gesehen haben? Ich habe nichts gesehen.«

»Umso besser. Wenn du noch mal Staub aufwirbelst, bleibt's vielleicht nicht bei ein paar Blessuren.«

»Aha. So überzeugend war eure Show eben aber nicht.«

»Wie wäre es mit ›Ich habe verstanden‹, bevor du wieder ne dicke Lippe riskierst?«

»Ich habe verstanden«, sagte ich. »Ich habe nichts gesehen.«

»Ganz auf den Kopf gefallen bist du also nicht. Wir haben dich gewarnt.«

Jemand versetzte mir einen Tritt. Einen wuchtigen Tritt. Wahrscheinlich der Typ, dem ich den Arm gebrochen hatte. Derselbe Fuß trat wieder zu, und wieder. Jemand anders schien ihn zu bremsen. Dann gingen sie weg. Ich blieb liegen, lange liegen. Roch den Asphalt. Spürte, wie mir seine Kälte in die Knochen kroch. Ich stützte mich mit einem Arm auf und versuchte, mich aufzurichten. Die Zähne zusammengebissen, schob ich mich halb auf. In der Position verharrte ich wieder. Dann stellte ich einen Fuß auf die Erde, drückte den Arm durch und stand auf. Der Boden schwankte. Nein, nicht der Boden, *ich* war es, der schwankte. Ich taumelte zurück in die Bar. Die Kraft, ein Handtuch zu suchen, hatte ich nicht. Ich griff mir ein paar Servietten von der Theke, machte sie nass und legte sie mir aufs Gesicht. Auf dem Weg in mein Zimmer sank ich zu Boden. Bevor mein Bewusstsein schwand, habe ich gelächelt, glaube ich. Heute hatte ich einen Rat und eine Warnung bekommen. Und war Zeuge eines blutigen Bombenanschlags geworden. Was für ein merkwürdiger Tag. *Alkohol hat damit nichts zu tun*, hörte ich die Stimme des kleinen Mädchen wieder. *Doch*, seufzte ich, *Alkohol hat sehr wohl was damit zu tun*. Ich hatte gegen die Typen nicht gewinnen können.

Dann wurde es um mich herum dunkel.

## 4

Ich blinzelte. Verschwommen kehrte die Realität zurück. Das Licht der trüben Neonleuchte unter der Decke fiel mir ins Auge. Ich lag rücklings auf dem Boden. Neben meinem Kopf hatte sich eine riesige Kakerlake in Stellung gebracht. Mein Blick streifte die Uhr. Es war kurz nach zehn. Die Zeit, zu der ich gewöhnlich aufstand. Meine innere Uhr funktionierte also noch. Ich kämpfte mich hoch. Mein Körper fühlte sich an wie eine durchgelegene Matratze. Ich setzte mich an den Tisch und zog mich aus. Dann probierte ich, ob sich alle Körperteile noch bewegen ließen. Ich ging dabei so gewissenhaft vor, als überprüfte ich eine Maschine. Bei jeder Bewegung durchfuhr mich ein stechender Schmerz. Aber die Blessuren sahen nur beeindruckend aus; gebrochen war nichts. Ausgerenkt auch nichts. Die inneren Organe schienen ebenfalls intakt. Ich sah auf meine Hände. Sie zitterten. Als finge der Tag ganz normal an. Ich zog die Whiskyflasche heran. Schenkte mir ein Glas ein und leerte es in einem Zug. Daraufhin meldete sich mein Magen. Mir fiel ein, dass ich seit gestern morgen nichts gegessen hatte.

Nachdem ich auf der Toilette meine Blase entleert hatte, sah ich in den Spiegel. In meinem Gesicht klebten Servietten. Ich zog sie vorsichtig ab und wusch mich. Als ich die letzten Papierreste entfernt hatte, sah mir aus dem Spiegel ein zerschundenes Gesicht entgegen. Um die Augen herum prangten blauschwarze Flecke. Ich ging in mein Zimmer und suchte meine Sonnenbrille. Vor zwanzig Jahren hatte ich immer eine Sonnenbrille getragen. Sie war das einzige, was ich nicht entsorgt hatte. Dann verließ ich die Bar. Hob das »Geschlossen«-Schild von der Straße auf und hängte es an die Türklinke. Vielleicht beobachtete man mich, aber ich sah mich nicht um. Sollten sie mich doch beobachten, wenn es ihnen Spaß machte. Am helllichten Tag würde niemand für Aufsehen sorgen wollen. Wenigstens kein normaler Mensch. Und gewarnt hatte man mich ja schon.

Auch heute war wieder herrliches Wetter. Probeweise setzte ich mich in Bewegung. Bei jedem Schritt fuhr mir ein Stechen durch die Waden, aber davon abgesehen bereitete mir das Gehen keine Probleme. Je länger ich durch die Morgensonne schritt, desto erträglicher wurden die Schmerzen. Die sonntägliche Yasukuni-dori war verwaist. Keine Autos, keine Menschen. Die Sonne strahlte wie tags zuvor, aber irgendwie sah alles anders aus. Dann begriff ich. Es war die Sonnenbrille. An der U-Bahn-Station San-chome kaufte ich am Kiosk zwei Zeitungen. Ich ging aufs Geratewohl in ein Gyudon-Restaurant, bestellte eine große Schale Rindfleisch auf Reis und ein Bier. Niemand nahm Notiz von mir, weder das Personal noch die anderen Gäste. Von meiner Sorte hatten sie wahrscheinlich schon genug gesehen.

Ich faltete die Zeitung auseinander. Die Schlagzeilen waren so fett wie in der gestrigen Abendausgabe. *Bombenanschlag in Shinjuku – 18 Tote, 47 Verletzte – Wochenende im Park – Blutbad am helllichten Tag.* Auf der Titelseite waren die Todesopfer abgelichtet, daneben standen Angaben zu Wohnort und Beruf. Nur eine Person hatte man noch nicht identifiziert. Das erste der übereinander angeordneten Gesichter kannte ich. Es war der Mann, der sein Gedärm gehalten hatte. Noboru Sada (36), Angestellter eines Chemieunternehmens. Ich erkannte noch ein Gesicht. Wir hatten kurz miteinander gesprochen. Es war der Vater des kleinen Mädchens. Er war also tatsächlich ums Leben gekommen. Toru Miyazaka (48), Polizeioberrat und Leiter der Abteilung 1 des Polizeilichen Staatsschutzes bei der NPA. *National Police Agency*? »Leitender Beamter der NPA unter den Toten – Tat politisch motiviert?« sprang mir ein Untertitel ins Auge. Ich schlug die Seite 3 auf, die Gesellschaftsseite. Dort gab es zwar keine Fotos, aber die Namen der Verletzten, geordnet nach den Krankenhäusern, in die man sie gebracht hatte. Ich ging alle durch. Mayu Miyazaka (6). Zusammen mit einigen anderen stand ihr Name unter der Rubrik »Klinikum der Medizinischen Universität Toyo«. Angenommene Rekonvaleszenzzeit: 3 Wochen. Die Adresse stimmte mit der des Oberrats überein. Yokohama, Stadtteil Midori. Ich bestellte noch ein Bier. Obwohl die Jahreszeit für ein gekühltes Bier eigentlich zu kalt war, leerte ich das

Glas in einem Zug. Wenn man der Presse die Information »Rekonvaleszenz: 3 Wochen« gegeben hatte, ging man wohl davon aus, dass es keine Komplikationen oder Folgeschäden geben würde. Abgesehen vom Trauma natürlich. Das Mädchen hatte ihren Vater verloren. Ihr Traum, Violinistin zu werden, würde vielleicht auch platzen. Ich dachte an meine Eltern. Als sie starben, war ich acht, zwei Jahre älter als das Mädchen jetzt. Meine Mutter und mein Vater waren beide nach Krankheit innerhalb von sechs Monaten gestorben. Das war alles, an was ich mich erinnern konnte. Den Rest hatte ich vergessen, auch ihre Gesichter. Wie lange es wohl dauern würde, bis die Kleine sich nicht mehr an ihren Vater erinnern konnte?

Ich blätterte zurück und überflog den Artikel auf der Titelseite.

Das Polizeipräsidium von Tokyo habe gestern kurz nach Mittag in der Direktion Shinjuku eine aus Beamten der Kripo und des Staatsschutzes bestehende »Sonderkommission *Bombenattentat Shinjuku Chuo-koen*« eingerichtet und die Ermittlungen aufgenommen. Neben der Suche nach Augenzeugen werde mit Hochdruck an der Analyse des Explosionskörpers gearbeitet; dass Toru Miyazaka, ein leitender Beamter der NPA unter den Toten war, habe die Beamten schwer erschüttert. In der noch am selben Tag um fünf Uhr nachmittags einberufenen Pressekonferenz sei bekanntgegeben worden, dass man bereits über hundert Augenzeugen befragt habe. Den Angaben der Polizei zufolge hätten über zehn Personen übereinstimmend von einer grauen Reisetasche berichtet, die in unmittelbarer Nähe der *Niagara-Fälle* gestanden habe. Zuerst sei sie um sieben Uhr morgens einem Jogger aufgefallen, einem amerikanischen Geschäftsmann, der in einem Hotel in der Nähe des Parks abgestiegen gewesen sei. An der Stelle, wo die Tasche gestanden habe, befände sich nun ein Loch von etwa einem halben Meter Durchmesser. Da der Explosionskörper über Stunden an ein und derselben Stelle gestanden habe, gehe die Polizei von einem gezielten Anschlag aus.

Da sich unter den Opfern ein hochrangiger Beamter der NPA befände, spräche vieles für einen Terroranschlag, aber ob dieser dem NPA-Beamten gegolten habe oder der Allgemeinheit, sei unklar. Für einen gezielten Anschlag auf eine einzige Person wäre der Ort, an dem die Bombe plaziert worden war, eher ungewöhnlich; da nähme man doch eher zum Beispiel deren Wohnung ins Visier. Zu Beginn habe man vermutet, dass der Anschlag im Zusammenhang mit den Ermittlungen der Tokyoter Staatsanwaltschaft gegen eine Reihe von Unternehmen stehen und der Baustelle an der U-Bahn gegolten haben könnte, aber die Namen der fünf Baufirmen, die gemeinsam diesen Baustellenabschnitt verantworteten, seien nicht öffentlich bekannt, das Motiv mithin dürftig. Dass es zudem, wenn der Anschlag wirklich der Baustelle gegolten haben sollte, geeignetere Stellen für die Bombe gegeben hätte, spräche ebenfalls gegen diese Theorie. Die Soko ginge mithin davon aus, dass der Anschlag der Allgemeinheit beziehungsweise Oberrat Toru Miyazaka gegolten habe, und ermittele entsprechend. Da man sich von der Klärung der Frage, ob die Explosion durch einen Zeitzünder oder per Fernbedienung ausgelöst wurde, besonderen Aufschluss verspreche, werde am Tatort mit Hochdruck nach Spuren gesucht. Allerdings habe es landesweit noch nie einen Anschlag mit einer per Fernbedienung gezündeten Bombe gegeben. Der Explosionskörper werde im kriminaltechnischen Labor der NPA noch untersucht. Die Polizei habe aber bereits mit verschiedenen Sprengstoffherstellern Kontakt aufgenommen, woraus zu schließen sei, dass weder Dynamit noch ein in der Vergangenheit nachweislich von Linksextremisten hergestellter und eingesetzter Chloratsprengstoff verwendet worden sei. Für einen Schaden dieser Größenordnung, betonte ein Fachmann, hätte man bei Dynamit zudem vierzig Kilo aufbieten müssen, was einer Menge von über 100 Stangen entspräche.

Die Durchsicht aller Artikel kostete mich eine Stunde. Die zweite Zeitung las ich auch. Sie berichtete im wesentlichen dasselbe. »Dramatisches Ende eines friedlichen Wochenendes« lautete eine Überschrift. Über einem anderen Artikel stand: »Polizei mobilisiert alle Kräfte. Polizeipräsident spricht von ›beispiellosem Verbrechen‹«. Wieder ein anderer war betitelt: »Explosion gibt Polizei Rätsel auf – Spuren am Tatort nicht verwertbar«. In diesem Bericht hieß es, dass man bislang keinen Zünder gefunden habe. Im Mittelpunkt der Seite 3 stand Toru Miyazaka, »leitender Beamter der NPA«. Soweit man dem Lebenslauf entnehmen konnte, hatte er eine blitzsaubere Karriere hingelegt. Das Gros der Artikel war Stimmen aus seinem Umfeld gewidmet, und die waren, selbst wenn man ein paar Abstriche machte – über Tote soll man ja nichts Schlechtes sagen – durchweg positiv. Für einen hochrangigen Polizeibeamten untypisch sanftmütig. Höflich. Genau der Eindruck, den ich bei unserem kurzen Gespräch im Park gewonnen hatte. »Er hatte ein sehr gutes Verhältnis zu seiner Tochter. Nach dem Tod seiner Frau habe ich sie oft zusammen aus- oder spazierengehen gesehen«, sagte eine Nachbarin. »Ich hätte nie gedacht, dass er bei der Polizei ist.« Ja, ein Polizist mit paisley-gemusterter Ascot-Krawatte war eine merkwürdige Vorstellung. Warum er gestern im Chuo-koen war, blieb allerdings offen. Ob und was seine verletzte Tochter ausgesagt hatte, dazu war auch nichts zu finden.

Über den Missionar mit den gefärbten Haaren wurde ebenso wenig berichtet wie über die Schwerverletzten in den Krankenhäusern. Die meisten Artikel auf der Gesellschaftsseite waren den Hinterbliebenen der Todesopfer, den wenigen Leichtverletzten und den Augenzeugen aus dem Park gewidmet. Es gab sogar Berichte von Besuchern der Aussichtsplattform im 45. Stock des Rathauses. Die befindet sich in 202 Meter Höhe. Von dort konnte man den ganzen Park überblicken, aber bei dem Dröhnen und der starken Erschütterung hätten alle an ein Erdbeben gedacht, und Panik sei ausgebrochen. Man hätte erst Minuten später gemerkt, dass im Park ein Sprengsatz detoniert sei, und als man sich um die Panoramafenster geschart hätte, sei es schon zu spät gewesen. Das Gleiche bei den Gästen des Hotels gegenüber.

*Aha*. Die wichtigen Informationen wurden unterdrückt, so viel war mir nach der Lektüre der beiden Zeitungen klar. Etwas anderes war auch nicht zu erwarten gewesen, das war polizeiliches Standardprozedere. Wahrscheinlich wurden auch alle möglichen anderen Informationen zurückgehalten. Im Verhältnis zu ihrer Länge war der Informationsgehalt der Artikel jedenfalls dürftig. Jeder hielt sich an die Vorgaben des Präsidiums. In Fällen dieser Art wagten die Medien nur selten Alleingänge.

Ich dachte nach. Dann fiel mir auf, dass ich die Aufmerksamkeit des Personals erregt hatte. Ich ließ die erst zur Hälfte geleerte Schale Gyudon stehen, nahm meine Zeitungen und ging. Auf dem Rückweg ließ ich mir Zeit. Als ich die Bar erreichte und die Tür öffnete, brannte Licht.

Ich wurde erwartet.

Jemand saß auf einem Hocker am Tresen und rauchte. Als dieser Jemand mich sah, stand er auf. Er hatte in etwa meine Größe – ich bin 1,75 – aber nur die Hälfte meines Gewichts. Ich dachte zuerst, es sei ein junger Mann, aber es war eine Frau. Sie hatte kurze Haare und trug trotz der Jahreszeit ein schwarzes Tanktop und schwarze Jeans. Ich schätzte sie auf ungefähr zwanzig. Mir fiel ein, dass ich beim Weggehen nicht abgeschlossen hatte. Aber um ehrlich zu sein: das tat ich fast nie. Zu klauen gab es hier nichts.

»Hattest du einen Unfall?« fragte sie, als sie mein Gesicht sah.

»Kennen wir uns?« fragte ich. Als Gast hatte ich sie hier noch nie gesehen.

»Noch nicht«, sagte sie. »Hattest du jetzt einen Unfall oder nicht?«

»Sehe ich so aus?«

»Würde ich sonst fragen? Dein Gesicht sieht aus wie ein fauler Apfel. Hast du dich geprügelt, oder was?«

»So ähnlich. – Wer bist du?«

Sie verschränkte die Arme vor der Brust und sah mich an. Dann stieß sie langsam einen Schwall Rauch in meine Richtung. Er formte sich zu einer Wolke und hüllte mich ein. Ganz schönes Lungenvolumen für so eine Statur.

»Du heißt Kikuchi, stimmt's? Shunsuke Kikuchi. Jetzt allerdings Keisuke Shimamura …«

Ich sah sie an. Die junge Frau hatte einen Namen ausgesprochen, den ich seit über zwanzig Jahren nicht mehr gehört hatte: meinen richtigen Namen.

»Beantworten die Mädchen von heute Fragen immer mit Gegenfragen? Wer bist du?«

»Mein Name ist Toko Matsushita.«

»Ausweis«, sagte ich und streckte die Hand aus.

»Bist du immer so nett zu deinen Gästen?«

»Die Bar ist geschlossen. Du bist kein Gast. Du bist unbefugt eingedrungen.«

»Ganz schön misstrauisch, so siehst du gar nicht aus.«

Ich lächelte säuerlich. Sie grinste, zog mit einer Hand brav eine Karte aus der Tasche und legte sie mir in die Hand. Es war ein Studentenausweis der Sophia-Universität. Darauf der Name, den sie mir genannt hatte. Wohnort: Uehara, Stadtteil Shibuya. Geburtsdatum: Januar 1972. Einundzwanzig Jahre alt also.

Ich gab ihr den Ausweis zurück. »Was wäre, wenn ich sagte, dass du mich mit jemandem verwechselst?«

»Ich verwechsel dich nicht. Dein lässiges Lächeln vorhin hat jeden Zweifel ausgeräumt. Meine Mutter hatte recht. Einen Tick zu lässig, hat sie immer gesagt.«

»Deine Mutter?«

»Yuko Endo. Das ist allerdings ihr Mädchenname. Du erinnerst dich doch, oder?«

Ich starrte sie an. Missmutig verzog sie den Mund. »Starr mich nicht so an. Dass Männer mich anstarren, bin ich gewohnt, aber wenn mich einer *so* anglotzt, bin ich versucht, ihm eine reinzuhauen.«

»An deine Mutter erinnere ich mich«, sagte ich.

»Alles andere wäre auch komisch. Ihr habt schließlich zusammengewohnt. Oder hast du mit so vielen Frauen zusammengewohnt, dass du den Überblick verloren hast?«

»Nein, zusammengewohnt habe ich nur mit einer.«

Sie drückte ihre Zigarette in dem Aschenbecher aus, der neben ihr stand. Unter ihren schlanken Fingern zerbrach die *Short Hope* genau am Filter.

»Dabei habt ihr nur drei Monate zusammengewohnt.«

»Das stimmt. Nur drei Monate.«

»Nimm mal die Sonnenbrille ab«, sagte sie.

»Warum?«

»Ich sehe mir deine Verletzungen an.«

»Nicht nötig. Die verheilen schon. Sind nicht die ersten. Ich bin Schrammen so gewohnt wie du die Blicke von Männern.«

»Aha«, sagte sie. »Ich dachte, die harten Hunde wären in der Stadt ausgestorben.«

»Die überleben *nur* in der Stadt. Wie die Kakerlaken.«

»Meine Mutter sagte, du wärst nur körperlich robust, seelisch weniger. Und du müsstest immer das letzte Wort haben.«

»Da hat sie wohl recht. Aber davon abgesehen: Woher kennst du diese Bar?«

»Meine Mutter hat mir davon erzählt.«

Mir blieb die Luft weg ... Yuko kannte die Bar?? Dann fragte ich: »Und woher kannte sie die Bar?«

»Sie war mit dem Auto auf der Yasukuni-dori unterwegs und hat dich gesehen, zufällig. Sie hielt an und ist dir hinterher. Sah, wie du hier rein bist, und vergewisserte sich des Namens der Bar. Dann hat sie gewartet. Einen von den Gästen angesprochen, dich beschrieben und erfahren, dass du der Barkeeper bist. Deinen Namen hat er ihr auch gleich verraten.«

Ich seufzte. Ich fühlte mich wie ein Krebspatient. Alle wussten Bescheid, nur ich nicht.

»Interessante Beziehung, die ihr da habt. Oder erzählen alle Mütter ihren Töchtern von ihren Verflossenen? Naja, egal. Was macht deine Mutter?«

»Sie steht da drin«, sagte sie und zeigte auf die Zeitungen.

Ich rief mir die Übersicht der Verletzten ins Gedächtnis. »Matsushita ... Yuko Matsushita?« Der Name war gestern im Fernsehen eingeblendet worden. Alter: 44 Jahre.

Toko warf mir einen erstaunten Blick zu.

»Du erinnerst dich aber gut an die Namen der Verletzten ...«

»Nur an die mit schweren Verletzungen. Wie geht es ihr?«

»Sie ist tot. Heute morgen gestorben.«

Ich schwieg. Stille breitete sich aus. Eine Stille, als hätte plötzlich der Wind angehalten. In der Bar schien es schlagartig ein paar Grad kälter geworden zu sein. Dabei war ich doch daran gewöhnt, dass Leute starben. Hatte ich mir das nur eingebildet? Ich ging hinter den Tresen. Griff nach der Whiskyflasche. Zitterte, als ich mir einschenkte, die Flasche stieß ans Glas. Es klirrte. Ich trank einen Schluck. Der Whisky schmeckte nicht. Zumindest nicht nach Whisky. Der Rostgeschmack lag mir noch auf der Zunge, als die Flüssigkeit schon in meinem Magen versickert war. Ich setzte das Glas wieder an. Es war leer.

Toko beobachtete mich. »Deine Hände zittern«, sagte sie schließlich. »Nicht erst seit der Nachricht ...«

»Ich bin krank.«

»Ist Alkohol eine Krankheit?«

Das hatte ich mich gestern auch gefragt. Ich schenkte mir noch ein Glas ein. »Du scheinst mir ziemlich gefasst.«

»Der Tod meiner Mutter liegt sechs Stunden zurück. In diesen sechs Stunden musste ich mich um die Totenwache, die Aufbahrung und was weiß ich nicht alles kümmern. Ein wirklich praktisches System. Und jetzt weiß ich auch, warum es das gibt. Damit man den Toten für eine Weile vergisst.«

Ich senkte den Blick und betrachtete mein Glas. Noch immer schwieg ich. Nach einer Weile hörte ich sie sagen: »Cool, hat meine Mutter immer gesagt, wenigstens an der Oberfläche, aber mit Tiefschlägen kommt er nicht zurecht. Deshalb ist er immer noch auf der Flucht. Obwohl die Sache von 71 längst verjährt ist.«

»Moment mal«, sagte ich und hob den Blick. »Deine Mutter ist gerade gestorben, und du bist hier. Warum?«

»Gute Frage«, sagte sie. »Ich wollte dir sagen, dass sie tot ist. Ich dachte, ich muss es dir sagen. Warum, weiß ich nicht. Ich dachte nur, Mister Cool muss ich es sagen.«

»Das ist alles?«

»Ich habe Fragen.«

»Die habe ich auch. Aber dafür ist jetzt keine Zeit. Ich muss weg, und zwar sofort. In Kürze wird hier die Polizei auftauchen. Wenn ich Pech habe, schon heute.«

»Der Staatsschutz?« fragte sie.

»Unter Umständen nicht nur der.«

Auf dem Rückweg vom Bahnhof hatte ich nachgedacht. Mit der Zeitung von heute morgen hatte sich die Lage verändert. 18 Tote. Nein, jetzt waren es sogar 19. Einer von ihnen ein hohes Tier bei der NPA. Jetzt würde der gesamte Polizeiapparat mobilisiert. Und der würde, wie Asai gesagt hatte, das große Besteck auspacken. Die Yakuza wusste bereits Bescheid. Und wenn die Yakuza Bescheid wusste, würde es nicht lange dauern, bis auch die Beamten vom Dezernat für Organisierte Kriminalität

Bescheid wussten. Es war nur eine Frage der Zeit, bis sie meine Fingerabdrücke in der Datenbank fanden und den Namen Shunsuke Kikuchi mit mir in Verbindung brachten. Lange würde es definitiv nicht dauern. Und noch etwas. Yuko Endo hatte von mir gewusst. Und wenn es einer wusste, wussten es andere auch. Obwohl es eigentlich keine Rolle spielte, ob es auch andere wussten: Die Voraussetzung, auf der mein Leben aufbaute, die Voraussetzung, dass *niemand* von mir wusste, war hinfällig. Die junge Frau, die vor mir saß, hatte mich schließlich auch gefunden.

»Warum sollte die Polizei nach so vielen Jahren ausgerechnet jetzt zu dir kommen? Hast du was mit der Sache im Park zu tun?«

»Gute Frage«, sagte ich. »Zum Zeitpunkt der Explosion war ich in der Nähe. Ich war nicht beteiligt, aber ich habe Fingerabdrücke hinterlassen. Ich kann dir das jetzt nicht erklären, dafür ist keine Zeit. Aber ich ruf dich an, gib mir deine Nummer.«

»Was hast du vor?«

»Das brauchst du nicht zu wissen. Nimm's mir nicht übel. Zu viel Wissen kann schaden. Glaub mir, in *der* Beziehung kenne ich mich aus.«

»Für jemanden, der sich auskennt, bist du aber erstaunlich schlecht informiert.«

»Zugestanden«, sagte ich. Dem hatte ich nichts entgegenzusetzen.

Sie griff nach dem Notizblock auf dem Tresen.

»Nicht schreiben«, sagte ich scharf.

Misstrauisch sah sie mich an.

»Keine Spuren. Sag sie mir einfach.«

Nachdem ich mir die Nummer, die sie nannte, eingeprägt hatte, sagte ich: »Was hast du alles angefasst?«

»Redest du von Fingerabdrücken?«

Ich nickte. Fingerabdrücke zu beseitigen würde mich natürlich verdächtig machen. Aber das war immer noch besser, als zu riskieren, dass die Polizei ihre hier fand. Die Polizei würde alles untersuchen. Und sie würden es kaum für einen Zufall halten, wenn sie herausfänden, dass die Tochter von Yuko Endo hiergewesen war.

»Ist es wirklich nötig, meine Fingerabdrücke zu beseitigen?«

»Der Staatsschutz weiß alles über mich. Er weiß auch von dem Verhältnis zwischen mir und deiner Mutter. Deshalb will ich keine Spuren hinterlassen, die irgendjemanden auf falsche Gedanken bringen könnten.«

Die Sache war so groß, dass man davon ausgehen konnte, dass die Polizei alle Spuren überprüfen würde, die sie in der Bar fand. Ich *musste* ihre Fingerabdrücke beseitigen. Ich nahm eine Flasche Wodka und tränkte einen Lappen damit. Mit Wodka kann man sich nicht nur gut betrinken, auch Fingerspuren lassen sich damit ganz prima entfernen. Mit dem Lappen wischte ich alles, worauf sie wortlos deutete, ab. Den Rand des Tresens, die Rückenlehne des Barhockers, den Lichtschalter. Sie zeigte auf den Knauf an der Tür zu meinem Zimmer.

Ich sah sie entnervt an. »Das darf doch nicht wahr sein. Du warst in meinem Zimmer?«

»Womit ich wohl den schlimmsten Ort auf Erden gesehen habe. Gegen den kann nicht einmal die Hölle anstinken.«

Kopfschüttelnd wischte ich den Türknauf ab und spülte den Aschenbecher; die Zigarettenstummel hatte ich eingesteckt.

»Musst du nicht zurück ins Krankenhaus? Zu deiner Mutter?« fragte ich, als ich fertig war.

»Die Leiche meiner Mutter wird gerade obduziert. Morgen früh soll sie aber freigegeben werden. Mein Großvater wollte die Obduktion eigentlich verhindern. Das ist ihm aber nicht gelungen. Wer mein Großvater ist, weißt du, oder?«

Ich erinnerte mich. Masae Endo. Erst Wirtschaftsminister, dann an der Spitze des MITI, des Ministeriums für Internationalen Handel und Industrie, bevor er zwei oder drei andere Ministerien übernahm. Jetzt saß er im Oberhaus, wo er zu den Elder Statesmen gehörte. Galt als liberal. Besaß ein Haus in Shoto, unweit von Uehara, dem Viertel, in dem Toko wohnte. Wenn selbst dieser Mann die Obduktion nicht hatte verhindern können, konnte man sich ausrechnen, wie sehr die Polizei an der Aufklärung dieses Falles interessiert war.

»Sag mal, wie sahen die Verletzungen deiner Mutter eigentlich aus? Ich meine ...?«

»Innere Blutungen. Abgerissene Beine«, antwortete Toko in geschäftsmäßigem Ton. »Heute morgen musste noch einmal operiert werden. Das hat ihr Körper nicht verkraftet.«

Sie sah mir ins Gesicht. Dann kamen ihr plötzlich die Tränen. Sie quollen ihr aus den Augen und kullerten ihr über die Wangen. Yuko hat auch einmal so geweint, dachte ich. Allerdings nur ein einziges Mal.

»Warum?« sagte sie, ohne den Blick abzuwenden. Ihre Stimme klang wieder ruhig. »Warum musste sie sterben? Was hat das zu bedeuten? Sag es mir.«

»Das wüsste ich auch gerne«, erwiderte ich. »Können wir uns heute noch mal sehen, irgendwann später?«

»Wann später?«

»Nach Einbruch der Dunkelheit, wenn möglich.«

Sie nickte. Ihre Tränen waren wie weggewischt. Schnelle Regeneration war wohl eine ihrer Stärken. Sie zog eine neue *Short Hope* aus der Schachtel, ließ ihr Zippo aufschnappen und zündete sie an. »Kein Problem«, sagte sie. »Die Totenwache ist erst morgen, und mit den Trauergästen hab ich sowieso nichts zu tun. Um die kümmert sich wahrscheinlich die Sekretärin meines Großvaters.«

»Und wer kümmert sich um die Polizei? Das kann die Sekretärin nicht.«

Sie legte den Kopf schief und sah mich an.

»Die haben mich gestern schon befragt, im Krankenhaus, und das, obwohl meine Mutter im Koma lag. Was sie im Park gemacht habe. Ob sie mit jemandem verabredet gewesen sei. Ob sie eines der anderen Opfer gekannt habe. Lauter so Sachen. Keine Ahnung, hab ich gesagt. Dann weiter: Ob ich eine Vermutung hätte. Wann ich sie zum letzten Mal gesehen hätte. Meinem Opa haben sie sicher auch einen Besuch abgestattet; der war nicht im Krankenhaus, als sie mich in die Mangel genommen haben. Naja, immerhin scheint man bei Familienangehörigen von Politikern gewisse Rücksichten zu nehmen. Die Beamten waren sehr höflich.«

»Und was hast du gesagt?«

»Dass ich nichts weiß. Ich weiß ja auch nichts. Dich hab ich natürlich nicht erwähnt.«

»Sie haben dich gefragt, wann du sie zum letzten Mal gesehen hast – das heißt, du wohnst allein?«

»Ja. Meine Mutter auch. In Aoyama. Meinst du, die Polizei kommt wieder?«

»Natürlich. Das ist ihr Job. Erstens, muss man fairerweise sagen, ist sie nicht blöd, und zweitens hat sie Pflichtgefühl. Deine Mutter gehört zu den Opfern. Jetzt sogar zu den Todesopfern. Obendrein weiß man von ihrer Verbindung zu mir. Oder wird sich in Kürze daran erinnern. Ich habe keine Ahnung, wie viele Leute sie befragen, aber deine Mutter gehört definitiv zu *den* Opfern, die von besonderem Interesse sind. Jetzt wird man sich auf dich konzentrieren, weil du der Mensch bist, der ihr am nächsten stand. Außerdem kommt man an dich leichter heran als an einen aktiven Politiker.«

Sie überlegte. »Hör mal«, sagte sie dann, »willst du nicht zu mir kommen?«

»Auf keinen Fall. Die Polizei wird bei dir auftauchen.«

»Nein, das wird sie nicht. Als sie mich gestern gefragt haben, wo ich wohne, habe ich Opas Adresse angegeben. Von meiner Wohnung wissen sie nichts, wenigstens noch nicht.«

Ich dachte kurz nach. Was war das Sicherste? Wenn sie recht hatte, konnte ich so vielleicht einen Tag gewinnen. Hundertprozentige Sicherheit gab es sowieso nicht. »Einverstanden. Dann bin ich um sieben bei dir. Ist das okay?«

Sie lächelte. »Dann gehe ich jetzt wohl besser Whisky kaufen ...«

»Das würde helfen«, erwiderte ich ehrlich. »Und jetzt, hör zu ...« sagte ich und erklärte ihr, wie sie sich nach dem Verlassen der Bar zu verhalten habe. Sie stieß eine Rauchwolke aus und seufzte: »Das ist nicht dein Ernst.«

»Das ist sogar mein voller Ernst. Weil ich es nicht ernst genug genommen habe, weiß jetzt jemand von dieser Bar. Wer dieser Jemand ist, weiß ich nicht. Und was er im Schilde führt, weiß ich auch nicht. Aber man hat mich aufgespürt. Ich war dumm. Ich bin nachlässig geworden. Ich habe mich zu sehr an dieses Leben gewöhnt. Selbst jetzt stehen wir womöglich unter Beobachtung. Und selbst wenn es pure Einbildung sein sollte – Vorsicht hat noch niemandem geschadet. Außerdem war das, was ich dir eben erklärt habe, gerade einmal das kleine Einmaleins.«

»Meinst du, es war die Polizei, die dich aufgespürt hat?«

»Wenn es die Polizei gewesen wäre, hätten sie mich schon verhaftet. Gründe für eine Verhaftung findet man immer.«

»Gut«, sagte sie. »Dann ist es besser, keine Zeit zu verlieren.«

Ich nickte. Sie legte die Hand auf den Türgriff und sah sich noch einmal um.

»Irgendwelche Präferenzen, was den Whisky angeht?«

»Nein. Hauptsache Alkohol.«

Sie lächelte noch einmal. Ich konnte verstehen, warum Männer sie anstarrten. Sie steckte sich die Zigarette zwischen die Lippen und ging, ohne sich noch einmal umzudrehen. Energisch war sie, das musste man ihr lassen.

Ich wartete fünfzehn Minuten. In der Zeit genehmigte ich mir zwei doppelte Whisky. Ich sah auf meine Hände. Sie zitterten immer noch leicht. Ich dachte an Yuko. Vor meinem inneren Auge erschien ihr Gesicht – der Ausdruck darin wie vor zwanzig Jahren – und verschwand. Ich schüttelte den Kopf und ging in mein Zimmer. Zog einen Mantel an, den ich ewig nicht mehr getragen hatte, und band mir meine Armbanduhr um. Dann stopfte ich mir den Umsatz in die Tasche, wickelte eine noch nicht angebrochene Flasche Whisky in Papier und verließ die Bar. Die Klinke wischte ich mit einem Lappen ab. Es war kurz nach eins. Die Wahrscheinlichkeit, dass ich jemals hierher zurückkommen würde, war gering; trotzdem schloss ich die Tür ab.

Ich sah mich nicht um. Marschierte zur U-Bahn-Station San-chome, ging durch die Sperre und stieg in die eben eingefahrene Bahn Richtung Shinjuku. Die Türen schlossen sich. In allerletzter Sekunde quetschte ich mich zwischen den Automatiktüren hindurch zurück auf den Bahnsteig und sprang in einen Wagen der Marunouchi-Linie, die auf dem Gleis gegenüber einfuhr. In Ikebukuro stieg ich aus, ging zum Westausgang und dort direkt in das angrenzende Kaufhaus. Es war Sonntag. Das Kaufhaus war brechend voll. Ich fuhr mit der Rolltreppe in den sechsten Stock. Oben angekommen, sprintete ich zu den Aufzügen. Die Leute im Fahrstuhl nach unten sahen aus wie normale Kunden. Zurück im Erdgeschoss ging ich wieder zur Bahn, diesmal allerdings auf einem anderen Weg, und bestieg die Yamanote-Linie Richtung Ueno. An der Station Tokyo stieg ich aus und hob an einem Bankautomaten mein gesamtes Guthaben ab. 125 000 Yen. Das war alles, was ich besaß. Ich trieb mich eine Weile in der weitläufigen unterirdischen Passage herum und schlug die Zeit tot. Am liebsten hätte ich mir einen Whisky genehmigt, aber ich unterdrückte das Verlangen. Dann stieg ich wieder in die Marunouchi-Linie und fuhr bis nach Akasaka-Mitsuke. Im Tunnel zur Hanzomon-Linie herrschte nur wenig Betrieb. Hier sah ich mich zum ersten Mal um. Hinter mir waren drei Frauen mittleren Alters, ein paar formell gekleidete Männer mit *Furoshiki*-Tuchbündeln und eine Gruppe von Schülern, dem Anschein nach Oberschüler. Sonst niemand. Ich nahm die Hanzomon-Linie bis zur Station Omotesando. Vielleicht hätte es dieses Aufwands gar nicht bedurft, aber ehe ich mich versah, war ich in alte Muster zurückgefallen.

Ich verließ den Bahnhof und ging in die erstbeste Telefonzelle. Wider Erwarten gab die Telefonauskunft anstandslos die gewünschte Nummer heraus. Ich wählte. Ein Mann meldete sich. »*Kowa Trading Company*«, bellte er in den Hörer.

»Ist Asai-san da?« fragte ich.

»Wer will das wissen?« fragte er zurück.

»Shimamura.«

»Der Chef ist nicht da.«

»Wann kommt er zurück?«

»Keine Ahnung.«

»Gut, dann gib mir den Jungspund, mit dem er immer zusammen ist. Den mit der Vorliebe für grellblaue Anzüge. Seinen Namen hab ich gerade nicht parat.«

»Blauer Anzug? Mochizuki-san?«

Treffer! Anscheinend trug der Typ tatsächlich immer blaue Anzüge. »Mochizuki-san, ja genau, den meine ich«, sagte ich.

»Was haste gesagt, *Shimamura*? Shimamura von ...?«

»Sag einfach, der Shimamura vom *Gohei*. Dann weiß er Bescheid. Es ist wichtig.«

Das Telefon wurde irgendwo hingetragen. Die Geräuschkulisse wechselte. Leises Stimmengewirr drang an mein Ohr. *Zehn bitte*, sagte jemand. *Out*, rief jemand anders.

Etwas später hörte ich die Stimme des blauen Anzugs. Er schien wütend zu sein. *Hab ich dir nicht gesagt, dass das Telefon hier nichts zu suchen hat?* »Der Barkeeper von gestern?« klang es einen Moment später im Hörer.

»Genau der. Wann ist Asai wieder da? Ich muss mit ihm reden.«

»Wo bleiben deine Manieren, Alter? *Herr* Asai. Oder bist du Gästen gegenüber immer so unhöflich?«

»Ich habe keine Gäste mehr. Die Bar ist seit heute zu.«

Mochizuki schwieg. Dann sagte er: »Er ruft dich an. Unter welcher Nummer bist du zu erreichen, wenn du nicht mehr in der Bar bist?« Er klang plötzlich vorsichtig.

»Unter keiner. Ich versuch's gegen sechs noch mal. Sag ihm das, wenn du ihn siehst«, sagte ich und legte auf. Während der Apparat mit einem Piepen daran erinnerte, die Telefonkarte zu entnehmen, dachte ich nach. Dann schob ich die Karte zurück in den Schlitz und wählte die Nummer 104. Auch hier bellte jemand in den Hörer. Wahrscheinlich reagierten alle so, die sonntags arbeiten mussten.

»*Weekly Sun*, Redaktion.«

»Herrn Mori, bitte.«

»Mit wem spreche ich?«

»Shimamura ist mein Name.«

Diesmal kam ich in die Warteschleife. Mori kannte ich aus der Zeit, als ich selber noch Gast in der Bar war. Jetzt war er *mein* Stammgast. Meistens kam er dienstags abends. Manchmal auch montags, dann aber erst spät. Die *Weekly Sun* erschien donnerstags. Mori gehörte zu denen, zu denen ich ein eher ungezwungenes Verhältnis hatte.

»Shimamura-san?« drang seine Stimme an mein Ohr. »Das ist ja eine Überraschung! Was kann ich für dich tun?«

»Ihr seid schwer beschäftigt, nehme ich an ...«

»Das kannst du laut sagen ... nach der Sache in Shinjuku. Wegen der darf ich heute Nachtschicht schieben. Sei's drum. Was kann ich für dich tun?«

»Gibt's was Neues von der Explosion?«

»Offenbar, wenn auch wahrscheinlich nicht viel. Die Polizei hat eine weitere Pressekonferenz anberaumt. Bin mal gespannt, was die rausrücken.«

»Willst du damit sagen, dass die *Weekly Sun* zu Pressekonferenzen geht?«

Mori lachte. »Na klar. Man muss doch die Konkurrenz im Auge behalten. Aber wir würden uns kaum so gut verkaufen, wenn wir nicht auch unsere eigenen Quellen hätten. Wenn wir nur das böten, was die offiziellen Stellen verlauten lassen, würde kein Zeitungsleser mehr ein Wochenmagazin kaufen.«

»Aber Fakten braucht ihr auch.«

»Die kommen dauernd über die Nachrichtenagenturen herein. Wir verdienen an dem, was die Nachrichtenagenturen *nicht* bieten, an den Sahnehäubchen obendrauf sozusagen. Interessiert dich die Sache in Shinjuku?«

»Nein«, sagte ich. »Ich hatte eine Meinungsverschiedenheit mit der Yakuza. Kennst du dich mit denen aus?«

»Ich nicht, aber einer unserer freien Mitarbeiter. Willst du mit ihm sprechen? Er ist heute da.«

*Das wäre super,* sagte ich. Mori fackelte nicht lange. Vielleicht wollte er auch nur keine Zeit verschwenden. *Heh, Matsuda!* hörte ich ihn rufen. *Ich hab hier einen Be-*

*kannten in der Leitung. Der hat eine Frage zur Yakuza. Kannst offen reden.*

»Yuichi Matsuda am Apparat«, hörte ich einen Moment später eine höfliche Stimme.

»Shimamura mein Name, guten Tag. Ich höre, Sie kennen sich mit der Organisierten Kriminalität aus.«

»Wie man es nimmt. Was möchten Sie denn wissen?«

»Ich würde gerne mehr über eine bestimmte Organisation erfahren.«

»Über welche, wenn ich fragen darf?«

»Die *Kowa Trading Company* in Shinjuku.«

»Ja, die kenne ich. Die haben ein Büro in Kabukicho, nicht wahr? Wenn ich mich nicht irre, waren das die ersten, die sich letztes Jahr vor dem Inkrafttreten des Gesetzes gegen Bandengewalt in eine Aktiengesellschaft verwandelt haben. Sehr vorausschauend. Der Geschäftsführer, oder besser der *kumicho*, ein gewisser Asai, ist nicht dumm. Hat einen gewissen Ruf in der Branche. Die *Kowa Trading Company* macht ihr Geld mit Insolvenzverwaltung und Schuldeneintreibung, unterscheidet sich also nicht groß von der Wirtschaftsmafia. Asai ist offenbar Experte in Recht und Wirtschaft. Im Vorgehen hebt er sich auf jeden Fall deutlich von der Konkurrenz ab. Es heißt, er ginge so clever vor, dass ihm selbst Anwälte nichts anhaben können.«

»Wissen Sie etwas über seine Vergangenheit?«

»Er soll bei der Eguchi-*gumi* gewesen sein, einer kleinen Organisation aus dem Seishu-Verband. Und wie Sie sicherlich wissen, gehört der Seishu-Verband zu denen, die als gewalttätig eingestuft wurden.«

»Die *Kowa Trading Company* ist also eine Tarnfirma der Eguchi-*gumi*?«

»Scheinbar nicht. Die *Kowa Trading Company* ist ein Sonderfall. Asai hat sich um die Eguchi-*gumi* sehr verdient gemacht, aber dann gab es Ärger, und daraufhin hat er sich selbständig gemacht. Von der Eguchi-*gumi* scheint er unabhängig zu sein, was in der Branche mehr als unüblich ist.«

Ich erinnerte mich an das »Out«, das ich eben während des Telefonats im Hintergrund gehört hatte. Damit wird dem Kassierer signalisiert, dass jemand seine Chips einlösen will. »Zehn« hieß zehntausend Yen.

»Die *Kowa Trading Company* scheint einen Pokersalon zu betreiben ...«

»Ja, direkt neben dem Büro. Aber mehr zum Spaß offenbar. In Kabukicho gibt es Dutzende solcher Salons, aber in diese Wespennester will die Polizei nicht stechen, das heißt, wollte sie bislang nicht stechen ... das könnte sich in naher Zukunft allerdings ändern.«

»Wieso?«

Matsuda schien einen Moment zu zögern. »Entschuldigen Sie bitte die Frage, aber was machen Sie beruflich?«

»Ich betreibe eine Bar. Ein gesundes Geschäft, würde ich sagen. Das heißt: so gesund vielleicht auch wieder nicht, wenn sie von Leuten wie Mori-san frequentiert wird.«

Matsuda lachte. »Und jetzt haben Sie Ärger mit der *Kowa Trading Company*?«

»So ähnlich.«

»Also gut, was soll's«, sagte Matsuda. »Sie werden bald wieder ruhig schlafen können. Es ist nämlich gut möglich, dass man Asai in Kürze hochnimmt.«

»Wieso?«

»Was ich Ihnen jetzt sage, müssen Sie aber unter allen Umständen für sich behalten, auch wenn wir vielleicht nicht mehr die einzigen sind, die es wissen«, sagte Matsuda und senkte die Stimme. »Nur: bis es offiziell bekanntgegeben wird, wird niemand darüber schreiben. Die Sache in Shinjuku ist so groß, dass es sich niemand mit der Polizei verscherzen möchte. Also: Das 2. Dezernat der Tokyo Metropolitan Police, das Dezernat für Wirtschaftskriminalität, hat Ermittlungen aufgenommen. Eine Spielhölle in Akasaka soll nämlich einen Hauptwachtmeister der zuständigen Dienststelle bestochen haben. Um über Razzien informiert zu werden. Mit ziemlicher Sicherheit wird das Dezernat 2 jetzt aufräumen, und zwar in *allen* Dienststellen, Shinjuku eingeschlossen, damit man gewappnet ist, wenn die causa Akasaka publik wird, und sagen kann, dass *der* Fall eine Ausnahme war.«

»In der Dienststelle Shinjuku dürfte man derzeit aber andere Sorgen haben.«

»Genau. Deswegen wird man entweder losschlagen, wenn man in der Sache Chuo-koen etwas in der Hand hat oder, umgekehrt, wenn man feststeckt. Viel Zeit bleibt jedenfalls nicht. Ich würde sagen, eine Woche, länger nicht.«

»Verstehe«, sagte ich. »Die *Weekly Sun* kann sich zu ihren Mitarbeitern gratulieren.«

»Danke für die Blumen. Man merkt, dass Sie im Gastgewerbe sind«, hörte ich Matsuda lachen. »Lassen Sie es mich wissen, wenn Sie etwas Interessantes im Zusammenhang mit der *Kowa Trading Company* herausfinden?«

»Auf jeden Fall«, sagte ich, bedankte mich, trug noch einen Gruß an Mori auf und beendete das Gespräch.

Ich trat aus der Telefonzelle, der Wind war kalt. Von Omotesando aus spazierte ich den Boulevard hinunter nach Harajuku. Die Schmerzen in meinen Beinen hatten nachgelassen. Nach etwa dreißig Minuten erreichte ich den Yoyogi-Park. Ich sah auf die Uhr, es war halb fünf. Ich legte mich auf den Rasen. Betrachtete meine Hände. Sie zitterten nicht mehr. Durch meine Finger war die Sonne zu sehen. Sie stand schon relativ niedrig und war nurmehr hellgelb. Ich machte den Whisky auf und füllte die Kappe, ohne dass etwas danebenging. Es war Sonntag, der Park war belebt. Aber niemand nahm Notiz von mir. Ich trank. Man konnte nicht behaupten, dass ich viele Hobbies hatte. Ich kannte nur diese eine Art und Weise, mir die Zeit zu vertreiben. Es war alles wie immer. Nein, nicht ganz. Ich dachte darüber nach, was sich seit gestern verändert hatte. Zum einen hatte ich keinen Rückzugsort mehr. Aber das war kein großer Verlust. Ein Alkoholiker verliert schneller seinen Schlafplatz als ein

Yakuza seinen kleinen Finger. Keine große Sache also. Zum anderen war Yuko Endo wieder in mein Leben getreten. Als ich das erfuhr, war sie allerdings schon tot. So nah wie gestern im Park war ich ihr seit zwanzig Jahren nicht mehr gewesen. Vielleicht hatte ich sie im Rauch sogar gesehen. Beziehungsweise einen Teil von ihr. Vielleicht hatte ich sie, als ich durch die Schwaden von Rauch und Blut rannte, sogar gehört. Ich versuchte, mir das Bild noch einmal vor Augen zu rufen. Doch so sehr ich mich auch bemühte, Yuko konnte ich nicht darin finden. Hören auch nicht. Ob sie sich sehr verändert hatte? Zwanzig Jahre sind eine lange Zeit. Ich versuchte, mir ihr Gesicht in Erinnerung zu rufen. Vergebens. Nachdenklich verfolgte ich das Farbenspiel der untergehenden Sonne.

Als die Sonne weg war, wurde es dunkel. Ich lag immer noch auf dem Rasen. Mittlerweile waren nur noch Pärchen unterwegs. Es war merklich kühler geworden. Ich sah auf die Uhr. Kurz nach sechs. Ich stand auf und setzte mich in Bewegung, Richtung Yamate-dori. Von dort war es nicht weit bis Uehara.

Aus einer Telefonzelle auf dem Weg rief ich an. Bevor ich mich melden konnte, sagte eine Stimme: »Na, Alki. Ich höre, du hast dichtgemacht?« Asai.

»Du hattest recht«, sagte ich.

»Ich weiß.«

»Du weißt?«

»Ja. Ich hätte allerdings nicht gedacht, dass die so schnell zur Tat schreiten. Aber offenbar hast du dich ja ganz gut geschlagen. Alter Boxer, was? Einem der Jungs sollst du den Arm gebrochen haben.«

»Wer von der Eguchi-*gumi* hat dir das erzählt?«

Schweigen. Einen Moment herrschte Stille. Dann sagte Asai: »Welches Vögelchen hat dir das denn gezwitschert?« Seine Stimme klang amüsiert.

»Wie hast du so schön gesagt? Ohne Informationen überlebt man als Mittelständler nicht. Auch so ein unbedeutendes Ein-Mann-Unternehmen wie ich braucht hin und wieder Informationen.«

»Hmm«, murmelte er. »Wie ich es mir gedacht habe. Unterschätzen darf man dich nicht.«

»Ach was, mich alten Alki. Aber eines wüsste ich doch ganz gern.«

»Nämlich?«

»In welchem Zusammenhang mein Name fiel?«

»Was habe ich davon, wenn ich dir das sage?«

»Nichts.«

Asai lachte. »Hör mal«, sagte er. »Auch in meiner Branche gibt es Regeln. Du kriegst eins, du gibst eins. Du kriegst zehn, du gibst zehn. *Quid pro quo*, wie's so schön heißt.«

»Gilt das auch für Pokerroboter?«

Asai gab erneut ein kehliges Lachen von sich. »Einen guten Riecher hast du, das muss man dir lassen. Hab schon gehört, dass einer der Jungs gepennt und den Hörer rübergetragen hat.«

»Ich kenne den Salon, war mit einem Gast von mir mal dort. Ich hab nur meinen Tagesumsatz dagelassen, aber mein Begleiter drei Monatsgehälter.«

»So etwas kommt vor. Aber wie dem auch sei, deine Frage von vorhin gehört zum Typ ›heikel‹.«

»Und warum dann der Ratschlag gestern?«

»Eine Laune vielleicht. Vielleicht war's der Hotdog. Der war professionell. Und ich mag Profis. Aber Launen kann man sich nicht jeden Tag leisten.«

Ich überlegte einen Moment. Dann sagte ich: »Okay. Ich finde bestimmt einen anderen Weg.«

»Nämlich?«

»Du bist eine harte Nuss, aber diesen Kleingangster Mochizuki, den könnte ich vielleicht weichklopfen.«

»Davon würde ich dir abraten, der Weg ist nicht besonders schön. Und was soll das heißen: *Kleingangster*?! Auf Verunglimpfung von Yakuza reagiere ich allergisch.«

»Entschuldigung«, sagte ich. »Den ›Kleingangster‹ nehme ich zurück. Aber gut, ich finde schon einen Weg, einen anderen.«

»Viel Erfolg.«

»Darf ich dir einen Rat geben?«

»Wenn du ich wärst, würdest du wahrscheinlich ›bitte‹ sagen. Was für einen Rat?«

»Du tust vielleicht auch gut daran, eine Weile dichtzumachen.«

Asai schwieg. Dann fragte er: »Wieso?«

»Das kann ich dir nicht sagen. Ich habe versprochen, es für mich zu behalten.«

Wieder Schweigen in der Leitung.

»Im Zusammenhang mit der Sache in Akasaka?«

Ich antwortete nicht.

»Und warum hast du dieses Pfund nicht vorhin in die Waagschale geworfen?« Asais Stimme hatte einen etwas anderen Klang angenommen. »Hättest du doch tun können.«

»Ich kenne eure Regeln nicht. Ich dachte nur, ich revanchiere mich.«

Eine Weile blieb es wieder still.

»Wo bist du gerade?«

»In der Stadt.«

»Du gehst nicht zurück in die Bar?«

»Nein. Aber warum interessiert dich das?«

»Ich hab Lust bekommen, dich zu sehen.«

»Ich kann nicht behaupten, dass ich deine Gefühle erwidere.«

»Wo bist du morgen?«

»Warum insistierst du?«

»Was wäre, wenn ich sagte, dass ich deine Frage beantworten will?«

Ich überlegte kurz, dann sagte ich: »Okay. Ich ruf dich morgen vormittag an.«

Asai nannte eine Nummer. »Das ist meine Handynummer«, sagte er. »Kannst du mich unter der anrufen?«

»Mach ich«, erwiderte ich und hängte ein. Ich verließ die Telefonzelle und trat auf die Straße. Draußen war es um einige Grade kühler geworden. Schneidend fuhr mir der Oktoberwind unter den Mantel. Ein Papierknäuel rollte mir vor die Füße. Ich verstaute die Sonnenbrille in meiner Manteltasche.

## 5

Um zehn vor sieben stand ich vor dem Haus. Es hatte fünf Etagen, die Fassade war beige verfliest. Anders als gedacht, handelte es sich bei den Wohnungen darin nicht um Single-Apartments, sondern um Wohnungen für Familien. Ich sah hoch; überall brannte Licht, bewegten sich Schemen hinter dem, was ich als Balkonbrüstungen zu erkennen glaubte. Das Haus lag in einem ruhigen Wohnviertel – ich hatte auf dem Herweg einen Umweg durchs Viertel gemacht – keine verdächtigen Personen, keine verdächtigen Autos. Und niemand, der nach Zivilfahnder aussah.

Ich stieg die elegante Treppe hinauf in den 2. Stock. Der Korridor hatte sechs Türen. An der zweiten hing ein Namensschild: *Toko Matsushita*. Als ich klingelte, ging sofort die Tür auf, und Toko schaute heraus. Sie war immer noch ungeschminkt, aber sie hatte sich umgezogen. Jetzt trug sie ein einfaches, weißes Kleid, dessen Schlichtheit ihre Anmut erst richtig zur Geltung brachte. Und das, obwohl das Weiß sie irgendwie geschlechtslos und kalt erscheinen ließ. Wenn ich jünger gewesen wäre, hätte ich es wohl spätestens jetzt bereut, keine Blumen dabei zu haben.

Zur Begrüßung tippte sie mir wie einem alten Freund an die Brust.

»Alkohol und Pünktlichkeit scheinen sich nicht auszuschließen.«

*Offensichtlich nicht,* murmelte ich vor mich hin.

Meine Sneaker in der Hand, folgte ich ihr ins Wohnzimmer. Es war sauber und schmucklos. Für die Wohnung einer jungen Frau, genau wie ihre Kleidung, fast schon ein bisschen zu schlicht. An der Wand standen zwei mit Büchern vollgestopfte Regale. Alles Hardcover. Es gab eine Stereoanlage, einen Fernseher, einen Tisch mit Stühlen. Außerdem einen Schreibtisch, auf dem ein Laptop stand. Mehr nicht. Ich ging durchs Zimmer zum Balkon und trat hinaus. Nachdem ich einen Blick über die Nachbarschaft hatte schweifen lassen, ging ich wieder hinein – die Sneaker ließ ich auf dem Balkon. Ich vergewisserte mich, dass man mich selbst bei weit geöffneter Tür nicht sehen konnte, dann ließ ich mich mit meiner Whiskytüte auf einem der gepolsterten Kolonialstühle nieder.

Toko hatte mich schweigend beobachtet. Sie stellte ein Glas und eine Flasche Whisky auf die Glasplatte des Tisches, ließ sich aufreizend langsam mir gegenüber nieder und schlug ihre langen Beine übereinander.

»Schöne Wohnung.«

»Ich kann nichts dafür, dass mein Opa Geld hat«, sagte sie gleichgültig. »Es ist seine Wohnung. Und da er sie erst nach der letzten Offenlegung seines Vermögens als Minister gekauft hat, weiß niemand davon. Ich wohne hier nur vorübergehend. Aber davon mal abgesehen – ich habe gerade Nachrichten geguckt.«

»Haben sie etwas über deine Mutter gesagt?«

Sie nickte. »Wie nicht anders zu erwarten, wenn die älteste Tochter eines Oberhausabgeordneten stirbt. Aber das war nicht die Hauptnachricht. Die Hauptnachricht warst du.«

Das überraschte mich nicht, obwohl ich nicht gedacht hätte, dass es *so* schnell gehen würde. Natürlich hatten sie meine Fingerabdrücke zugeordnet. Mit dem Computer konnte man die heutzutage im Handumdrehen abgleichen. Und auch wenn das Sichern von Spuren ungleich länger dauerte – der Anschlag war bereits über vierundzwanzig Stunden her; wahrscheinlich hatten sie es schon gestern gewusst. Aber warum gaben sie diese Information so schnell heraus? Dafür gab es nur eine Erklärung. Sie hatten die Bar bereits durchsucht und den Namen Shunsuke Kikuchi mit mir in Verbindung gebracht.

»Was haben sie gesagt?« fragte ich, während ich mir von dem Whisky, den ich mitgebracht hatte, ein Glas einschenkte.

Sie zog eine *Short Hope* aus der Schachtel und zündete sie an. Warf einen Blick auf die Uhr und betätigte die Fernbedienung. Beim öffentlich-rechtlichen Fernsehsender NHK fingen gerade die Sieben-Uhr-Nachrichten an. Noch vor der Politik kam folgende Nachricht:

*Inzwischen konnte auch das letzte Opfer der bei dem gestrigen Bombenanschlag im Shinjuku Chuo-koen ums Le-*

*ben gekommenen Personen identifiziert werden. Bei dem Toten handelt sich es um Makoto Kuwano, 45 Jahre alt.*

Ich hielt inne, das Whiskyglas in der Hand.

*Kuwano, ein ehemaliger Student der Universität Tokyo, wurde im Zusammenhang mit der im April 1971 in Tomigaya, einem Stadtteil von Shibuya, explodierten Autobombe wegen des Verdachts auf Mord und des Verstoßes gegen das Sprengstoffgesetz polizeilich gesucht. Bei dem Anschlag war ein Polizeibeamter ums Leben gekommen. Laut Strafgesetzbuch kann Mord nur 15 Jahre verfolgt werden, danach tritt Verjährung ein; ob das allerdings auch für Kuwano gilt oder ob die Verjährungsfrist durch seine Flucht ins Ausland unterbrochen wurde, ist noch unklar. Kuwano war zuletzt im Oktober 1975 mithilfe von Interpol in Frankreich ausfindig gemacht worden, wo er an der Sorbonne eingeschrieben war. In Zusammenarbeit mit der französischen Polizei wurde sofort die Verfolgung aufgenommen, aber Kuwano gelang es, sich dem Zugriff durch das französisch-japanische Ermittlerteam zu entziehen und zu fliehen. Wann er nach Japan zurückgekehrt ist, ist nicht bekannt. Obwohl aufgrund eines falschen Namens und der Tatsache, dass die Leiche durch die Nähe zum Explosionsherd nicht mehr intakt ist, die Identifizierung verhältnismäßig lange gedauert hat, konnte anhand seiner Fingerabdrücke nun zweifelsfrei festgestellt werden, dass es sich um Kuwano handelt. Zum gegenwärtigen Zeitpunkt geht die Sonderkommission nicht zwangsläufig von einer Tatbeteiligung aus, schließt diese aber auch nicht aus und ermittelt entsprechend.*

*In unmittelbarer Nähe des Tatorts wurden zudem die*

*Fingerabdrücke einer weiteren Person gefunden, nach der im Zusammenhang mit dem Anschlag von 1971 gefahndet worden war, nämlich die des mutmaßlichen Komplizen von Kuwano, Herrn A. (44), ebenfalls ehemaliger Student der Universität Tokyo. Da A. den Behörden zufolge nicht ins Ausland geflohen sei, sei in seinem Fall die Strafverfolgung bereits verjährt. Kuwano und A. sollen radikal gewesen sein, aber unabhängig von organisierten Gruppen operiert haben. Da der Anschlag in Shinjuku zahlreiche Parallelen zu dem Fall in Tomigaya aufweist, geht die Polizei davon aus, dass A. sachdienliche Hinweise geben kann und sucht deshalb nach ihm.*

Als man in den Nachrichten dazu überging, die Sache von 71 wieder aufzurollen, hörte ich schon nicht mehr zu. Ich war wie erstarrt. Geraume Zeit später ließ ich endlich den Blick sinken und betrachtete das Glas in meiner Hand. Die sepiafarbene Flüssigkeit darin schlug Wellen. Meine Hand zitterte. Aber diesmal nicht, weil ich nicht genug Alkohol im Blut hatte. Kuwano war tot. Man habe ihn anhand seiner Fingerabdrücke identifiziert, hatte der Sprecher gesagt. Ich konnte es kaum glauben. Tot …? Was für ein jähes Ende. Sollte das der Schlussstrich unter die vergangenen zweiundzwanzig Jahre sein? Klappe zu, Affe tot? Vorstellung beendet? Zweiundzwanzig Jahre. Jahre, in denen ich wieder und wieder alles aufgegeben hatte, Beruf und Wohnort wechselte, sobald es auch nur im entferntesten nach Staatsschutz roch. Ein Stück Zeit, das man mir entrissen hatte. Ich sah es förmlich vor mir. Es hatte einen Anfang, es hatte ein Ende. Aber es gab keinen Eingang mehr und auch keinen Ausgang. Zweiundzwanzig Jahre: Ein nutzlos gewordenes Stück. Hier war es: direkt vor meinen Augen. Schaukelte in einem Meer von Alkohol.

»Mutmaßlicher Komplize A.«, trällerte Toko. »Wie fühlt man sich als Fernsehstar?«

Die Zeit vor meinen Augen schmolz; langsam kehrte die Realität zurück. Aber es war nicht die, die gegangen war. Es war eine andere Realität, eine ohne Kuwano. Ich musste mich zusammenreißen. Trotzdem, dachte ich, das waren einfach zu viele Zufälle. Ich in der Nähe des Tatorts. Yuko Endo, die einzige Frau, mit der ich je zusammengelebt hatte, auch. Und dann: Kuwano.

Toko schaltete den Fernseher aus. Es wurde wieder still.

Ich seufzte. Ein Seufzer, der zweiundzwanzig Jahre darauf gewartet hatte, ausgestoßen zu werden. Er verklang in der Stille.

»Von einem Fernsehstar bin ich noch weit entfernt«, fand ich endlich meine Stimme wieder. »Es wurde weder mein richtiger Name genannt noch ein Foto gezeigt.«

»*Noch* nicht. Aber wart mal ab. Die Wochenmagazine sind nicht so rücksichtsvoll, die warten ganz sicher mit einem Foto von dir auf.«

»Die aktuellsten Bilder von mir sind über zwanzig Jahre alt.«

»Es gibt genug Leute, die dich kennen. Eine Fotomontage oder ein Phantombild herzustellen, ist kein Problem. Fotos aus deiner Studienzeit werden sie wohl auch auftreiben.«

»Wahrscheinlich. Was ist mit dir? Glaubst du auch, dass ich etwas mit der Sache zu tun habe?«

Toko schüttelte den Kopf.

»Sehe ich so schlicht aus? Ich habe dein Zimmer gesehen. Kein Ort, ein Bombe zu basteln. Außerdem hast du kein Motiv. Und selbst wenn du eines gehabt hättest, hättest du wohl kaum zwanzig Jahre gewartet, um meine Mutter zusammen mit ein paar Dutzend anderer Leute in die Luft zu jagen. Außerdem bist du zwar insgesamt ziemlich entspannt, aber nicht, wenn es um Fingerabdrücke geht. So ein Anfängerfehler, wie am Tatort Fingerabdrücke zu hinterlassen, wäre dir nicht passiert. Dass du mit der Sache in Shinjuku nichts zu tun hast, sieht ein Blinder. Und die Polizei sicher auch. Schließlich suchen sie dich als *Zeugen*.«

Sie stieß eine Rauchwolke aus und blickte ihr nach, bevor sie wieder mich ansah. »Stellst du dich?«

»Nein.«

»Warum nicht? Wenn du mit der Sache in Shinjuku nichts zu tun hast, *bist* du doch bloß Zeuge. Die Sache von damals ist doch verjährt. Meine Mutter hat übrigens immer behauptet, dass das ein Unfall war.«

»Anklagen können sie mich für die Sache von damals natürlich nicht, aber sie werden mich unter irgendeinem fadenscheinigen Vorwand ein paar Tage festhalten.«

»Das wäre doch nicht so schlimm. Also, warum stellst du dich nicht?«

»Innerer Widerstand.«

»Weil du dich dem ›staatlichen Gewaltapparat‹ nicht ausliefern willst?«

»Sein Image hat sich gebessert, das gebe ich zu.«

Toko sah mich entgeistert an. »Du bist nicht mehr ganz dicht.«

»Ich lebe jetzt seit zweiundzwanzig Jahren unsichtbar. Praktisch die Hälfte meines Lebens. Ich habe keine Lust, meine Gewohnheiten zu ändern.«

Sie sah mich eine Weile schweigend an. »Wie gesagt«, sagte sie schließlich. »Ich dachte, die harten Hunde wären ausgestorben.«

Ich leerte mein Glas. Dann sagte ich: »*Du* wolltest wissen, warum deine Mutter sterben musste. Die Wahrscheinlichkeit, dass so viele Zufälle auf einmal geschehen, ist so hoch wie die Wahrscheinlichkeit, von einem Meteoriten erschlagen zu werden. Mich befriedigt das nicht. Ich will wissen, warum deine Mutter sterben musste. Und ich will es nicht von der Polizei erfahren oder aus den Medien.«

»Ich bin mit mir im reinen«, sagte sie, senkte einmal kurz den Blick und sah wieder auf. Auf ihrem Gesicht lag ein leises Lächeln. »Du bist wirklich noch einer vom alten Schlag. Wir sind im zwanzigsten Jahrhundert. Das weißt du schon, oder?«

»Ja, das weiß ich. Und ja, ich weiß auch, dass ich vielleicht nicht ganz auf der Höhe der Zeit bin. Aber was soll ich machen? Das lässt sich genauso wenig ändern wie meine Abhängigkeit von der Flasche.«

Das Lächeln lag immer noch auf ihrem Gesicht.

»Dann erzähl mir, was im Park passiert ist«, sagte sie ruhig.

Ich überlegte. Überlegte, ob es einen Grund dafür gab, ihr das zu erzählen. Es gab einen. Ich hatte mit ihrer Mutter zu tun gehabt. Toko hatte mir die Nachricht vom Tod ihrer Mutter überbracht. Und zwar innerhalb eines halben Tages. Ich nickte, dann fing ich an zu erzählen. Dass ich im Park gewesen war, warum ich zu der Zeit dort gewesen war und was ich gesehen hatte. Ich erzählte ihr von Asai und seinem merkwürdigen Besuch. Und dass ich anschließend von mir unbekannten Typen zusammengeschlagen worden war. Es kam mir so vor, als wäre das alles schon Ewigkeiten her, dabei war es erst gestern passiert. Ich erzählte ihr natürlich nicht alles, aber immerhin das meiste.

Als ich geendet hatte, dachte sie eine Weile nach. »Ein Dreifachzufall«, sagte sie lapidar.

Ich nickte. »Wusstest du von Kuwano?«

»Meine Mutter hat ihn mal erwähnt.«

»Wann habt ihr, du und deine Mutter, eigentlich das erste Mal über mich gesprochen?«

»Als sie mir erzählte, dass sie dich gefunden hat. Das ist jetzt genau zwei Jahre her. Ende Herbst. Ab da haben wir dann öfter über dich gesprochen. Warum weiß ich nicht so genau. Wir haben einmal die Woche miteinander telefoniert. Und über dies und das geredet. So wie Freundinnen eben. Wir haben auch über begriffsstutzige Männer gesprochen. In dem Zusammenhang fiel irgendwann dein Name. Und aus dem wurde dann eine ganze

Story. Wobei es im wesentlichen um die drei Monate ging, die ihr zusammengelebt habt. Für meine Mutter warst du anscheinend das Paradebeispiel eines begriffsstutzigen Typen. Was ich jetzt irgendwie nachvollziehen kann. Naja, ihre Geschichte war wie ein Lied über eine Zeit, die auch ihre Reize hatte. Ein Oldie eben.«

Ich lächelte gequält. Das klang nach Yuko. Die Art zu reden hatte Toko wohl von ihrer Mutter geerbt.

»Aber warum hat sie dir das alles erzählt?« fragte ich.

»Du weißt doch, wie sie war. Nicht immer ganz nachvollziehbar.«

»Ich weiß. Euer Verhältnis scheint auch nicht gerade die typische Mutter-Tochter-Beziehung gewesen zu sein ...«

»Hätte es das sein müssen?« Sie warf mir einen spitzen Blick zu.

»Nein«, erwiderte ich.

»Du hast mir übrigens noch nicht alles erzählt.«

»Ich habe dir alles erzählt.«

»Und was ist mit dem Verhältnis zwischen euch und der Sache von 71?«

»Das hast du doch eben gehört.«

»Ach, hat sich das wirklich so abgespielt, wie sie es in den Nachrichten gesagt haben? Das kann ich mir kaum vorstellen. Und was war das für ein Verhältnis zwischen euch dreien?«

»Das brauchst du nicht zu wissen.«

»Du spinnst wohl!« fuhr sie mich an. »Ich habe ein Recht darauf, es zu erfahren. Ich habe genau das gemacht, was du mir gesagt hast. Bin auf dem Heimweg wie ein Idiot durch die Kaufhäuser gezogen. Und als ob das nicht schon genug wäre, steh ich jetzt auch noch im Fokus der verdammten Medien. Als die Tochter der beim Anschlag ums Leben gekommenen Tochter eines Abgeordneten. Gefundenes Fressen für diese Hyänen. Als ich vorhin bei meinem Großvater aus der Tür trat, standen sie mit ihren Kameras schon parat. Und dann die Polizei! Die war natürlich auch wieder da. Die konnte ich allerdings auf morgen vertrösten. Ich habe behauptet, ich hätte keine Zeit. Wenn mein Großvater nicht der wäre, der er ist, würden die sicher auch anders mit mir umspringen. Dann habe ich, zur Vorsicht, ein Taxi genommen und bin wieder durchs Kaufhaus, diesmal in Shibuya. Außer dass ich jetzt weiß, wie man Verfolger abschüttelt, hat mir der Tag heute nichts gebracht, nichts. Und morgen bin ich dann im Fernsehen, wie ich bei der Totenwache sitze oder der Trauerfeier. Womöglich auch noch im Mittagsmagazin. Zum Kotzen!«

»Das kann ich verstehen«, sagte ich. Was hätte ich sonst sagen sollen. Widersprechen konnte ich nicht und helfen auch nicht.

»Meinst du nicht, dass du mir wenigstens erzählen könntest, was damals passiert ist?« sagte sie und schoss mir einen wütenden Blick zu. Dann zündete sie sich eine neue Zigarette an. *Mann, machen Zippos einen Lärm*, dachte ich. Dann bat ich sie, mir auch eine zu geben.

Überrascht sah sie mich an. »Du rauchst?«

»Als ich gemerkt hab, dass ich Alkoholiker bin, hab

ich aufgehört. Auch wenn's blöd klingt, ich dachte, Leber oder Lunge. Aber jetzt würd ich gerne eine rauchen.«

Anstandslos legte Toko die Schachtel *Short Hope* und ihr Zippo auf den Tisch. Ich nahm mir eine und zündete sie an. Sie schmeckte bitter. Der Rauch der ersten Zigarette, die ich seit wer weiß wie vielen Jahren rauchte, blähte meine Lungenflügel wie einen Blasebalg.

»Eines wüsste ich vorher aber gerne.«

»Was?«

»Was ist mit deinem Vater?«

»Gestorben. Bei einem Unfall, als ich fünfzehn war. Mein Vater war fünf Jahre älter als meine Mutter. Beamter im Außenministerium. Vor seinem Tod hat er in der japanischen Botschaft in Amerika gearbeitet. Es war ein Autounfall. Danach ist meine Mutter zurück nach Japan. Ihren Mädchennamen hat sie allerdings nicht wieder angenommen. Den hat sie gehasst. Nicht, dass sie sich viel aus Namen gemacht hätte, sie wollte bloß nicht Endo heißen. Genau genommen habe ich von ihr mehr über dich als über meinen Vater gehört. Als ich sie mal darauf ansprach, meinte sie nur, *deinen Vater kennst du doch*. Ist das nicht unglaublich? Das hat sie gesagt: *Deinen Vater kennst du doch*. Ich war fünfzehn, als er starb. Nicht gerade das einfachste Alter. Sie hätte sich ja auch einmal in meine Lage versetzen können, aber nein, *deinen Vater kennst du doch*. Der eigenen Tochter gegenüber. Das ist doch nicht normal! Ich frage mich, womit mein Vater das verdient hat ...!«

»Berechtigte Frage«, erwiderte ich.

Eine Weile herrschte Schweigen. Ich brach es als erster. »Trotzdem. Sie wusste, wo ich war. Warum hat sie mich nicht angesprochen?«

»Bist du wirklich so schwer von Begriff? Ich dachte, Coolness und Begriffsstutzigkeit hätten nichts miteinander zu tun, aber bei dir scheinen die ja eine harmonische Ehe zu führen. Meine Mutter hat dich geliebt.«

Ich ließ mir ihre Worte durch den Kopf gehen. Das verstand ich nicht. Und genau das sagte ich ihr: »Das verstehe ich nicht.«

»Es ist eine Frage des Stolzes. Wusstest du nicht, dass der Stolz einer Frau zehntausend Gesichter hat?«

*Nein, das wusste ich nicht*, erwiderte ich.

Jetzt war sie es, die seufzte. »Schon gut, vergiss es. Erzähl mir lieber von eurem Verhältnis und was 71 passiert ist. Ich will deine Version hören. Nicht die der Presse.«

Ich überlegte. Hatte sie wirklich ein Recht darauf, das zu erfahren? Mir schien, sie hatte. Ich schuldete es ihrem Vater, und ich schuldete es ihr, Toko. Sonst hätte ich wohl nichts erzählt.

»Gut«, sagte ich. »Es ist allerdings eine etwas längere Geschichte ...«

»Das macht nichts. Ich will alles wissen.«

*Wo sollte ich anfangen*? »Ende der sechziger Jahre gab es Studentenunruhen. Das weißt du, oder?«

»Mehr oder weniger. Meine Mutter hat mir davon erzählt. Viel weiß ich allerdings nicht. Ist ja auch schon eine Ewigkeit her, fast schon *legendär*. Dass die guten alten Zeiten euch ein Leuchten in die Augen zaubern, so viel weiß ich jedenfalls.«

Erneut entrang sich mir ein gequältes Lächeln. Aber sie hatte recht. Für Toko war diese Zeit genauso aktuell wie das Pleistozän. Selbst für mich war sie auf merkwürdige Art und Weise *legendär*. Von ihrer Warte aus betrachtet, waren wir vielleicht nur eingebildete Nostalgiker. Ich wusste es nicht. Ich war ein alter Alkoholiker, mehr nicht. Und die Zeit damals ein vergilbtes Bild, das irgendwo vor sich hinschlummerte. Ich hatte nie das Bedürfnis verspürt, es wieder hervorzukramen. Aber angesichts der beiden Toten musste ich genau das jetzt wohl tun. Wir waren schließlich Kinder dieser vergilbten Zeit.

»Wir schreiben das Jahr 1969«, begann ich.

# 6

An dem Abend war ich alleine auf dem Dach. Jenseits der schneidend kalten Finsternis funkelten Lichter. Shibuya. Ich starrte eine Weile auf das Lichtermeer, das zum Greifen nahe schien. Es war still. Das einzige, was dann und wann zu hören war, war der dumpfe Schlag eines Steins. Bis aufs Dach des vierstöckigen Gebäudes schafften sie es mit ihren Schleudern aber nicht. Sonst war nur *ich* zu hören. Ich sang *Nagai kami no shojo –The Girl with long hair*, ein Hit der Gruppe *The Golden Cups*, die damals gerade schwer in waren.

»Du triffst ja keinen einzigen Ton«, sagte plötzlich jemand hinter mir entnervt. Ich wandte mich um und sah Yuko Endo herankommen; sie trug einen Anorak, ihr Atem war weiß.

»Generalversammlung schon zu Ende?« fragte ich lapidar zurück.

»Noch nicht, aber ich hatte keine Lust mehr. Kuwano ist geblieben, das reicht.«

»Hmm ... Kann ich dich mal was fragen?«

»Was?«

»Bin ich unmusikalisch?«

»Merkst du das nicht selbst?«

»Nö.«

Mitleidig schüttelte sie den Kopf. »Du bist ein hoffnungsloser Fall. Aber davon mal abgesehen: Das Yasuda-Auditorium ist gerade gefallen, und du sitzt hier und singst?! Du hast vielleicht Nerven. Und dann noch so einen Weichspüler. Schon mal an die Lage gedacht, in der wir uns befinden?«

»Soll ich lieber die *Internationale* anstimmen? Oder die *Warschawjanka*?«

»Blödmann.«

»Ich mag die *Group Sounds*. Lieber noch als die Beatles. Ich kann auch *Swan tears* von OX. Willst du mal hören?«

»Du hast weniger Einfühlungsvermögen als ein Insekt«, sagte sie mit einem Blick, als ob sie tatsächlich eine haarige Raupe vor sich hätte, und stützte die Ellbogen aufs Geländer. Schweigend starrten wir auf das Lichtermeer von Shibuya.

»Sag mal, hast du nicht auch manchmal das Gefühl, dass alles umsonst ist?«

»Was *alles*?«

»Na, der Kampf. Die Leute im Yasuda-Auditorium haben gekämpft, wir kämpfen, und trotzdem ändert sich rein gar nichts.«

»Naja, die Love-Hotels in Shibuya haben wegen uns bestimmt keine Einbußen.«

Normalerweise hätte ich für so eine Bemerkung einen Schlag kassiert, aber Yuko blieb stumm. Das kam mir komisch vor, ich sah sie an. Dass das Auditorium gefallen war, hatte sie geschockt. Alle, die sich hier verbarrikadiert hatten, waren geschockt. Es war der 19. Januar. Der Abend, an dem wir die Nachricht im Radio gehört hatten.

Zu dem Zeitpunkt hielten wir das Gebäude Nr. 8 auf dem Campus in Komaba besetzt, das Pendant zum Yasuda-Auditorium in Hongo, die beiden symbolischen Pfeiler der Universität Tokyo. Hier hatte sich seit dem 15. Januar die Fraktion Komaba verbarrikadiert, etwa siebzig Leute vom »Nationalen Ausschuss der gemeinsam kämpfenden Studenten«, dem *Zenkyoto*. Aus meinem Studienjahr waren wir zu dritt: Makoto Kuwano, Yuko Endo und ich. Kontrolliert wurde der Campus allerdings von einem Kommando, das die Jugendorganisation einer gewissen politischen Partei aus ganz Japan rekrutiert hatte, dem Bündnis M. Dieses Bündnis, das sich die Aufhebung unbefristeter Streiks und unsere Auslöschung auf die Fahnen geschrieben hatte und Gerüchten zufolge 2000 Mann stark sein sollte, hatte uns komplett von der Außenwelt abgeschnitten.

Unter den Eingeschlossenen waren wir drei Romanisten ein besonderes Trio. Unser Anführer war Kuwano. Kennzeichen: Superhirn. Einer, dem selbst die Anführer der Fraktion Komaba nicht das Wasser reichen konnten. Der nichtsdestotrotz über eine gehörige Portion Idealismus verfügte. Kuwano sprach immer leise, und trotzdem kam so gut wie niemand gegen ihn an. Und das lag weniger an dem, was er sagte, sondern mehr an der Art, wie er es sagte. Seine Stimme war schon in den Köpfen der Zuhörer versickert, bevor man das, was er sagte, gedanklich überhaupt verarbeiten konnte. Wie sanfter Regen, der auf ausgetrockneten Wüstenboden fällt. Ungefähr so. Dann Yuko Endo. Berüchtigt für ihren ans Zerstörerische gehenden Radikalismus. Oder freundlicher ausgedrückt: extrem avantgardistisch. Hatte schon im ersten Studienjahr die Leitung der Theatergruppe übernommen. Eine ihrer Aufführungen habe ich gesehen, nachdem sie mich gezwungen hatte, eine Karte zu kaufen. Und ganz ehrlich: ein so grauenhaftes Stück habe ich danach nie wieder gesehen. An die Handlung kann ich mich nicht mehr erinnern, ich weiß nur noch, dass es eine Szene gab, wo sie einen in blaue Farbe getränkten Apfel ins Publikum feuerte. Dieser Apfel traf mich genau an der Stirn. Als ich mich anschließend darüber bei ihr beschwerte, sagte sie nur: *Du solltest dankbar sein, dass der Apfel dich erwischt hat, du Glückspilz. So eine Gelegenheit, aus der Bequemlichkeit des Alltags auszubrechen, kriegt nicht jeder!* Mit diesem »Glück« konnte ich allerdings überhaupt nichts anfangen. Wenn sie ein Mann gewesen wäre, hätte ich ihr eine reingehauen. Und ich? Ich war wohl derjenige, der sich am allerwenigsten am richtigen Platz befand. Der größte Teil unserer Mitstreiter war beseelt von der Idee. Aber ich gehörte nicht zu der Abteilung »Hirn«, ich gehörte zu den »Muckis«, da waren sich alle einig. Niemand wäre auch nur auf die Idee gekommen, mit mir zu diskutieren. *Du gibst dich mit jedem Dreck zufrieden*, hat Yuko einmal zu mir gesagt. *Wie kann man nur so anspruchslos sein?* Das beschreibt meine Haltung wohl am besten.

Sei's drum. Die Nr. 8, wie wir das vierstöckige Hauptgebäude des Komaba Campus bezeichneten, hatten wir uns mit dem Bündnis M. gewissermaßen »geteilt«. M. hielt das Erdgeschoss besetzt. Sie hatten es so verbarrikadiert, dass man das Gebäude nur durch einen mit Tischen und Stühlen angelegten Tunnel betreten und wieder verlassen konnte. Der erste Stock war neutrale Zone, die hatten wir verbarrikadiert. Unser Aktionsradius beschränkte sich also auf den zweiten und dritten Stock. Dank der zahlreichen Steinwürfe waren sämtliche Fenster auf unseren Etagen nur noch gähnende Löcher. Aus diesem Grund hatten wir es uns angewöhnt, trotz schneidender Kälte, in den toten Winkeln auf dem Boden zu schlafen. Aber Steine zu werfen war dem Bündnis M. offenbar nicht genug; jeden Abend trommelten sie auf Metallfässern herum und brannten im Erdgeschoss tonnenweise Räucherwerk gegen Kakerlaken ab. So verrückt es klingen mag – damit wollten sie uns tatsächlich um den Schlaf bringen. Außerdem stellten sie Strom, Gas und Wasser ab, was, das muss man ihnen lassen, ein kluger Schachzug war. Die Hähne waren alle im Erdgeschoss, ihrem Territorium. Und: auf Strom und Gas kann man verzichten, auf Wasser nicht. Dieses Problem war schon einen Tag nach der Besetzung von Nr. 8 *das* Thema bei den Mitgliedern der Fraktion Komaba. Irgendjemand musste ins Erdgeschoss und das Wasser wieder andrehen. *Wir machen das,* schlug ich Kuwano vor. Er nickte, ohne auch nur einen Moment zu zögern. Wir gingen hinunter und drehten wieder auf, ohne dass uns jemand vom Bündnis M. über den Weg lief. Als man bemerkte, dass wir wieder Wasser hatten, und erneut abdrehte, hatten wir schon mit vereinten Kräften alle Behälter, die wir auftreiben konnten, auf Vorrat gefüllt.

»Was wird's werden? Was glaubst du?« unterbrach Yuko meine Gedanken. »Widerstand oder Abzug?«

»Woher soll ich das wissen? *Du* warst doch bei der Versammlung ...«

»Als ich ging, wurde noch gestritten.«

»Hmm. Wofür bist du?«

»Ich bin für Widerstand. Wir kämpfen jetzt seit knapp einem Jahr, seit den Zusammenstößen zwischen der Polizei und den Medizinern. Da will ich doch jetzt nicht die weiße Fahne hissen. Du etwa?«

»Keine Ahnung. Das Denken überlasse ich euch.«

»Aha. Machst du einen auf nihilistisch oder bist du beschränkt?«

»Ich weiß nicht. Ich bin halt so.«

»Weißt du, was mich schon immer gewundert hat?«

»Was?«

»Dass ihr Freunde seid, Kuwano und du.«

»Tja, da sind wir schon zu zweit.«

»Übrigens«, sagte sie. »Ich wusste gar nicht, dass ihr das wart, die ins Erdgeschoss sind und das Wasser wieder angedreht haben.«

»Ja.«

»Die hätten euch gelyncht, wenn ihr einem von denen über den Weg gelaufen wärt. Daran habt ihr wohl nicht gedacht.«

»Deshalb sind wir ja am helllichten Tag runter. Da sind

so viele normale Studenten unterwegs, dass sie uns höchstens ein Bein oder einen Arm gebrochen hätten, wenn sie uns erwischt hätten.«

»Aha.« Sie seufzte. »Wie nennt man das? Leichtsinn? Naivität?«

Ein Stein flog heran. Wahrscheinlich hatte man uns gesehen. Er krachte direkt unter uns gegen die Wand. Dem dumpfen Aufprall nach zu urteilen, musste er ungefähr faustgroß gewesen sein.

»Ihr da oben«, hörte man jemanden brüllen. »Wir gehen jetzt was Warmes essen, bis später.« Und eine zweite Stimme: »Lösen Trotzkisten ihre Nahrungsprobleme basisdemokratisch?«

Ihrem Dialekt nach zu urteilen, vom Land rekrutierte externe Kämpfer. Deren Gebrüll drehte sich fast immer ums Essen. Offenbar war man draußen, das Bündnis M. eingeschlossen, der festen Überzeugung, dass bei uns Nahrungsmittelknappheit herrsche. Erst viel später erfuhr ich, dass mobile Einsatzkräfte der Polizei eine Truppe der *Zenkyoto* daran gehindert hatte, uns Proviant zu bringen; einige von ihnen hatte man sogar festgenommen. Und selbst wenn es im Licht der Schlacht um das Yasuda-Auditorium nur eine Randnotiz war, die zunehmend schlechte Versorgungslage, hatte es in einem Zeitungsartikel, den ich später las, geheißen, bereite den Betroffenen auf dem Komaba Campus großes Kopfzerbrechen. De facto hungerten wir keineswegs. Vor der Besetzung hatten wir nämlich einen Co-op überfallen und uns Unmengen von Instantnudelsuppen unter den Nagel gerissen.

»Die lernen einfach nichts dazu, diese Dummköpfe. Soll ich mal einen Stein schmeißen?«

»Lass es. Dafür ist unsere Munition zu schade. Es sei denn, du kannst einen mit einem gezielten Wurf umbringen.«

Während wir uns unterhielten, erschien eine schwarz behelmte, kleine Gestalt auf dem Dach. Kuwano. Seine Jacke war leicht verschmutzt. Natürlich waren wir alle seit Tagen ungeduscht. Richtig sauber war niemand. Aber Dreck hatte Kuwano noch nie etwas anhaben können, er sah immer irgendwie sauber aus.

»Hier seid ihr«, sagte er, als er uns bemerkte. »Warum wart ihr nicht bei der Generalversammlung?«

»Dich zu fragen geht einfach schneller«, erwiderte ich.

»Und? Seid ihr zu einem Ergebnis gekommen?« fragte Yuko dazwischen.

»Noch nicht«, schüttelte Kuwano den Kopf. »Die Lage ist kompliziert. Und die Meinung ziemlich genau gespalten: Die einen sagen *Widerstand*. Aus Solidarität mit den Leuten vom Yasuda-Auditorium. Was bedeuten würde, eine etwa zwanzig Mann starke Sondereinheit hier zu lassen.«

»Wieso?«

»Um die Nr. 8 nicht kampflos dem Bündnis M. zu überlassen. Nur, wenn wir uns mit denen anlegen, schickt die Universitätsverwaltung die Bereitschaftspolizei rein. Aufgefordert, das Gebäude zu verlassen, hat sie uns ja schon. Außerdem könnte die Polizei jederzeit von sich aus stürmen. Dann wäre alles verloren, das Yasuda-Auditorium und die *Zenkyoto*. Also sagen die einen: mit einem Teil der Leute, inklusive Anführer, abziehen und mit dem Rest Widerstand leisten. Die anderen sind für kompletten Abzug. Um nicht noch mehr Leute zu verlieren.«

»Was ist mit den Sozis?«

»Die sind auch gespalten. Aber letztendlich wollen sie die Führung wohl den Unabhängigen überlassen, also uns.«

»Wer's glaubt, wird selig.«

»Sie kennen ihre Grenzen. Die Kommunisten haben hier keinen leichten Stand.«

»Und du? Wofür bist du?«

»Für Abzug natürlich.«

»Wieso?« fragte Yuko.

Er warf ihr einen kurzen Blick zu, dann fuhr er fort. »Wenn man sich dafür entscheidet, eine Sondereinheit hier zu lassen, bleibe ich. Ich habe keine Lust, mit einem Teil der Mannschaft abzuziehen. Außerdem missfällt mir der Gedanke, ›Hauptsache die Anführer sind in Sicherheit‹. Wenn wir uns für Widerstand entscheiden, wird aber Blut fließen. Und das will ich nicht. Auf dem Campus in Hongo ist heute einer ums Leben gekommen. Als ich das hörte, dachte ich, *das geht zu weit, das will ich nicht, keine Toten, keine Verletzten*. Nicht bei uns, nicht bei der Universitätsverwaltung, nicht einmal beim Bündnis M.«

»Was ist denn mit dir los? Solche verweichlichten Humanistentöne höre ich bei dir zum ersten Mal. Haben dir die Rauchbomben das Hirn vernebelt, oder was?«

Kuwano lächelte. »Was denn? Glauben die Typen im Ernst, dass die Räuchertaktik etwas bringt?«

»Ganz wirkungslos ist sie nicht«, schaltete ich mich ein. »Ich mache nämlich unwillkürlich meinen Mund zu, wenn ich unten Wache schiebe. Was beweisen dürfte, dass wir, wenigstens entfernt, mit den Kakerlaken verwandt sind.«

Kuwano setzte erneut ein feines Lächeln auf. *Ich bin müde*, sagte er und – vielleicht war ihm kalt – rieb sich die Hände. Dann hob er den Blick und ließ ihn schweifen. Am Lichtermeer von Shibuya blieb er hängen. Sein Profil hob sich gegen die Dunkelheit ab.

»Wow«, seufzte er. »Seit Dezember hänge ich hier fest, aber dass man von hier einen so schönen Blick hat, ist mir ist nie aufgefallen.«

Am nächsten Tag, dem 20., hörten wir im Radio, dass man offiziell beschlossen hatte, keine Eingangsprüfungen abzuhalten. In der anschließend stattfindenden Generalversammlung einigte sich die Fraktion Komaba auf Abzug.

Am Mittag des 21. verließen wir die Nr. 8. Unbewaffnet, die Mädchen in der Mitte, schritten wir wie zu einem Gedränge formierte Rugbyspieler aufs Campusgelände. Das Bündnis M. griff sofort an. Es waren unerwartet wenig Leute. Nicht einmal zweihundert. Am helllichten Tage, wenn auch »normale« Studenten auf dem Campus waren, hielten sie sich bedeckt. Mich nahmen sie ordentlich in die Mangel; ich wurde geprügelt und getreten. Erstens gab es eine Menge M.ler, die noch eine Rechnung mit mir offen hatten. Zweitens ging ich ganz hinten. Ihre Knüppel hatten sie allerdings schon verbrannt. Aus Angst, dass sie wegen des Verstoßes gegen das Versammlungsgesetz belangt werden könnten. Ich hatte gerade gedacht, dass sie es wohl sehr betrüblich fanden, dass sie nur ihre Fäuste einsetzen durften, als ich Kuwano an meine Seite kommen sah. *Du kriegst wahrscheinlich das meiste ab*, hatte er vorher zu mir gesagt, *die Hälfte nehm ich dir ab*. Und dieses Versprechen hielt er. Unsere Blicke trafen sich. Und während man auf ihn einprügelte, zwinkerte er mir irgendwie zufrieden zu.

Ein paar Tage später starteten wir eine Gegenoffensive. Wir veranstalteten in Komaba wieder Kundgebungen, die zu Zusammenstößen mit dem Bündnis M. führten. Bei jeder Auseinandersetzung wurden wir weniger Leute. So verging die Zeit. Irgendwann gab die Universität bekannt, die Abschlussprüfungen in Form von Hausarbeiten durchzuführen. Damit brach der unbefristete Streik in sich zusammen. Wir waren nach und nach verstummt.

Im März zogen wir nach Kyoto, um die Studenten an der Kyoto-Universität bei der Verhinderung der Eingangsprüfungen zu unterstützen. Wir waren knapp 150 Leute. Yuko war nicht dabei. Wir kampierten im Kumano-Wohnheim und einem Gebäude der Doshisha-Universität, warfen zahllose Molotow-Cocktails, stießen mit der Polizei zusammen und machten uns schließlich geschlagen davon. Die Eingangsprüfungen an der Kyoto-Universität fanden ungehindert statt.

An dem Tag, an dem wir hätten nach Tokyo zurückkehren sollen, waren Kuwano und ich immer noch in Kyoto. Wir spazierten am Abend durch die Einkaufspassage Shingyokoku und aßen Okonomiyaki. Kuwano stammte aus Hokkaido und kannte sich mit den pikanten Pfannkuchen nicht aus. Also briet ich. Er sah mir interessiert dabei zu. Ich war im Haushalt meines Onkels in Westjapan großgeworden und hatte bestimmt schon über tausend Okonomiyaki gemacht. Wir wärmten uns die Finger an der heißen Platte und unterhielten uns über regionale Geschmacksunterschiede.

»Ich bin übrigens raus«, sagte Kuwano auf einmal.

Er sagte es so beiläufig, dass es einen Moment dauerte, bis ich verstand. Nicht, dass es völlig unerwartet gekommen wäre. »Verstehe«, sagte ich.

»Der Wind hat gedreht«, sagte er leise. »Alles hat seine Zeit.«

»Glaubst du?«

»Gegen was haben wir deiner Meinung nach gekämpft?«

»Gegen die Universitätsverwaltung, den Staat, das Bündnis M. und die Partei dahinter. So wird es jedenfalls in den Geschichtsbüchern stehen.«

»Und? Glaubst du das? Ich bin mir da nicht mehr sicher.«

»Inwiefern?«

Ich bestrich den gebratenen Pfannkuchen mit Sauce, streute Aonori darüber und sagte: »Iss.« Kuwano nickte.

»Manche kämpfen bis zur Selbstaufgabe. Aber weißt

du: Was wir uns zum Gegner gemacht haben, ist größer als Macht oder Stalinismus. Es ist keine Haltung, keine Ideologie. Es ist das Böse an sich. Ein Teil des Prinzips. Etwas, gegen das man gar nicht ankommen kann, egal, ob man sich selber aufgibt oder nicht. War das alles nicht nur ein Spiel? Ein Spiel, bei dem wir von vorneherein wussten, dass wir es nicht gewinnen können. Ein Spiel zum Spaß eben? Weißt du, wenn dir bewusst wird, dass das Böse überall ist, und dass es dir vielleicht nichts tut, aber dass du es auch nicht besiegen kannst, dann war's das. Dann bleibt nur noch Aufgabe. Oder einfacher ausgedrückt: Ich gebe mich geschlagen.«

»Klingt fatalistisch«, sagte ich. »Und reichlich abstrakt.«

»Ganz recht«, erwiderte Kuwano.

»Könnte man es nicht einfach als ›desillusioniert‹ bezeichnen?«

»Vielleicht. Oder ›abgefuckt‹, das trifft's wohl eher.«

»*Game over*?«

»*Game over*. Für mich wenigstens. Was du machst, weiß ich nicht.«

»Ich mach das, was du machst.«

Dann bestellten wir Yakisoba – gebratene Nudeln –, die wir wortlos verzehrten. Der Duft der Okonomiyaki-Sauce hüllte uns ein. Über den Kampf sprachen wir danach nie wieder.

*Game over*.

Kuwano und ich legten das Studium fürs erste auf Eis. Ohne uns darüber Gedanken zu machen, ob wir es je wieder aufnehmen würden, gingen wir einfach nicht mehr zur Uni. Stattdessen fingen wir an zu arbeiten. Wir hörten, dass die Studentenproteste abebbten und die Machtkämpfe innerhalb der einzelnen Gruppen heftiger wurden. Mit unseren alten Kameraden hatten wir nichts mehr zu tun. Von der Uni trafen wir überhaupt niemanden mehr. Auch der Kontakt zu Yuko Endo brach ab.

Kuwano arbeitete als Verkäufer im Ladengeschäft einer Bekleidungsfirma in Shibuya. Ich fing in einer kleinen Brotfabrik in der Nähe von Ikebukuro an. Jeden Morgen um fünf ging ich zur Arbeit. Befüllte die Knetmaschine mit einer Mehlmischung, die sich in einen elastischen Teig verwandelte. Den Teig verteilte ich auf Kastenformen, die zu Dutzenden auf einem Fließband in einen riesigen Ofen befördert wurden. Nach einer langsamen Runde durch den Ofen waren die Brote fertig. Mit behandschuhten Händen nahm ich die Bleche vom Band, trennte die Brote und packte sie in Holzkisten, die per LKW an die Mensen verschiedener Grundschulen ausgeliefert wurden. Um zwei hatte ich Feierabend.

Nachmittags war ich meistens in der Boxhalle. Auf dem Weg zur Arbeit hatte ich aus Interesse mal einen Blick hineingeworfen. Nach etwa einem Monat Training sagte der Besitzer zu mir: »Du hast Talent. Du solltest Profi werden.«

Kuwano kam zwei- bis dreimal im Monat bei mir vorbei, obwohl er in Komagome wohnte. Wenn wir uns sahen, sprachen wir über belangloses Zeug. *Stell dir vor,* erzählte er, *ich bin nicht mehr im Laden, sie haben mich in die Sales-Abteilung versetzt. Vielleicht bleibe ich dort.* Auch Kuwano hatte, genau wie ich, nur einen Oberschulabschluss. Aber offenbar wusste man seine Arbeit in der Firma zu schätzen.

Yuko Endo kreuzte etwa ein Jahr später bei mir auf. Meine Wohnung in Shiinamachi war nur zehn Quadratmeter groß und zwanzig Minuten Fußweg vom Bahnhof entfernt. Dafür war sie billig. Der Abend war schwül. Es klopfte. *Das wird der Zeitungsbote sein,* dachte ich, und öffnete. Vor mir stand Yuko. Einen Koffer neben sich.

»Kann ich eine Weile bei dir wohnen?« fragte sie in einem Ton, als ob wir uns erst gestern und nicht vor über einem Jahr voneinander verabschiedet hätten.

»Wieso?«

»Ich kann sonst nirgends hin.«

»Klar«, sagte ich. Nach Gründen fragte ich nicht.

So begann unser gemeinsames Leben. Für meine Coolness hatte sie nach wie vor nur beißenden Spott übrig. Als ich die Prüfung zum Boxprofi bestand, sagte sie: *Das ist wahrscheinlich das einzig Richtige für dich.* Am Haushalt zeigte sie nicht das geringste Interesse. Wer kochte, war ich. Wer putzte und Wäsche wusch, war auch ich. Sie sah mir nur schweigend dabei zu. Das einzige, was sie mit Feuereifer betrieb, war Lesen. Wieder und wieder las sie die wenigen Bücher, die auf meinem Regal standen, ausnahmslos Gedichtbände. Zeitgenössische Lyrik war damals das einzige, womit ich etwas anfangen konnte. Hin und wieder kaufte ich sogar Bände dazu. Wenn Yuko las, war sie nicht ansprechbar. *Stör mich nicht!* hieß es dann immer. Einmal sagte sie sogar: »Ich hätte nicht im Traum gedacht, dass du solche Bücher hast. Ein paar deiner Gehirnzellen funktionieren anscheinend doch noch.« Ich glaube, das war das erste und letzte Mal, dass sie etwas Nettes sagte. Warum sie ausgerechnet zu mir gekommen war, war mir schleierhaft. Sie sagte, sie habe sich exmatrikulieren lassen. In der Zeitung hatte ich gelesen, dass die Amtszeit ihres Vaters als Staatssekretär im Wirtschaftsministerium zu Ende sei, und dass eine Präfektur aus dem Norden ihn ins Rennen um einen Platz ins Unterhaus schicken wolle. Vielleicht war eine Tochter, die bei den Studentenunruhen aktiv war, bei den eher konservativen Wählern von Nachteil. Bei der *Zenkyoto* wusste damals jeder, wer ihr Vater war. Aber niemand spielte das gegen sie aus. Auch nachdem sie bei mir eingezogen war, war ihr Vater nie ein Thema. Über ihre Familie wusste ich also nichts. Was nicht heißt, dass wir ein schlechtes Verhältnis hatten. Wir redeten viel. Und nicht nur über das, was sie las. Über ihre spitzen Bemerkungen zu meiner Person dachte ich nicht weiter nach. Ein Hobby, dem wir gemeinsam frönten, war Kino. Jeden Samstag gingen wir in die All-night-Show vom Bungeiza in Ikebukuro. Dort liefen samstags immer fünf Yakuza-Filme hintereinander. Schauspieler wie Koji Tsuruta, Ken Takakura und Junko Fuji waren Dauergäste auf der Leinwand. Am Kino zeigte sich die Veränderung, die ich an Yuko wahrnahm, am deutlichsten. Als sie noch Theater gespielt hatte, hatte sie immer behauptet, alles außer Godard sei kein Kino.

Auch nachdem Yuko bei mir eingezogen war, kam Kuwano hin und wieder vorbei. Dass sie sich bei mir eingenistet hatte, nahm er kommentarlos hin. *Lange nicht gesehen*, war alles, was er sagte. Fragen stellte er keine. *Lange nicht gesehen*, erwiderte Yuko. Mehr sagte sie auch nicht. Wenn Kuwano kam, stellte Yuko Bier auf den Tisch und gesellte sich zu uns. Während Kuwano früher so gut wie nichts vertragen hatte, trank er jetzt ein Glas nach dem nächsten. *Das ist der Nachteil bei Sales*, sagte er. *Du musst dauernd einen trinken gehen*. Ich dagegen hielt mich zurück. Nicht sklavisch, aber Bier trank ich nur in Maßen. Ein Leichtgewichtsboxer darf ein-, zweiundsechzig Kilo wiegen. Ich gab mir Mühe, nicht mehr als vier Kilo darüber zu liegen. Über die Studentenunruhen sprachen wir nie.

Worüber wir oft sprachen, war meine Karriere als Boxer. Kurz nachdem Yuko bei mir eingezogen war, hatte ich meinen ersten 4-Runden-Kampf. Zu dem kamen sowohl Yuko als auch Kuwano in die Korakuen-Halle. Aus den beängstigend wenigen Zuschauern stach Yuko als einzige heraus. Hatte sie vorher eher unbeteiligt gewirkt, kam in der Halle wieder ihr radikales Theatergesicht zum Vorschein. Sie brüllte so laut aus dem blutgierigen Publikum, dass ich während des Kampfes kaum meinen Betreuer hörte. »Mach ihn kalt«, gellte ihre Stimme. Mein Gegner war kein absoluter Newcomer mehr, er hatte bereits drei Kämpfe absolviert, zwei davon gewonnen. Er boxte im selben Stil wie ich. Unser Kampf war verhältnismäßig schnell entschieden. Nachdem wir uns beschnuppert hatten, verpasste ich ihm mit der Führhand einen Schlag gegen den Kopf und mit der rechten einen Haken in die Leber. Die Kombi war so sauber geboxt, dass ich selber staunte. Mein Gegner ging zu Boden. Er stand zwar wieder auf, aber nur bis zum nächsten Körpertreffer. Dann blieb er liegen. KO in der ersten Runde nach zwei Minuten zehn Sekunden. Ich selbst hatte nicht einen Kratzer davongetragen. Der Besitzer des Boxclubs und mein Trainer strahlten. *Auf diesen Tag haben wir zwei Jahre gewartet. Endlich hat mal wieder einer aus dem Club seinen Antrittskampf gewonnen,* sagte mein Trainer. »Aber deine Freundin ... mein lieber Mann ... die kann einen das Fürchten lehren.«

*Wenn man fünf, sechs Kämpfe gemacht hat und gut ist, geht's in der Regel weiter in die 6-Runden-Kämpfe,* erklärte ich Kuwano. »Und was machst du, wenn du Weltmeister wirst und sie in deiner Vergangenheit wühlen und herausfinden, dass du bei den Protesten warst?« fragte er scherzhaft. Ich lachte. *Heh, ich hab gerade mal meinen ersten 4-Runden-Kampf gekämpft. Die Weltmeisterschaft ... davon kann ein so kleiner Club wie meiner nur träumen. Bis dahin bin ich längst Opa. Auf der anderen Seite* – unmöglich *wär's wohl nicht, jetzt wo ich Profi bin. – Zeig's ihnen – werd Weltmeister. Du würdest es bestimmt schaffen, wenn du wolltest,* sprach Yuko mir wider Erwarten Mut zu. – *Du machst mir Angst,* sagte Kuwano. *Was machst du, wenn er wirklich um einen Titel kämpft? Hast du nicht gemerkt, dass die meisten Zuschauer in der Halle nicht den Kampf, sondern dich beobachtet haben? Als du ›mach ihn kalt‹ gebrüllt hast, ist einem der Yakuza-Brüder die Kinnlade runtergefallen. Ich konnte seine Goldzähne sehen.* – Wir lachten. So unbeschwert hatten wir zu Studienzeiten nie gelacht.

Kurz darauf starb mein Onkel. Der Mann, der mich als letzter noch lebender Blutsverwandter nach dem Tod meiner Eltern als Kind zu sich genommen hatte. Man kann nicht behaupten, dass wir bis zuletzt ein enges Verhältnis hatten, aber er war trotzdem derjenige, dem ich alles verdankte. Hin und wieder hatte ich angerufen. *Uni läuft gut. Geld brauch ich auch nicht, ich arbeite nebenbei.* Für die Totenwache und die anschließende Bestattung fuhr ich hin. Bei der Gelegenheit bekam ich von meiner Tante ein Auto. *Dein Onkel ist damit gefahren,* sagte sie, *jetzt brauchen wir es nicht mehr. Er hätte sicher gern gesehen, dass du es fährst.* Als ich zu Studienbeginn nach Tokyo umzog, war der Wagen bestimmt schon zehn Jahre alt gewesen. *Danke, das Auto nehme ich gerne,* erwiderte ich und fuhr damit nach Tokyo zurück.

Als ich ankam, machte Yuko große Augen. »Das ist ja ne Gurke. Ich wusste gar nicht, das so was noch rumfährt.« Sie lachte. »Der gefällt mir«, schob sie hinterher. »Schlichtes Design, kein Schnickschnack ... Hat was von nem braven, alten Hund, findest du nicht?«

Auf mich hatte der Wagen genau denselben Eindruck gemacht. Ein Monument der Frühzeit der japanischen Autoindustrie. Ein 1-Liter-Motor mit Rädern und Lenkrad. Mehr nicht. Kein *Design*. Ein Radio war drin, aber von all dem, was ein Auto heutzutage *werthaltig* macht, war nicht einmal ansatzweise etwas zu sehen. Die Kiste war geradezu ein Sinnbild der guten, alten Zeiten.

Zur Arbeit und zum Training joggte ich, aber sonntags machten wir oft eine Spritztour. Yuko schienen diese Ausflüge zu gefallen. Auch Kuwano kam manchmal mit. Natürlich hatte der Wagen häufig Pannen. Die Reifen waren völlig abgefahren, und auch die Bremsen machten mir Sorgen. Aber eine Reparatur stand außer Frage. Erstens hatte ich kein Geld, und zweitens hätte man gleich eine Generalüberholung machen müssen.

Ein einziges Mal nur fuhr ich mit Yuko weiter weg. Es war Herbst. Wir machten einen Tagesausflug nach Hakone. Die vom Herbstlaub rot und gelb gefärbten Berge spiegelten sich im Wasser des Ashinoko. Wir saßen auf einer Bank mit Blick auf den See und genossen die Aussicht. Die sanfte Bergluft war völlig klar. Warme Sonnenstrahlen hielten uns umfangen. Yuko hatte den Kopf auf meine Schulter gelegt. Der Wind blies mir ein paar ihrer Haarsträhnen ins Gesicht. Es kitzelte. Ich sah sie an, um etwas zu sagen, machte den Mund aber sofort wieder zu. Yuko weinte. Schnurgerade kullerten ihr die Tränen über das Gesicht. Es war das erste Mal, dass ich sie weinen sah. Sie verabschiedete sich. Ich betrachtete ihren schmalen Nacken. Irgendetwas war im Begriff zu gehen. Lange Zeit bewegten wir uns nicht. Wir saßen einfach nur schweigend da.

Ein paar Tage später verschwand sie. Als ich vom Training nach Hause kam, lag nur ein Zettel auf dem Tisch.

*Mach's gut, Champ!* stand darauf, mehr nicht. *Das ist der Lauf der Dinge*, war mein erster Gedanke. Irgendwann geht alles zu Ende. Sie hat einen Ort gefunden, an den sie zurückkehren kann und ist gegangen. Wie der Wind, wenn die Jahreszeit wechselt. Wie die Studentenproteste, die wir zusammen erlebt hatten. Jetzt konzentrierte ich mich noch mehr aufs Training. Einen guten Monat später hatte ich meinen zweiten 4-Runden-Kampf. Den gewann ich ebenfalls. KO in der dritten Runde. Wieder drei Monate später, im dritten Kampf, deklassierte ich meinen Gegner sogar. Auf einen Schlag war ich im Club kein Niemand mehr. *Der kann vielleicht nach der Newcomer-Krone greifen*, freute sich der Besitzer.

Kuwano besuchte mich nach wie vor. So wenig wie ihn Yukos Einzug erstaunt hatte, erstaunte ihn ihr Auszug. Er sprach mich nicht darauf an. Und ich sagte von mir aus auch nichts dazu. Kuwano verpasste keinen meiner Kämpfe. Vom – das muss man sagen – nicht sehr feinen Publikum der 4-Runden-Kämpfe hob er sich deutlich ab. Das schien ihn allerdings nicht zu stören. Zu meiner Verwunderung brüllte *er* nun *Mach ihn kalt!* »Wo ist denn die kleine Süße hin?« fragte mein Trainer. »Hat mir einen Korb gegeben«, erwiderte ich. »Box es dir da oben aus'm Leib«, sagte er.

*Ich bin befördert worden*, sagte Kuwano eines Tages, als er mich besuchen kam. *Glückwunsch*, sagte ich. Als Quereinsteiger die Karriereleiter hinaufzuklettern – das sah Kuwano ähnlich. *Wie läuft's bei dir in der Brotfabrik?* fragte er. *Sie bezahlen mir jetzt ein bisschen mehr*, sagte ich. *Kann man vom Boxen nicht leben?* fragte er. Über so viel Naivität musste ich lachen. *Wenn du nicht Weltspitze bist, kannst du vom Boxen natürlich nicht leben. Selbst die Boxer, die in der japanischen Rangliste sind, haben einen Brotjob*, erklärte ich ihm. Er dachte einen Moment nach, dann sagte er: *Du, wir sind immer noch eingeschrieben.* Das überraschte mich ein wenig. Ich hatte gedacht, die Uni hätte uns längst exmatrikuliert. *Wir sind beurlaubt, alle beide, also wenn du zurück an die Uni willst … möglich ist es.* Ein alter Kommilitone, den er nach langer Zeit einmal wieder in Shibuya getroffen habe, habe ihm das erzählt. *Kein Interesse*, erwiderte ich. *Und du?* fragte ich zurück. Er hielt einen Moment inne, dann sagte er: *Ich glaube, ich gehe ins Ausland studieren.* Darüber denke er nach, seit er ein bisschen was auf der hohen Kante habe, und mit einem Oberschulabschluss könne man tatsächlich hier und da studieren. *Das klingt gut*, sagte ich. *Und wo willst du hin? Nach Frankreich*, antwortete er. *Aber vorher muss ich noch etwas erledigen. Was denn?* fragte ich. *Das wirst du noch früh genug erfahren*, seufzte er.

Bei mir verging immer noch ein Tag wie der andere. Ich ging zur Arbeit, anschließend zum Training, dann wieder nach Hause. Jeden Tag dasselbe. Hobbies hatte ich keine, außer die sonntägliche Spritztour. Der Wagen stand mittlerweile kurz vor dem Zusammenbruch. Da er immer draußen stand, war der Rost an der Karosserie nicht mehr zu übersehen. Die Bremsbeläge waren fast völlig runter; über kurz oder lang würden die Bremsen überhaupt nicht mehr reagieren. Trotzdem ließ ich sie nicht reparieren. Ich hatte ja noch die Handbremse. Diese Bremse, eine von den alten Stangenbremsen zum Herausziehen, griff allerdings so gut, dass man sie während der Fahrt eigentlich nicht benutzen konnte. Aber ich hatte den Bogen ziemlich schnell raus. Am Anfang langsam und das letzte Stück mit einem Ruck. So fuhr ich ein paar Mal alleine nach Hakone und wieder zurück. Nur um mich eine Weile auf die Bank zu setzen und den See zu betrachten. Dort tanzten die drei Monate, die Yuko und ich zusammen gewohnt hatten, wie leise Schatten über das Wasser.

So verging ein halbes Jahr. Ich bestritt meinen ersten Kampf um die Bezirksmeisterschaft der Newcomer. Und siegte in der dritten Runde durch KO. Die sechs Kämpfe davor hatte ich auch alle gewonnen. Fünf davon durch KO.

Eines Samstagabends in jenem Frühling rief Kuwano an. Ich sprach mit ihm vom Gemeinschaftstelefon auf dem Flur aus. Sein Anruf überraschte mich. Bisher hatte er seine Besuche nie angekündigt. Schließlich hatte er einen Schlüssel zu meiner Wohnung.

»Übermorgen fliege ich nach Frankreich«, sagte er ohne Umschweife.

Das wiederum überraschte mich nicht. Mit dieser Ankündigung hatte ich gerechnet, seit er mir von seinem Plan, im Ausland zu studieren, erzählt hatte.

»So plötzlich? Wow«, sagte ich.

»Und ich habe eine Bitte.«

»Zum Flughafen bringe ich dich natürlich. Ich nehm mir frei.«

»Darum geht es nicht«, sagte er und stockte. »Könnten wir morgen einen kleinen Ausflug machen? Mit deinem Auto? Du hast doch frei, oder?«

Damit hatte ich allerdings nicht gerechnet. Im Gegensatz zu Yuko hatte Kuwano sich nie besonders für Spritztouren interessiert. Er hatte noch nicht einmal einen Führerschein.

»Eine Abschiedsparty kannst du doch bei mir machen. Wenn wir irgendwo hinfahren, kann ich nichts trinken.«

»Wir trinken, wenn wir wieder zurück sind. Bis du wieder mit dem Abnehmen anfängst, ist doch noch Zeit, oder?«

»Ja«, sagte ich. Der nächste Meisterschaftskampf wäre erst in einem Monat.

»Wo fahren wir denn hin?« fragte ich.

»Lass mal überlegen ... Ich würde gerne mal den berühmten Wald am Fuße des Fuji sehen.«

Ich lachte. »Heh, ist das nicht ein bisschen sehr anachronistisch? Aokigahara sehen und sterben ... Der Einfall hat einen Bart, so originell ist der.«

»Was soll ich sagen«, erwiderte Kuwano lachend. »Altwerden liegt in der Natur des Menschen.«

Am nächsten Tag um fünf Uhr morgens stand er vor der Tür. Ich war, wie immer, schon eine Stunde früher aufgestanden. Hatte mein morgendliches Laufprogramm absolviert und war gerade dabei, eine Tasse Instantkaffee zu trinken. Kuwano hatte eine große, alte Sporttasche dabei.

»Was ist das?« fragte ich.

»Müll«, sagte er.

»Müll?«

»Ja, persönlicher Müll. Den will ich entsorgen. Dann sind alle Rechnungen beglichen.«

Ich dachte einen Moment nach, dann sagte ich: »Zur Müllentsorgung zum Fuji …? Aha. Willst du nicht vielleicht erst einen Kaffee trinken?«

*Doch*. Er nickte und hockte sich im Schneidersitz auf die Tatami. Wortlos schlürfte er den Kaffee, den ich ihm eingeschenkt hatte.

»Und? Wo in Frankreich wirst du studieren?«

»An der *Sorbonne Nouvelle* in Paris.«

»Und was?«

»Das weiß ich noch nicht. Bevor das Semester anfängt, will ich erst ein bisschen Französisch lernen. Deshalb fahre ich jetzt schon.«

»Naja, an der Uni bist du auf jeden Fall besser aufgehoben als in der *Sales*-Abteilung einer Bekleidungsfirma.«

Kuwano legte den Kopf schief und lachte. »Und du?« fragte er. »Wo bist du gut aufgehoben?«

»Beim Boxen. Im Moment wenigstens. Das macht mir Spaß.«

»Ja, wenn man stark ist, macht's Spaß. Nur kann ich dich leider jetzt nicht mehr anfeuern.«

*Wenn man stark ist, macht's Spaß*, hatte er gesagt, aber das war es nicht. Der Moment, wenn deine Faust trifft und der Schweiß deines Gegners im gleißenden Licht der Scheinwerfer davonspritzt, dieser Moment, den nur der versteht, der selber mal im Ring gestanden hast, *der* war's. Aber das erklärte ich ihm nicht, ich lachte nur. »Es reicht, wenn du da bist, wenn ich um den Weltmeistertitel kämpfe.«

»Ohne Witz. Wenn einer dazu in der Lage ist, dann du. Davon bin ich fest überzeugt«, sagte er ernst.

»Bin ich wirklich dazu in der Lage? Das klingt martialisch.« Ich stand auf. »Wollen wir so langsam?«

Kuwano nickte und erhob sich.

Es war halb sechs. Wir gingen zum Wagen, der in der Nähe parkte. Kuwano transportierte die Sporttasche wie eine Schachtel roher Eier. Ich machte den Kofferraum auf. Kuwano stellte die Tasche auf den Boden und vergewisserte sich, dass sie sicher stand.

»Wie fahren wir?« fragte er, nachdem er auf dem Beifahrersitz Platz genommen hatte.

»Überlass das mir. Du kennst dich mit den Straßen doch eh nicht aus.«

Morgens sprang der Wagen schlecht an. Er brauchte dringend eine neue Batterie. *Lange wird es definitiv nicht mehr dauern, bis mir die Kiste zusammenbricht*, dachte ich. *Mit Glück einen Monat.* Aller Unkenrufe zum Trotz sprang der Wagen schließlich an. Ich zuckelte los und bog auf die Yamate-dori Richtung Shibuya. Dort wollte ich auf die Autobahn. Die Straßen waren leer. Es war Sonntag und noch früh am Morgen. Der Wagen fuhr wie geschmiert, wenn auch nicht besonders schnell. Kuwano sagte keinen Ton. Erst als wir den Koshukaido überquert hatten.

»Nimm's mir nicht übel, wenn ich das sage. Ich selber fahre ja nicht Auto«, sagte er vorsichtig. »Aber könnte es sein, dass du anders fährst als sonst?«

»Ganz recht«, sagte ich. »Normalerweise fahre ich anders ... Aber die Bremse ist kaputt.«

»Die Bremse ist kaputt?«

Die Ampel vor uns wurde rot. Ich zog die Handbremse.

»Aber du hast doch gerade angehalten.«

»Das ist die Handbremse. Die Fußbremse ist im Eimer.«

Kuwano versank in nachdenkliches Schweigen.

»Verstehe ich das richtig?« sagte er dann. »Das Auto hat zwei Bremsen, eine Betriebsbremse und eine Feststellbremse, und die Betriebsbremse ist kaputt?«

»Du hast es erfasst.«

»Lass uns umkehren.«

»Wieso?«

»Das ist zu gefährlich.«

»Quatsch. Ich fahr schon seit nem halben Jahr so.«

»Nein, wir müssen zurück«, beharrte er. Das tat er sonst nie.

Ich wollte gerade widersprechen, als ein LKW rechts auf der Überholspur an mir vorbeiraste und knapp vor mir einscherte. Ich riss an der Handbremse. Ein Ruck – dann war der Widerstand plötzlich weg. Ich sah auf meine Hand. Sie hielt die Stange. Dort, wo sie befestigt gewesen war, wippte der Rest der gerissenen Feder. Kuwano wurde blass.

»Okay, du hast recht«, sagte ich. »Das war Bremse

Nr. 2. Jetzt sind beide kaputt. Was bedeutet, dass ich den Wagen nicht mehr stoppen kann. Jedenfalls nicht sanft.«

Kuwano sah mich an. In nullkommanichts hatte er seine Fassung zurückgewonnen. Sein Gesicht war so gelassen, dass es fast ausdruckslos wirkte.

»Du weißt, was hinten in der Tasche ist?«

»Müll, oder?«

»De facto ne Bombe«, sagte er ruhig.

Ich warf ihm einen kurzen Blick zu. »So was nennt man Sondermüll.«

»Du scheinst nicht sonderlich überrascht.«

»So wie du die Tasche transportiert hast, konnte es nur *Gefahrgut* sein. Selbst gebaut?«

»Was machen wir jetzt?« fragte er, ohne auf meine Frage einzugehen. Seine Stimme war ruhig. In brenzligen Situationen bewahrte er immer einen kühlen Kopf. Das hatte ich während der Studentenunruhen schon mehrmals erlebt.

Ich nahm den Fuß vom Gas. Und schaltete vom vierten schrittweise zurück in den ersten Gang. Die Eisenbahnbrücke über der Odakyu-Linie kam in Sicht.

»Ich muss irgendwo gegenfahren«, sagte ich. »Was anderes bleibt mir nicht übrig. Geht die Bombe bei Erschütterung hoch?«

»Ich glaube nicht. Garantieren kann ich's aber nicht.«

»Gut.«

An der Suido-dori bog ich rechts ab. Die Ampel war rot, aber halten konnte ich nicht. Hupend wich der Gegenverkehr aus.

»Wir sind in der Nähe von Komaba«, sagte Kuwano.

Er hatte recht. Und wenn in dieser Situation irgendetwas für uns sprach, dann, dass ich diese Gegend kannte wie meine Westentasche. Wir fuhren ein Stück geradeaus und an der Ampel mit dem öffentlichen Badehaus links. Die Straße war leer. Keine Autos, keine Menschen. Noch weiter runterschalten konnte ich nicht; der Wagen fuhr schon im ersten Gang. Und nicht viel schneller als zehn km/h. Wenn ich irgendwo weich auffahren könnte, würde wahrscheinlich nicht viel passieren. An der nächsten Gabelung hielt ich mich wieder links. Diese Straße war breit und selbst tagsüber relativ ruhig.

»Hier geht's gleich bergauf«, rief ich. »Sobald wir oben sind und der Wagen keine Geschwindigkeit mehr hat, setz ich ihn gegen einen Baum. Mach schon mal die Tür auf. Sobald's kracht, springst du raus.«

Kuwano nickte.

Die Frage, wie viel Sprengkraft die Bombe hatte, verkniff ich mir. Wenn Kuwano sie gebaut hatte, war sie top.

Es ging bergan. Ich fuhr mitten auf der Straße. Von links flog plötzlich ein Kind auf einem Fahrrad heran. Wenn ich nichts unternahm, hätte ich es gleich auf der Kühlerhaube. Meine Geschwindigkeit konnte ich nicht weiter drosseln. Kurz bevor es zum Zusammenstoß kam, riss ich das Steuer nach rechts und trat aufs Gaspedal. Dem Fahrrad konnte ich gerade so ausweichen, aber nicht der Mauer.

Ich sprang aus dem Wagen. Kuwano schien auf seiner Seite dasselbe getan zu haben.

Die Bombe explodierte nicht.

»Weg, Kikuchi! Es brennt!« hörte ich Kuwano schreien. Am Heck, nahe beim Tank, stiegen Flammen auf. Ich rannte. Kuwano rannte in eine andere Richtung. Im selben Moment kam aus der Straße, aus der das Fahrrad hervorgerast war, ein Mann im Trainingsanzug herangerannt.

»Nicht näher ran!« hörte ich Kuwano wieder schreien. Der Mann war stehengeblieben.

»Der Wagen explodiert gleich! Nicht näher ran!«

Reflexartig warf ich mich auf den Boden. Ich sah zum Auto. Das Feuer hatte in rasender Geschwindigkeit um sich gegriffen. Die ganze Karosserie stand schon in Flammen. Kuwano rannte wieder los. Diesmal in Richtung des kleinen Jungen, der wie angewurzelt neben seinem Fahrrad stand. Kuwano riss ihn mit sich zu Boden und warf sich schützend über ihn.

»Weg! Der Wagen explodiert gleich!« schrie er noch einmal.

Der Mann im Trainingsanzug blieb stehen. Wahrscheinlich überlegte er, wie man den Brand löschen könnte. Unsicher betrachtete er erst den Wagen, dann Kuwano.

Es krachte.

An das, was danach passierte, erinnere ich mich nur bruchstückhaft. Das Entsetzen im Gesicht des Jungen. Sein Losheulen einen Moment später. Der weiße Rauch überall. Kuwanos blutender Arm. Teile eines Körpers. Blut.

Ehe ich mich versah, rannten Kuwano und ich über den Campus der Uni. Durch das Tor, durch das wir bei unserem Rückzug aus der Nr. 8 damals das Gelände verlassen hatten, rannten wir quer über den Campus direkt zur Inokashira-Linie. Bis Shibuya war breit und breit keine Polizei zu sehen. In Shibuya stiegen wir sofort in die Yamanote-Linie um. In Shinjuku stiegen wir aus. Ich ging vor, Kuwano folgte wortlos. In der unterirdischen Passage gab es ein schummriges Jazzcafé, das rund um die Uhr geöffnet hatte. Dort gingen wir hinein und setzten uns an einen Tisch in der Ecke. Jetzt konnte ich mir endlich Kuwanos Verletzung ansehen.

»Keine Sorge. Ist nicht so schlimm«, sagte er.

Wahrscheinlich hatte ihn ein Metallteil vom Auto gestreift. Sein Pullover war zerrissen, es blutete. In der Wunde steckte ein Splitter, aber die Arterie schien unverletzt. Als ich den Metallsplitter herauszog, kam noch mehr Blut. Unsicher, ob er mit dieser Verletzung nicht besser einen Arzt aufsuchen sollte, band ich ihm die Wunde fürs erste mit einem Taschentuch ab.

»Wie bist du überhaupt auf die Scheißidee gekommen, eine Bombe zu bauen?« flüsterte ich.

Kuwano sagte lange nichts. Im Café waren nur ein paar vereinzelte Gäste. Konzentriert lauschten sie dem Saxophon-Solo von Ornette Coleman, das aus den Lautsprechern kam. *Ah*, dachte ich, *das Konzert im Golden Circle.*

»Ich hab dich was gefragt, Mann!« hakte ich nach.

»Kennst du das Buch *Der Revolutionswächter*?« fragte Kuwano hängenden Kopfes.

»Die Bibel eines jeden Bombenbauers? Na klar! Der Staatsschutz überprüft angeblich jeden, der es kauft.«

*Kriegt man das nicht nur bei* Kisaragi Books, *dem Buchladen um die Ecke von der Waseda-Universität?* fuhr ich fort. Aber Kuwano hörte mir gar nicht zu. Wie im Selbstgespräch hatte er angefangen zu erklären, wie man eine Bombe baut. *Als Lehrbuch ist der* Revolutionswächter *einfach zu primitiv. Ich wollte mehr. Ich wollte was* Großes *bauen. Nur* bauen, *nicht zur Explosion bringen. Also eignete ich mir chemisches Basiswissen an, lernte Formeln. Dabei wurde mir klar, dass es relativ einfach ist, eine Bombe zu bauen. Du brauchst bloß Natriumchlorat. Und weißt du was? Es gibt ein Herbizid mit Natriumchlorat. Ein Herbizid, das du überall kaufen kannst. Und dann heißt es auch noch so komisch … Weißt du, wie?* UnkrautEx! *Ein Pestizid!* UnkrautEx! *Ist das nicht zum Totlachen? Das mischst du mit Zucker, Holzkohle, Sulphur und Phosphor. Das einzig Schwierige ist das Mischungsverhältnis, aber ich glaube, das ist mir perfekt gelungen. Zum Zusammenrühren hab ich eine Feder benutzt. Meine Hand hat gezittert wie Espenlaub. Noch schwieriger ist der Zünder. Für den …*

Die Worte quollen nur so aus ihm heraus. Dunkel und endlos. Wie Ornette Colemans Session. Ich verpasste ihm eine Ohrfeige. Kuwano sah mich an, als sei er gerade aus einer Trance erwacht.

»Wir haben einen Menschen auf dem Gewissen«, seufzte er leise.

# 7

»Das ist also die Sache von 71«, sagte Toko.

»So ist es.«

»Und Kuwano? Ist er nach Frankreich gegangen?«

Ich nickte. »Planmäßig am nächsten Tag in Haneda ins Flugzeug gestiegen.«

»Da hat er aber Glück gehabt, dass die Polizei ihn nicht am Flughafen festgenommen hat.«

»Früher ging das mit den Fingerabdrücken nicht so schnell wie heute. 68 sind Kuwano und ich bei einer Demo einkassiert worden. Wegen Behinderung der Polizei bei Amtsausübung. Festgehalten haben sie uns nur 48 Stunden, aber Fingerabdrücke haben sie natürlich genommen, von jedem einzelnen Finger. Nur, der Abgleich mit denen in der Kartei, der würde dauern, dachten wir uns. Und so war's dann auch.«

Toko seufzte. »Und der Mensch, der damals ums Leben kam, war wirklich *zufällig* Polizist?«

»Ganz genau. Streifenpolizist, 25 Jahre alt. So stand's in der Zeitung. Hatte offenbar den 4. Dan im Judo. Und ist morgens laufen gegangen, so wie ich damals. Wenn er nicht Polizist gewesen wäre ... ich glaube, jeder andere wäre abgehauen, bei einem brennenden Auto.«

Toko zündete sich eine neue *Short Hope* an, obwohl sich die Stummel im Aschenbecher bereits türmten. »Eine Verkettung unglücklicher Umstände also. Da wär die Strafe doch nicht so hart ausgefallen, wenn ihr euch gestellt hättet. Dir hätte man doch höchstens Verstoß gegen die Verkehrsordnung vorgeworfen. Dann hätte man dich freigesprochen, schlimmstenfalls auf Bewährung verurteilt. Von der Bombe wusstest du ja nichts. Selbst Kuwano wäre bestimmt wegen fahrlässiger Tötung und nicht wegen Mordes angeklagt worden.«

»Kann sein«, sagte ich. »Darüber haben wir auch nachgedacht. Wir sind an dem Tag von Café zu Café gezogen und haben überlegt, was wir tun sollen. Kuwano war unschlüssig. Für eine durchdachte Entscheidung brauchte er Zeit. Also überredete ich ihn, zunächst wie geplant nach Frankreich zu fliegen. Stellen könne er sich auch später, er müsse nur zum Konsulat, sagte ich ihm. In *dem* Fall würde ich anschließend hier zur Polizei gehen.«

»Er hat sich aber nie gestellt.«

Ich nickte wortlos.

»Hasst du ihn nicht?«

Ich griff zu meiner Flasche, um mir einen neuen Whisky einzuschenken. Sie war leer. Ich öffnete die Flasche, die Toko auf den Tisch gestellt hatte.

»Ich bin mitschuldig an dem Unfall. Außerdem hat Kuwano ein Kind gerettet. Der Junge stand einfach nur da. Wenn Kuwano sich nicht über ihn geworfen hätte, wäre er tot oder wenigstens schwer verletzt worden. Wie könnte ich so jemanden hassen?«

Toko stand auf und öffnete das Fenster. Dann drehte sie sich um und sagte: »Und die Moral von der Geschicht?«

»Moral?«

»Neue Bremsen zur rechten Zeit ersparn dem Fahrer großes Leid.«

Ich lachte. »So ist es.« Ganz genau *so* ist es.

Der Qualm zog ab. Frische Luft kam herein.

»Wahnsinn, dass sie ihn nie geschnappt haben.«

»Damals hinkte man in Sachen internationale Fahndung noch hinterher. Auf die Rote Armee hat man sich erst später konzentriert. Auch die Entführung der JAL-Maschine im Jahr vorher hat nur für innerjapanische Aufregung gesorgt. Ein paar Monate später fingen selbständige Faktionen an, sich richtig mit Bomben zu bekriegen. Auch der ›Weihnachtsbaumanschlag‹ war in dem Jahr; du weißt schon, der als Weihnachtsbäumchen getarnte Sprengsatz, der im Dezember in Shinjuku hochging und mehrere Leute zum Teil schwer verletzte. Außerdem hatte Kuwano nur ein Ticket bis London. Von da kam die Polizei auch über Interpol anscheinend nicht weiter.«

»Und du? Was hast du gemacht?«

»Alles mögliche. Unter anderem auch in nicht ganz ungefährlichen Etablissements gearbeitet.«

»Das ist ne Leistung. So lange auf der Flucht, ohne aufgespürt zu werden.«

»Bis jetzt.«

»Ja, bis jetzt. Jetzt haben sie dich wieder im Visier.«

»Sieht so aus. Du solltest übrigens noch eins wissen.

Der Staatsschutz hat meine und auch Kuwanos Vergangenheit bis in den hintersten Winkel durchleuchtet. Die Beziehung zwischen deiner Mutter und mir ist kein Geheimnis.«

»Meine Mutter ist tot«, sagte Toko. »Willst du trotzdem auf der Flucht bleiben?«

»Fürs erste schon. Aber ich werde die Seiten wechseln. Ab jetzt bin ich nicht länger der Gejagte, ich bin der Jäger. Und wer auch immer Kuwano und deine Mutter umgebracht hat, ich werde ihn finden.«

Toko sah mich an. Mit dem Blick eines Kindes, das im Zoo ein ihm völlig unbekanntes, merkwürdiges Tier entdeckt hat. »Was ist denn das für ne Schnapsidee?«

»Kuwano ist der einzige Freund, den ich je hatte. Und deine Mutter die einzige Frau, mit der ich je zusammengelebt habe.«

Sie starrte mich eine Weile an. »Ich glaub, jetzt brauch ich auch was zu trinken«, sagte sie schließlich.

»Trink«, sagte ich.

Sie stand auf und holte sich ein Glas. Sie füllte es bis zum Rand und setzte an. Toko trank ihren Whisky auch pur – genau wie ich – aber im Gegensatz zu mir genehmigte sie sich einen großen Schluck. Ich trank in kleinen Schlucken, dafür ständig.

»Willst du die Ermittlungen nicht der Polizei überlassen? Was kannst du allein denn schon ausrichten?«

»Ich weiß nicht. Mal sehen.«

»Du willst dich auf ein Spiel einlassen, bei dem du nur verlieren kannst? Wie bei den Protesten damals?«

»Vielleicht.«

Ich nippte an meinem Whisky, dann sagte ich: »Jetzt bin ich dran. Weißt du wirklich nicht, was deine Mutter im Park gemacht hat?«

Sie setzte ihr Glas wieder an und nahm noch einen großen Schluck. Yuko, erinnerte ich mich, hatte nicht mehr als ein Glas Bier vertragen. Sie war außerdem immer sofort knallrot geworden.

»Wie ich der Polizei schon gesagt habe: ich weiß es nicht. Aber jetzt, nachdem ich deine Geschichte gehört habe, kann ich es mir vorstellen. Sie wollte dich treffen. Wenn sie schon die Bar kannte, kannte sie sicher auch deine Gewohnheiten.«

Da war was dran. In letzter Zeit war ich ziemlich nachlässig gewesen.

»Gut, aber wenn dem so wäre, warum ist sie dann nicht einfach in die Bar gekommen?«

»Sie wollte bestimmt, dass es wie ein zufälliges Wiedersehen aussieht.«

»Obwohl sie mich, wie du gesagt hast, schon vor über zwei Jahren gefunden hat?«

»Wie ich schon sagte: Frauen sind stolz. Aber vielleicht gab es ja auch noch einen anderen Grund.«

»Du hast mir erzählt, ihr hättet öfter über mich und die Vergangenheit gesprochen. Das, was ich jetzt mache, war nie ein Thema?«

Sie schüttelte den Kopf. »Nein, sie hat nur die alten Geschichten erzählt. Davon, dass sie etwas unternehmen will, war nie die Rede.«

»Wann habt ihr das letzte Mal miteinander gesprochen?«

»Du fragst wie ein Polizist. Aber gut. Vor drei Tagen, also letzten Donnerstag, hat sie mich angerufen. Nur so. Ich habe dir ja gesagt, dass wir ein gutes Verhältnis hatten. Sie hat oft einfach nur so angerufen. Oder ich. Letzten Donnerstag ging es im wesentlichen um die Koalition und deren Politik. Willst du wissen, wie sie darüber dachte?«

»Nein«, sagte ich. »Und sonst? Über was habt ihr sonst noch gesprochen?«

»Du kamst auch vor.«

»In welchem Zusammenhang?«

»Ich arbeite nebenher als Model. Kennst du die Agentur *Sunrise Pro*?«

»Nein.«

»Eine der größten in der Branche. Die versuchen gerade, auch ins Showbusiness einzusteigen, und hatten die famose Idee, eine Band mit mir als Leadsängerin zu gründen. Was ich allerdings rundweg abgelehnt habe. Wenn man was nicht kann, finde ich, sollte man besser die Finger davon lassen. Das habe ich meiner Mutter erzählt. Und in dem Zusammenhang sagte sie, sie kenne jemanden, der überhaupt kein musikalisches Talent habe. Das seist du. So unmusikalisch wie du wär niemand.«

Ich seufzte. »Sonst noch was?«

»Das war alles. Du kamst immer nur am Rand vor, wenn irgendetwas sie an dich erinnerte. Was bedeutet, dass die Erinnerung an dich sehr lebendig war.«

Ich fragte, was sie noch über mich erzählt habe. Aber nichts von dem, was Toko mir berichtete, half mir weiter, ganz im Gegenteil, es verwirrte mich eher. Yuko hatte ihrer Tochter nur Alltagsdetails erzählt. Sie hatte sogar die Getränke aufgezählt, die wir immer mit ins Kino genommen hatten. Aufschluss über das, was in ihrem Kopf vorgegangen war, gab das nicht. Das sah auch Toko ein.

»Hat deine Mutter gearbeitet?« versuchte ich es in eine andere Richtung.

»Sie hat für eine Übersetzungsagentur gearbeitet. Ihr Büro ist nicht weit von ihrer Wohnung in Aoyama. Sie hat auch gedolmetscht, bei internationalen Konferenzen, Symposien oder bei wichtigen Geschäftsverhandlungen. Sprach ja mehrere Sprachen fließend. Dafür, dass die Agentur noch relativ jung ist, hatte sie schon eine Menge Aufträge.«

»Apropos Sprachen. Dein Vater, sagtest du, war beim Auswärtigen Amt, nicht wahr?«

»Es war eine arrangierte Heirat. Gleich, nachdem sie sich von dir getrennt hatte. Politikertöchter verkuppelt man ja gerne mit Staatsbeamten. Und weißt du, warum sie sich darauf eingelassen hat?«

Ich schüttelte den Kopf.

»Ich kann's mir vorstellen.«

»Nämlich?«

»Wegen dir.«

»Wegen mir?«

»Ich glaube, ich weiß jetzt auch, warum sie dich damals verlassen hat. Neben dir ist einfach kein Platz. Als ihr klar wurde, dass die Nische, in die du dich zurückgezogen hast, so klein ist, dass da einfach keiner mit reinpasst, hat sie aufgegeben.«

»Moment«, sagte ich und wollte gerade widersprechen, als das Telefon klingelte. Ohne ihr Glas abzustellen, griff Toko zu dem schnurlosen Apparat, der neben ihr stand. »Ja«, sagte sie, mehr nicht. Schweigend hörte sie zu. Dann runzelte sie die Stirn. »Gut. Ich bin gegen zwölf wieder da. Wenn denen das nicht zu spät ist …?« sagte sie und blieb eine Weile still. *In Ordnung*, sagte sie schließlich und legte auf. Sie seufzte.

»Das war mein Opa. Die Polizei will scheinbar unbedingt noch mal mit mir sprechen. Bis zwölf muss ich zu Hause sein.«

»Alles klar.« Ich stand auf. »Ich mach mich dann auf den Weg.«

Überrascht sah sie mich an. »Wieso? Es ist doch erst kurz nach zehn. Bis zu meinem Opa sind's mit dem Auto keine zehn Minuten.«

»Sie haben sich bestimmt an das Verhältnis zwischen mir und deiner Mutter erinnert. Und sie wissen sicher auch, dass du hier bist.«

»Von dieser Wohnung wissen sie nichts, das habe ich dir doch schon gesagt. Und mein Großvater wird es ihnen bestimmt auch nicht erzählen. Er ist kein Fan der Polizei, trotz seiner Position.«

»Das weiß ich. Ich lese schließlich Zeitung. Aber die Polizei wird das auch wissen. Blöd sind sie nicht. Dass du alleine wohnst, können sie sich ausrechnen. Wahrscheinlich wissen sie auch schon *wo*, was sie dir allerdings nicht auf die Nase binden werden ...«

»Moment mal. Ich gehöre zur Familie eines Opfers.«

»Schon, aber du warst nicht besonders kooperativ. Oder? So weit, dass wir Kontakt haben, denken sie wohl nicht. Aber sie werden ganz sicher nicht eher Ruhe geben, bis sie alles auf den Kopf gestellt haben. Insbesondere bei Leuten, die nicht besonders kooperativ sind.«

Einen Wimpernschlag lang herrschte Schweigen. »Überschätzt du die nicht ein bisschen?« sagte sie.

»Vielleicht. Aber es ist immer besser, vom Schlimmsten auszugehen.«

»Und wo gehst du hin? In die Bar kannst du nicht mehr zurück.«

»Mach dir um mich mal keine Sorgen. Der Polizei kannst du auch von mir erzählen. *Wie* du ihnen von mir erzählst, überlasse ich dir, aber tu so, als ob ich dich bedroht hätte.«

»Warum sollte ich das tun?«

»Die Polizei sucht nach mir. Sie wird jeden überprüfen, der mit mir Kontakt hatte. Und du solltest nicht auf meiner, sondern auf ihrer Seite stehen.«

Ungläubig starrte sie mich an. Ihre Augen funkelten. Diesen Blick kannte ich. So hatte Yuko mich jedes Mal angeblitzt, wenn sie mir Vorhaltungen machte.

»Spinnst du?« Ihre Stimme hatte einen rauhen Klang angenommen. »Ich lass mir doch von dir nichts vorschreiben! Ich mache, was ich will.«

Ich lächelte gequält. Einen Moment lang hatte ich geglaubt, Yuko vor mir zu haben. Ich stand auf, ging zum Balkon, nahm meine Sneaker in die Hand und drehte mich um. »Tu mir nur einen Gefallen.«

»Was?«

»Du wirst doch sicher in ihre Wohnung gehen, um ihre Sachen zu ordnen oder so.«

»Ja klar. Wer außer mir sollte das sonst tun?«

»Wenn du irgendeinen Hinweis darauf findest, was sie zu der Zeit im Park gemacht haben könnte, in ihrem Notizbuch oder im Tagebuch, sagst du es nicht nur der Polizei, sondern mir auch?«

»Gut«, sagte sie, »unabhängig davon, ob ich der Polizei etwas von dir erzähle oder nicht. Bis zur Totenwache morgen habe ich nachgesehen. Wie kann ich dich erreichen?«

»Ich ruf dich an«, sagte ich.

Wir standen an der Tür. Sie sah mich an. Ihre Augen waren auf derselben Höhe wie meine. Wenn sie Schuhe mit Absätzen trug, konnte sie wahrscheinlich auf die meisten Männer herabsehen.

»Okay, ich hab mich entschieden.«

»Entschieden? Zu was?«

»Dir zu helfen. Dein Spiel mitzuspielen.«

»Besser nicht.«

»Wieso.«

»Mit Amateuren hat man nur Ärger.«

In ihren Augen flammte erneut Ärger auf.

»Ach so. Meine Mutter taucht bei dir auf, und die lässt du anstandslos bei dir einziehen. Ich verlange nichts, biete dir nur freundlich an zu helfen, und mich lässt du abblitzen oder was?

»Was hat das eine mit dem anderen zu tun?«

»Falsche Frage. Abgesehen davon machst du dich nur halb so verdächtig, wenn du mit mir zusammen bist.«

Ich seufzte. Gegen die Logik der Endo-Frauen kam ich nicht an. Außerdem hatte sie natürlich nicht ganz unrecht. »Gut«, gab ich fürs erste nach. »Ich gebe dir Bescheid, wenn du etwas tun kannst. Sieh dich morgen als erstes in der Wohnung deiner Mutter um. Ohne ihre Privatsphäre zu verletzen, versteht sich.«

»Ohne ihre … sag mal, geht's noch? Wenn ich was rausfinden will, *muss* ich ihre Privatsphäre verletzen.«

»Stimmt«, sagte ich. Was anderes blieb ihr in der Tat nicht übrig.

Sie verschwand noch einmal im Zimmer. Als sie wieder zur Tür kam, hatte sie eine Papiertüte dabei, die sie mir hinhielt.

»Was ist das?«

»Ein Souvenir.«

Ich nahm die Tüte entgegen und wusste sofort, was darin war: zwei Flaschen Whisky. Ich bedankte mich und schlüpfte in meine Sneaker.

Ich war schon halb zur Tür hinaus, als sie mit gedämpfter Stimme sagte: »Es gibt nur einen Punkt in deiner Geschichte, den ich nicht verstehe.«

»Welchen?«

»Warum hat er eine Bombe gebaut?«

»Das frage ich mich seit zweiundzwanzig Jahren«, schüttelte ich den Kopf. »Ich habe keine Ahnung.«

Unverwandt sah sie mich an.

»Und wo willst du heute nacht schlafen?«

»Ich such mir ein Hotel. Dafür reicht meine Barschaft.«

»Du kannst hier übernachten.«

»Nein, vielen Dank. Zu gefährlich.«

»Noch eins«, sagte sie, ohne den Blick abzuwenden.

»Was?«

»Findest du wirklich, dass diese trashigen *Group Sounds* besser sind als die Beatles?«

»Ob sie ›besser‹ sind, weiß ich nicht. Mir ist schon klar, dass sie nur ein Abklatsch der Beatles sind. Aber mir gefallen sie, auch heute noch.«

Ich zog die Tür zu. Ihr entgeistertes Gesicht verschwand. Während ich die Treppe hinunterstieg, dachte ich darüber nach, dass ich sie in einem Punkt belogen hatte. Ich konnte nirgends übernachten. Auf jeden Fall nicht dort, wo man Geld dafür bezahlen musste. Die Hotels waren bestimmt schon von der Polizei informiert worden. Der Wind war kalt. Ich ging im Kopf diverse Möglichkeiten durch, während ich auf möglichst dunklen Wegen das stille Wohnviertel hinter mir ließ. Meine Phantasie war begrenzt. Ich hatte nur eine zündende Idee.

In Yoyogi-Uehara stieg ich in die Bahn. Bis nach Shinjuku waren es knapp fünfzehn Minuten.

## 8

Am Westausgang war immer noch viel los. Es war elf Uhr. Die meisten Büroangestellten, die zu dieser Zeit noch unterwegs waren, hatten vom Alkohol gerötete Gesichter. Auf dem Weg war mir kein einziger Polizist begegnet. Alles sah aus wie immer. In einer Stunde wäre niemand mehr unterwegs. So verändert eine Rezession das Stadtbild. Um den Chuo-koen herum sähe es wohl anders aus. Aber das war etwas anderem geschuldet: der Untersuchung des Tatorts, die vermutlich noch nicht abgeschlossen war. Der Anschlag lag erst anderthalb Tage zurück.

Ich ging durch die Passage Richtung Park. Auf etwa mittlerer Höhe der sich linkerhand aneinanderreihenden Kartonagen blieb ich stehen. Das »Haus«, vor dem ich in die Hocke ging, war ein stabiler, rechteckiger Bau.

»Tatsu«, rief ich leise. Keine Antwort. Ich rief noch einmal.

An der Seite klappte die »Tür« auf, und ein Gesicht mit einem mächtigen Bart schaute heraus.

»Shima-san!« sagte Tatsu und rieb sich die Augen. »Was machst du denn hier? Um diese Zeit ...« Er klang so entspannt wie immer. »Ausgesehen hast du auch schon mal besser …« schob er nach einem prüfenden Blick in mein Gesicht hinterher.

Das hatte ich ganz vergessen. Toko hatte mich nicht verarztet. Und das letzte Mal, dass ich in einen Spiegel geschaut hatte, war Stunden her.

»Ich hatte eine kleine Meinungsverschiedenheit. Mehr nicht. Übrigens, war die Polizei schon da?«

»Und ob. Die Zivilbullen, gleich zweimal. Was die sich wohl denken, diese Schwachköpfe. Als ob wir armen, friedliebenden Schlucker die Knete hätten, so'n Feuerwerk zu veranstalten!«

»Die stehen unter Druck. Wann waren sie denn da?«

»Gestern nacht und heute kurz nach Mittag. Ob ich eine verdächtige Person gesehen hätte und so, du weißt schon, das Übliche. *Niemanden außer mir selbst*, hab ich gesagt. Das fanden sie allerdings überhaupt nicht komisch … Humor haben die keinen, die Bullen.«

*Kurz nach Mittag*, murmelte ich und dachte nach. Ein bisschen Zeit hatte ich demnach noch, selbst wenn sie ein drittes Mal kämen.

»Du«, sagte ich. »Habt ihr noch Platz für'n Neuzugang?«

Überrascht pfiff Tatsu durch die Zähne. »Willst du hier schlafen, oder was?«

»Du hast es erfasst.«

»Biste arbeitslos geworden?«

»Mehr oder weniger. Habt ihr noch'n Plätzchen?«

»Auf Neuzugänge ist man hier im Moment nicht

scharf. Ein paar von denen haben einfach an die Wohnanlagen gebaut, das ist hier überhaupt nicht gern gesehen. Hat einen Heidenärger gegeben.«

»Keine Chance also?«

»Ach was.« Tatsu grinste. »Du bist mein Gast. Du bist willkommen. Und mir widerspricht hier keiner. Tu dir also keinen Zwang an.«

»Gut, dann müsstest du mir nur noch sagen, wo ich Kartons herkriege und wie ich mir ein Haus daraus baue.«

»Nicht nötig. Nebenan ist frei.«

»Wie? Bei Gen-san?«

»Ja, der ist seit ungefähr drei Tagen wie vom Erdboden verschluckt.«

»Was ist passiert?«

»Keine Ahnung. Bevor er abgetaucht ist, hat er was von nem lukrativen Job erzählt.«

»Was soll denn das für ein Job sein? Auf'm Bau hat er in seinem Alter keine Chance mehr.«

»Keine Ahnung. Er hat nichts gesagt. Aber mach dir mal keine Sorgen. Vielleicht ist ihm was Gutes widerfahren. Gefroren hat's in letzter Zeit auch nicht. Wobei – heute nacht wird's kalt.«

Tatsu kroch aus seinem Haus heraus. *Ja*, sagte er wie zu sich selbst, *heute wird's kalt*. Er stand auf, ging die paar Schritte zum nächsten Haus, zog die Papptür auf und lächelte. »Wenn Opa Gen nach Hause kommt, bau ich dir'n neues. Aber für's erste kannst du hierbleiben. Opa Gen hat sicher nichts dagegen. Die letzte Säuberung ist auch schon fünf Tage her, also für ne Weile müsste es hier ruhig bleiben.«

Ich zog eine Flasche Whisky aus der Tüte, die Toko mir gegeben hatte.

»Ho-hoh! Nobel geht die Welt zugrunde.«

»Kleines Dankeschön.«

»Dann können wir ja jetzt deinen Einstand begießen.«

»Ohne mich. Tut mir leid. Ich muss ein bisschen schlafen.«

Er zuckte wie ein Amerikaner mit den Achseln.

»Wie du willst. Süße Träume«, sagte er und verschwand ohne weiteres wieder in seinem Haus. Er drängte nicht. Er fragte nicht. Ob das in seiner Natur lag oder hier einfach so üblich war, wusste ich nicht. Ich krabbelte in Gens Karton.

Als ich die Tür zuzog, wurde es dunkel. Doch schon bald hatten sich meine Augen an die Dunkelheit gewöhnt. Die Konstruktion war beeindruckend. Die Kartonplatten waren mit Plastikband verbunden und an den Ecken mit Holzstäbchen verstärkt. Die letzte Säuberung war vor fünf Tagen, hatte Tatsu gesagt. Mit Säuberung meinte er die Räumungsaktion, die die Stadt zweimal im Monat durchführen ließ und bei der jedes Mal alle Kartonagen und, sofern der Bewohner nicht da war, sämtliches Mobiliar entfernt wurden. Dafür, dass diese Behausung eine Lebenserwartung von nur einem halben Monat hatte, war sie sehr solide. Gen, der Mann, der sie gebaut hatte, war schon über sechzig. Ich rief mir sein Gesicht in Erinnerung. Das ernste Gesicht eines alten

Mannes. Gen hatte lange auf dem Bau gearbeitet. Die Schufterei hatte seinen Körper schwer gezeichnet. Das war der Lohn ehrlicher Arbeit.

Kennengelernt hatte ich Tatsu und Gen im Sommer. Als ich eines Sonntagabends meinem stickigen Zimmer entfloh und die Straße am Westausgang entlangspazierte, sah ich einen Betrunkenen randalieren. *Scheißpenner*, brüllte er. *Stellt eure dreckigen Buden woanders auf!* So betrunken war ich selbst als Alkoholiker noch nie gewesen. Ich blieb stehen und beobachtete den Kerl. Irgendwann pinkelte er plötzlich gegen eines der Kartonhäuschen, woraufhin ein alter Mann protestierte und ein zweiter, junger Mann sich auf ihn stürzte. Diesen Angriff wehrte der Betrunkene allerdings erfolgreich ab. Einen zweiten ebenso. Daraufhin mischte ich mich ein und schlug den Betrunkenen zu Boden. Ob es an dem Schlag in den Magen lag, den ich ihm verpasst hatte, weiß ich nicht, aber der Kerl lag am Boden und erbrach sich in den noch dampfenden Urin. Der junge Mann versetzte ihm einen Tritt, beugte sich zu ihm hinunter und flüsterte ihm seelenruhig zu: »Jetzt bist du wohl derjenige, der dreckig ist, oder? Und *Penner* ist kein schöner Ausdruck. Ab jetzt nennst du uns ›*street people*‹, ist das klar?« Seine englische Aussprache war tadellos gewesen. So hatte ich Tatsu und Gen kennengelernt. Danach wechselten wir, wann immer wir uns sahen, ein paar Worte miteinander. Wahrscheinlich hatten sie in mir einen der ihren gewittert.

Apropos wittern: Im Kartonhaus stank es. Gen hatte

auf die zwei Kartons, die den Boden des Hauses bildeten, eine Binsenmatte und mehrere Decken gelegt. Die stanken, und zwar nicht zu knapp. Ich zog die zweite Flasche Whisky aus Tokos Tüte, füllte die Kappe und trank. Je öfter ich das wiederholte, desto weniger störte mich der Gestank. Aber die Kälte setzte mir zu. Sie kroch mir in die Knochen, obwohl ich mich in eine Decke gemummelt hatte und Whisky trank. Dabei sollte es hier am windgeschützten Westausgang wegen der Gebäudeabluft vergleichsweise warm sein. Es war Ende Oktober, und doch schon so kalt. Die meisten Obdachlosen waren noch älter als ich. Einer wie Tatsu war die Ausnahme. Wie sollten *die* den anstehenden Winter überstehen? Ich dachte an die Hausbesetzungen zu Studienzeiten. Mit zwanzig hatte mir Kälte überhaupt nichts ausgemacht. Ich war alt geworden. Die Kälte des Betons fraß sich durch die Bodenpappe, die Binsenmatte und die Decken und kroch mir bis ins Mark. Ich hatte ihr nichts entgegensetzen. *So* alt war ich geworden.

Schritte. Eilige Schritte. Ich lauschte, regungslos. Dann fiel mir ein, wo ich war. Ich klappte das Dach auf und ließ die Sonne hinein. Es war kurz vor neun, wie ich mit einem Blick auf die Uhr feststellte. Jenseits der Betonpfeiler zogen Heerscharen von Büroangestellten und Office Ladies auf ihrem Weg zur Arbeit vorbei.

Ich sah mich in meinem Kartonhaus um. Neben einem zu einem Kopfkissen gerollten Karton lagen eine Zahnbürste, ein Handtuch, ein paar Unterhosen und ein Taschenbuch, das mir gestern abend gar nicht aufgefallen war. Es war *Das Dorf der acht Grabsteine* von Seishi Yokomizo. Ich krabbelte nach draußen. Meine Glieder schmerzten. Aber im Gegensatz zum Tag zuvor auf eine fast vergessene, süße Art und Weise.

»Und? Gut geschlafen?«

Ich drehte mich in die Richtung, aus der die Stimme kam. Dort stand Tatsu und lachte.

»Hier. Frühstück«, sagte er und hielt mir ein Bento hin.

»Wo hast du das denn her?«

»Hab ich gestern abend aus dem Mülleimer vom Convenience Store gefischt. Aber keine Sorge. Ist erst vor nem halben Tag abgelaufen. Iss'n echter Service, die abgelaufenen Lunchpakete wegzuwerfen.«

Von dieser aus der Konsumgesellschaft geborenen neuen Nahrungskette hatte ich schon gehört. Von ihrem Segen ebenso.

»Willst du nicht mit bei mir essen?«

Ich nickte und ging hinüber.

Auch sein Dach stand offen, aber das Haus war noch um einiges besser ausgestattet als das, in dem ich übernachtet hatte. Es gab sogar einen Radiorekorder und einen kleinen Gaskocher. In der Ecke stand außerdem noch ein Bento. Tatsu gehörte zu den Alteingesessenen. Offenbar hatte er sich gute Pfründe gesichert.

Wir begannen zu essen. Meine Hände zitterten. Ich hatte Schwierigkeiten, den Reis zum Mund zu führen. Ein ums andere Mal fiel er mir von den Stäbchen. Tatsu nahm das mit einem flüchtigen Blick zur Kenntnis, sagte aber nichts. Er schaltete das Radio ein. J-Wave. Leise Musik drang an mein Ohr, ich kannte sie nicht. Der DJ sagte etwas auf Englisch. Tatsu kicherte.

»Heh«, sagte ich. »Du kannst Englisch?«

»Ja, schon. Ich war mal ne Zeitlang drüben. Und du?«

»Kein Wort.«

»Ach wirklich? Dabei siehst du so aus, als könntest du.«

Während wir uns unterhielten, kam ein alter Mann herbeigeschlurft. Sein schlohweißes Haar hing ihm bis auf die Schultern. Er sah aus, wie Hemingway wohl ausgesehen hätte, wenn er achtzig Jahre alt geworden wäre. Unter dem Arm hielt er ein gebundenes Buch.

»Entschuldigung, haben Sie vielleicht noch Essen übrig?« fragte er höflich.

»Ach Professor, du bist's. Keine Ausbeute gestern?«

Der alte Mann antwortete mit einem bedächtigen Nicken. »Hier in der Gegend ist auch nichts mehr, wie es mal war. Stellen Sie sich vor, die Kneipe, zu der ich immer gehe, hat ihre Mülltonnen weggeschlossen. Irgendjemand muss dort gewütet haben. Ich hatte mir schon Sorgen gemacht, weil die Plastikdeckel nicht mehr richtig schlossen, und nun hat die Kneipe dafür gesorgt, dass kein Schaden mehr angerichtet werden kann.«

»Deshalb ist hier keiner scharf auf Neuzugänge«, sagte Tatsu zu mir, bevor er dem Alten umstandslos das dritte Bento gab.

Der Alte bedankte sich. »Ich bin Ihnen etwas schuldig.«

»Ach was«, sagte Tatsu. »Alles gut.«

Der Alte verbeugte sich noch einmal höflich und ging. Sein Gang war unsicher. »Wer war das?« fragte ich, während ich ihm nachsah.

»Der gebildetste von uns allen. Wohnt seit etwa nem halben Jahr hier und liest in einer Tour Bücher, die so schwer sind, dass ich kein Wort davon versteh. Deshalb nennt ihn hier jeder *Professor*.«

»Arzt?«

Tatsu warf mir einen schnellen Blick zu. »Keine Ahnung. Wieso?«

»Wegen der *Klinischen Studien der Rechtsmedizin*, die er unter dem Arm hatte.«

Tatsu machte große Augen. »Hattest du nicht gesagt, du kannst kein Englisch? Mit *Forensic Jurisprudence* konnte ich überhaupt nichts anfangen ...«

»Lesen und schreiben kann ich noch ein bisschen. Hören und Sprechen geht allerdings gar nicht. Du bist eine andere Generation als ich. Aber was anderes: Meinst du wirklich, dass man sich um meinen Herbergsvater keine Sorgen machen muss?«

Tatsu runzelte die Stirn.

»Tja, um ehrlich zu sein, mache ich mir auch langsam Sorgen. Dass er in seinem Alter für ne Baustelle rekrutiert worden ist, ist eher unwahrscheinlich. Außerdem war es gestern kalt.«

»Hat er vernünftig gegessen?«

»Ich habe ihm von meinem Essen abgegeben. In letzter Zeit war er ein bisschen schwach auf der Brust. Aber naja, lass uns noch einen Tag warten. Wenn er dann noch nicht wieder aufgetaucht ist, gehen wir ihn suchen. Er treibt sich bestimmt zwischen Ueno und Sanya oder in der Gegend von Okubo herum. Wirst sehen, wir haben ihn im Handumdrehen gefunden.«

Was sollte ich sagen? Ich war Neuzugang. Ich hatte kein Recht, etwas zu sagen.

»Du«, wechselte ich das Thema. »Kann man sich hier irgendwo waschen?«

»Wieso willst du dich waschen?«

»Ich habe eine Verabredung. Und ich war schon fünf Tage nicht mehr im Bad. Außerdem will ich mich rasieren.«

»Schwierig«, erwiderte Tatsu lakonisch. »Hier hat kaum einer das Bedürfnis, sich zu waschen. Und wenn doch, geht man in die öffentliche Toilette im Chuo-koen. Aber der ist jetzt abgeriegelt. Schätzungsweise noch ein, zwei Tage. Aber bei deinem Aussehen kannst du noch ins Kaufhaus. Nimm dir'n Handtuch, mach's nass und wasch dich da. Die Kaufhausklos sind mittlerweile um einiges sauberer als die im Bahnhof.«

»Gut«, sagte ich. »Dann gehe ich ins Kaufhaus.«

Ich spazierte zum Bahnhof. Auf dem Weg kamen mir zwei Polizisten entgegen, aber weder der eine noch der andere schenkte mir Beachtung. Es war, als wäre ich unsichtbar. Bis jetzt hatten sich alle meine Entscheidungen als gut erwiesen. Mal sehen, wie lange das noch so bleiben würde.

Bei den Fahrkartenschaltern stand eine Reihe von fast zwanzig Münztelefonen. Ich entschied mich für den Apparat ganz außen und wählte aus dem Kopf die Nummer.

»Ach, unser Todai-Absolvent«, hörte ich eine Stimme. »Wie ist das werte Befinden?«

Ich sah mich um. Bis auf die beiden nächsten Apparate waren alle Telefone von Männern in Anzügen belegt, die, die Hörer umklammernd, lautstark in die Muscheln sprachen. Ich drehte ihnen den Rücken zu. »Danke der Nachfrage. Ich kann nicht klagen. Den Uniabschluss habe ich allerdings nie gemacht. Man hat mich vorher exmatrikuliert. Woher weißt du das?«

»Irgendwo passiert was. Zur selben Zeit passiert woanders auch was. Zufall? Nein, in den meisten Fällen stellt sich heraus, dass das eine etwas mit dem anderen zu tun hat«, sagte Asai. Seine Stimme klang heiter.

»Verstehe. Deine Philosophie, nehme ich an.«

»Nein, Erfahrung. Naja, nicht nur, gebe ich zu. Zeitung hast du heute morgen wohl noch nicht gelesen. Wann hast du das letzte Mal Nachrichten gesehen?«

»Gestern abend. Um sieben. NHK.« Asai würde wohl annehmen, dass ich in einem Schnellrestaurant gewesen war. Das hoffte ich wenigstens.

»Ach ja, die habe ich auch gesehen. Nach den Sechs-Uhr-dreißig-Nachrichten im Privatfernsehen. Das waren die ersten, die ich geguckt habe, direkt nach deinem Anruf. Da war die erste Pressekonferenz schon vorbei. Da hat sich schon das eine zum anderen gefügt. Aber morgens lese ich neun Zeitungen. Angefangen von den Wirtschaftsnachrichten bis hin zum Marktjournal.«

»Steht denn was drin? Ich habe heute noch keine gelesen.«

»Offenbar hat die Polizei noch vor Redaktionsschluss ihre Lageeinschätzung revidiert. Jedes überregionale Blatt berichtet, dass man dich zur Fahndung ausgeschrieben hat. Und zwar nicht im Zusammenhang mit der Sache von damals. Du stehst jetzt unter einem neuen Verdacht. Unter Klarnamen wohlgemerkt.«

»Was für ein Verdacht?«

»Nötigung.«

»*Nötigung*?«

»Du hast doch jemandem damit gedroht, ihn umzubringen. Schon vergessen? Direkt nach dem Anschlag.«

Das Gesicht des Missionars mit den gefärbten Haaren tauchte vor mir auf. Als ich ihm das Mädchen übergab, war er noch völlig benommen gewesen. Aber das hatte er sich scheinbar gemerkt. *Wenn diesem Mädchen was passiert, bring ich dich um. Kapiert?* Hatte ich gesagt. »Verstehe.«

»Du bist nicht mehr der ›mutmaßliche Komplize‹ von gestern abend. Du bist jetzt Shunsuke Kikuchi. Das ist'n Service, oder? Mit dem Argument, dass die Herausgabe deines Namens einem ›höheren Zweck‹ diene.«

»Zum Beispiel: öffentlicher Fahndung.«

»So ist es. Aber seit wann beschießt man denn Spatzen mit Kanonen? Auf Nötigung stehen maximal zwei Jahre, und du wirst *steckbrieflich* gesucht. Kaum zu fassen. Was ist bloß aus diesem Land geworden?«

»Was weiß ich. Frag einen Philosophen. Haben sie ein Foto von mir abgedruckt?«

»Ja. Eins aus Studienzeiten, würd ich meinen. Dafür, dass die Bullen es gemacht haben, siehst du darauf gar nicht mal so übel aus. Aber keine Sorge. Es ist kein Bild, das jemand mit Keisuke Shimamura in Verbindung bringen würde.«

»Gut. Kommen wir noch mal auf unser Gespräch von gestern zurück. Oder hast du es dir anders überlegt?«

Kurze Pause. Dann sagte Asai ruhig: »Hör mal. Ich will nicht behaupten, dass ich von vorne bis hinten sauber bin, aber meine Versprechen halte ich.«

»Ich wollte dir nicht zu nahe treten«, entschuldigte ich mich.

»Telefon ist ungünstig. Wo wollen wir uns treffen?«

»Im Park?«

»Bist du verrückt geworden?« fragte er überrascht. »Die Bullen kennen deine Gewohnheit, bei schönem Wetter im Park zu saufen. Die Sonne scheint. Ich wette mit dir, dass die jeden Park in der Stadt unter Beobachtung haben. Kann mir gut vorstellen, wie sie die Beamten der Reviere scharf gemacht haben. Die werden jeden noch so kleinen grünen Fleck überprüfen.«

»Bist du allein?« fragte ich.

»Ja, ich bin allein.«

»Ich meinte keinen Park in der Stadt, sondern den Yamashita-koen in Yokohama.«

Asai lachte. »Das Grenzgebiet zwischen der hiesigen und der Präfekturpolizei von Kanagawa. Du kennst dich aus.«

»Ach was, das weiß doch jeder.«

Die Beziehung zwischen dem Polizeipräsidium in Tokyo und der Polizei der angrenzenden Präfektur Kanagawa war alles andere als innig. Das wusste auch Asai. Auf diesem Gebiet war er sogar Experte. Doch auch ich hatte mir gewisse Kenntnisse angeeignet.

*Hm*, seufzte er. »Wie ich schon sagte, unterschätzen darf man dich nicht.«

*Wie viel Uhr*, fragte er. *Um zwei*, erwiderte ich.

»Und wo im Park? So klein ist der ja nun auch wieder nicht.«

»Am Anleger der Hikawa Maru.«

Asai lachte wieder. »Ach Gott, bei dem ollen Schiff, wo sich die Tölpel vom Land verabreden? Fällt dir nichts Besseres ein?«

»Nein. In Yokohama kenne ich mich nicht so aus«, erwiderte ich. Und fügte hinzu: »Eine Bitte: komm allein. Ohne Begleitung. Und sag's niemandem. Auch nicht Mochizuki.«

»Hast du einen Grund, mir zu misstrauen?«

»Ich wollte es nur gesagt haben.«

»Gut. Bis dann.«

Ich hängte ein und ging zurück zum Kartonhaus. Tatsu war nirgends zu sehen. Radiorekorder und Kocher standen am angestammten Platz. An seinen Sachen vergriff sich hier offenbar niemand. Ein gutes Stück entfernt saß der »Professor« vor seinem Haus und las. Ich zog die Flasche Whisky heraus. Mein erster Schluck heute. Mein Blick fiel auf das Taschenbuch neben dem Kopfkissen. Es hatte keinen Schutzumschlag mehr und sah irgendwie aufgequollen aus. Als ich es in die Hand nahm, fiel ein gelber Zettel heraus.

Ich hob ihn auf und sah ihn mir an. Das Papier war dünn, und die fette Überschrift sprang mir direkt ins Auge: *Wollen Sie mit mir über Gott sprechen?*

## 9

In Shinagawa stieg ich in die Keihin-Tohoku-Linie um. Die Bahn war leer. Ich konnte mich hinsetzen und Zeitung lesen. Die Zeitungen hatte ich mir am Bahnhof in Shinjuku aus ein paar Mülleimern gefischt. Die sechs Lokalblätter hatte ich beisammen und bis auf die, die ich las, zum Whisky in die Tüte gesteckt. *Bombenanschlag im Chuo-koen. Welche Rolle spielt der mutmaßliche Komplize vom Autobombenattentat?* prangte auf der Titelseite. Auf der Seite 3 ging es um fast nichts anderes als die Sache von 71 und meine Person. Alles meilenweit von dem entfernt, was damals wirklich passiert war. Aber gut, das war ja zu erwarten gewesen. Kuwanos und mein »Profil« hatte man auch zusammengestellt. Darin hieß es, dass wir uns aus der Studentenbewegung zurückgezogen hätten, um terroristische Einzelanschläge zu verüben. In diesem Punkt waren sich alle Zeitungen einig. Nur ein Blatt hatte es geschafft, den Missionar mit den gefärbten Haaren zu befragen. Im Artikel hieß er A., sein richtiger Name wurde nicht genannt. *Die Polizei hat gesagt, ich soll nichts sagen,* war die einzige Auskunft, die er gegeben hatte. In dieser Zeitung wurde der Verdacht der Nötigung, dieses Bagatelldelikts, dessen ich mich schuldig gemacht haben sollte, zwar angezweifelt, aber ein altes Foto von mir hatte man trotzdem abgebildet. Das würde allerdings, da hatte Asai recht, wirklich niemand mit mir in Verbindung bringen.

Dann gab es noch einen verhältnismäßig kleinen Artikel. Einen Artikel, der in die Morgenausgabe gerutscht war, weil es sonntags keine Abendausgabe gibt. Er galt einem weiteren Opfer des Anschlags: Yuko Endo. In dem Artikel war auch von ihrem Vater die Rede. Es hieß, er wünsche, dass dieses perfide Verbrechen so schnell wie möglich aufgeklärt würde. Außerdem hatte man ein Foto von Yuko abgedruckt. In den gut zwanzig Jahren, die wir uns nicht gesehen hatten, hatte sie sich so gut wie überhaupt nicht verändert. Ich vertiefte mich in ihr Gesicht, bis die Bahn in Yokohama einfuhr.

In Sakuragicho angekommen, rief ich Toko an. Niemand hob ab. Vielleicht war sie in der Wohnung ihrer Mutter. Oder auf dem Weg ins Leichenschauhaus. Ich ging los. Im Schatten war es kalt, aber in der Sonne angenehm warm. Ab und zu blieb ich stehen und genehmigte mir einen Schluck Whisky. Die Flasche war fast leer. Die Luft roch nach Meer.

Kurz nach eins war ich im Yamashita-koen. Ich durchquerte den Park von der anderen Seite her Richtung Haupteingang, als ich von dort jemanden »Shimamura-san« rufen hörte. Mir brach der kalte Schweiß aus. Gerufen hatte mich ein Mann, der an der Straße eine Bratwurst aß. Er grinste. Asai. Verdutzt sah ich ihn an. Er sah völlig anders aus als bei unserer ersten Begegnung. Dunkler Anzug, Regimentskrawatte, weißes Hemd. Selbst mit einer Bratwurst in der Hand sah er seriös aus. Wie ein Geschäftsmann oder ein Banker. In diesem Aufzug würde er nicht einmal im Regierungsviertel auffallen.

»Shimamura«, sagte er in einem Tonfall, als spräche er über das Wetter, und sah mir ins Gesicht. »Oder lieber Kikuchi?«

»Shimamura, bitte«, erwiderte ich. »Du bist früh dran.«

»Nun, ich dachte, du kommst auch ein bisschen eher, damit du dich noch in Ruhe umsehen kannst. Wie ich sehe, habe ich richtig gedacht.«

»Gut, dass du kein Bulle bist«, seufzte ich.

Ich erinnerte mich an das, was Matsuda von der *Weekly Sun* gesagt hatte. Er hatte recht gehabt: Asai *war* clever. Seinen Gegenspielern immer einen Schritt voraus. Asai grinste wieder. Dann entledigte er sich seines Bratwurstspießes.

»Willst du wirklich bis zum Anleger laufen? Da werden so viele Erinnerungsfotos geknipst, dass du gute Chancen hast, auf einem verewigt zu werden.«

»Hast du eine bessere Idee?«

Wortlos steuerte er ein Gebäude neben dem Park an und ging hinein. Der livrierte Portier ignorierte mich geflissentlich, aber das war ich gewohnt.

»Wo sind wir hier?«

»Das ist der Annex des Hotels da drüben.«

»Ich wusste gar nicht, dass die angebaut haben.«

»Schon vor zwei Jahren. Die Zeiten ändern sich. Normalerweise ist es hier mit den ganzen jungen Leuten nicht auszuhalten. Samstags werden auch noch rauschende Hochzeiten gefeiert, aber am frühen Nachmittag unter der Woche ist es ganz okay. An kalendarischen Unglückstagen, wie heute, erst recht.«

Zielstrebig steuerte er das Café im Erdgeschoss an, ich folgte. Die mit einer weißen Bluse und einem schwarzen Rock bekleidete Bedienung wies uns einen Tisch am Fenster zu. Von dort hatte man einen schönen Blick auf den Garten zwischen Hotel und Annex.

»Ich hatte erst überlegt, ein Zimmer zu nehmen. Aber den heutigen Tag lassen wir besser undokumentiert. Außerdem kann man hier schon mittags Whisky trinken.«

Als die Kellnerin an den Tisch kam, bestellte er ausgesucht höflich zwei doppelte Ballantine's Finest Scotch Whisky, Aged 17 Years, einmal mit Soda, einmal *straight.*

»Sehr höflich«, sagte ich, als die Kellnerin wieder weg war.

Er lächelte gezwungen. »Ich passe mich den Gegebenheiten an. Du bist nicht der einzige, der sich auszudrücken weiß. Zufrieden mit meiner Wahl? Ruhig und angenehm, oder?«

»Dass man hier was trinken kann, ist jedenfalls dankenswert.«

»Ich dachte mir schon, dass das ganz oben auf deiner Liste steht. Aber tu mir einen Gefallen, bitte nicht aus der Flasche in deiner Tüte, ja?«

»In Ordnung«, erwiderte ich.

Asai zog eine Schachtel *Lark* aus der Jackentasche und zündete sich mit einem Dunhill-Feuerzeug eine an. Routiniert stieß er den Rauch aus. Irgendetwas störte mich. Ich wusste nur nicht, was. Ich ließ meinen Blick durch das Café schweifen. Gegenüber saßen drei Männer mittleren Alters, die ein Verkaufsgespräch zu führen schienen. Andere Gäste gab es nicht. Im Hintergrund hörte man jemanden *Autumn Leaves* auf dem Klavier spielen. Sonst war es still.

Die Kellnerin brachte den Whisky. Ich nippte, dann sagte ich: »Du guckst Fernsehen, du liest Zeitung. Du weißt, was in Shinjuku passiert ist. Was 71 passiert ist, auch. Du weißt, in welcher Lage ich mich befinde. Warum gehst du das Risiko ein, dich mit mir zu treffen?«

»Den Medien und denen da oben glaube ich nicht. Die fischen nur im Trüben. Ich hab mir angewöhnt, tiefer zu tauchen. Mord ist nicht deine Kragenweite. Das sehe ich. Oder täusche ich mich? Ein einfaches Ja oder Nein genügt.«

»Ich bin kein Mörder. Die Sache von 71 war ein Unfall. Ich habe nur die Hälfte der Verantwortung übernommen.«

Er dachte einen Moment nach, dann nickte er bedächtig. »Gut, ich glaube, mehr muss ich nicht wissen.«

Ich beobachtete sein Mienenspiel. Dann sagte ich: »Ich muss mich bei dir entschuldigen.«

»Wieso?«

»Ich gehe davon aus, dass die Bar durchsucht wurde

und der Staatsschutz sämtliche Fingerabdrücke sichergestellt hat. Du hast mir vorgestern einen Besuch abgestattet. Wenn die Polizei deine Fingerabdrücke hat, hast du gute Chancen, dass der Staatsschutz bei dir auftaucht, um dich zu befragen. Wenn nicht, hast du gute Chancen, dass sie dir, wenn sie im Zuge der Ermittlungen auf dich stoßen, deine Fingerabdrücke abnehmen. Du wirst also in jedem Fall Ärger haben.«

Er lächelte. *So* hatte ich ihn noch nicht lächeln gesehen.

»Du bist vielleicht ne Marke. Kümmerst dich noch um andere Leute, obwohl dir selbst der Kittel brennt. Das ist heutzutage selten.«

Mit einer eleganten Handbewegung nahm er sein Glas und hielt es mir entgegen, wie um anzustoßen. Die Geste war trotz der fehlenden Fingerglieder so natürlich, dass man hätte glauben können, alle Menschen hätten solche Hände.

»Keine Sorge«, sagte er. »Ich habe keine Fingerabdrücke hinterlassen.«

»Aber ...« setzte ich an und verstummte. Stimmt. Er hatte den Hotdog gegessen und sich die Hände nicht an einer Papierserviette, sondern an seinem Taschentuch abgewischt. Mochizuki hatte eingeschenkt und die Tür geöffnet. Mochizuki hatte auch bezahlt. Und als sie weg waren, hatte ich, wie in jeder Kneipe üblich, die Biergläser gespült. Jetzt wusste ich auch, was mich eben gestört hatte. Asai war Raucher. In der Bar hatte er sich nur zurückgehalten, um keine Kippen zu hinterlassen.

»Verstehe«, sagte ich.

»Wenn einer Fingerabdrücke hinterlassen hat, dann Mochizuki. Und bei dem macht das nichts. Den haben sie noch nicht. Außerdem werden sie uns im Zuge der Ermittlungen nicht auf die Spur kommen.«

Wie konnte er da so sicher sein? Mit Cleverness allein war das nicht zu erklären.

»Die Antwort auf die Frage, warum ich keine Fingerabdrücke hinterlassen habe, hängt mit deiner Ausgangsfrage zusammen«, sagte er. Er musste mir das Erstaunen am Gesicht abgelesen haben. »Du hast vorhin gesagt, wie gut, dass ich kein Bulle bin, stimmt's? De facto war ich mal Bulle. Ist allerdings schon ne Weile her.«

Ich starrte ihm ins Gesicht, dann wanderte mein Blick zu seiner Hand.

»Das hier?« Er wedelte mit der versehrten Hand und lachte. »Das war ein Messer. Ist bei der Festnahme eines Mörders passiert. Dafür hat man mich anschließend befördert.«

»Wann war das?«

»Lange her. Mit dir hat es nichts zu tun, also vergiss es. Übrigens, bevor ich bei den Bullen aufgehört hab, war ich in Shinjuku bei der Mordkommission. Kommissaranwärter. Mit achtundzwanzig.«

»Dann musst du gut gewesen sein«, stellte ich fest. Um mit achtundzwanzig Kommissaranwärter zu werden, musste er sogar sehr gut gewesen sein. Beamte, die nicht die Qualifikation für den höheren Dienst hatten, schafften das nur ganz selten.

»Nein.« Asai schüttelte den Kopf. »Vielleicht eifrig. Aber nicht gut. Einer, der sich zu sehr auf's Milieu einlässt. Übereifrig sozusagen. Jung eben.«

Er führte sein Glas zum Mund. Ich tat es ihm gleich. Dann sah er aus dem Fenster. Ich folgte seinem Blick. Im Innengarten schien die Sonne. Auf einer Bank saß eine etwas ältere, weißhaarige Dame. Eine Ausländerin. Sonst war weit und breit niemand zu sehen. Es war still.

»Schönes Wetter«, sagte Asai.

»In der Tat«, stimmte ich ihm zu.

Er schwieg. Ich betrachtete sein Gesicht; das Gesicht eines Mannes, der in etwa dasselbe Alter haben dürfte wie ich. Zwischen Nasenflügel und Mundwinkel hatten sich zwei steile Falten eingegraben. Auch ich schwieg. Asai führte das Glas wieder zum Mund und sah mich an. Er blinzelte. Im Schatten waren seine Augen wieder dunkel.

»Es kam, wie es kommen musste«, begann er unvermittelt. »Wenn du dich nicht bis zu nem gewissen Grad auf's Milieu einlässt, kriegst du keine Infos. Und wenn du keine Infos hast, kannst du deinen Job nicht machen. Du *musst* dich mit der Yakuza einlassen. Dafür habe ich sogar Geld in die Hand genommen, eigenes, versteht sich, und nicht zu knapp. Ich hab es einfach zu toll getrieben. Und als ich merkte, dass ich nicht nur mit den Zehen, sondern schon bis zum Hals drinstecke, war's zu spät. In einer Spielhölle der Eguchi-*gumi* in Roppongi gab's irgendwann ne Razzia. Da tauchten die Kollegen aus Azabu auf. Ich war auch da. Aber als Gast. Von der Aktion hatte ich nichts gewusst. Das wurde anschließend natürlich unter den Teppich gekehrt. Mein Dienststellenleiter hat bei deren Dienststellenleiter einen Kotau gemacht, und ich hab den Dienst quittiert. Fertig. Daraufhin hat mich die *kumi* angesprochen. Und so bin ich von den Guten zu den Bösen gewechselt. Das war das einfachste, die Strukturen sind ähnlich. Meinen neuen Job habe ich ganz gut erledigt, würde ich sagen. Auch Drecksarbeit habe ich nicht gescheut. Zwei Dinge kamen für mich allerdings nie in Frage: Prostitution – es gibt zwar ne Menge Typen, die privat ein paar Mädchen laufen lassen, denen galt eine Weile meine besondere Aufmerksamkeit, womit ich mir in der *kumi* nicht nur Freunde gemacht habe, aber organisierte Prostitution betreibt die *kumi* nicht – und Drogen …« Er hielt inne.

»Deshalb bist du ausgestiegen«, sagte ich. »Als die *kumi* ins Drogengeschäft eingestiegen ist.«

Er schien einen Moment zu zögern, dann nickte er. »Die Zeiten haben sich geändert. Die junge Generation hat das Ruder übernommen. Die Familie ist groß. Die Eguchi-*gumi* muss sich kümmern, sie ist das Rückgrat des Seishu-Verbands, das kostet Geld, und im Drogengeschäft *ist* Geld. Aber sie sind nicht die einzigen, die verdienen wollen. Mit den ganzen Ausländern, die auch ein Stück vom Kuchen haben wollen, herrscht in Kabukicho mittlerweile Anarchie. Und was macht die Yakuza? Die zieht den Schwanz ein. Abgesehen von der Eguchi-*gumi*. Die bietet Paroli. Oder versucht es wenigstens.«

»Umso erstaunlicher, dass sie dich haben aussteigen lassen.«

»Hat mich einiges gekostet, aber besser, als noch mehr Finger zu verlieren. Wie gesagt: Die Zeiten haben sich geändert. Heutzutage lässt sich mit Geld *alles* regeln.«

Ich hatte in der Vergangenheit schon öfter Bekanntschaft mit Yakuza gemacht, aktiven und ehemaligen. Aber so jemandem wie Asai war ich noch nie begegnet. Ein *Finger* hieß bei ihm *Finger*, nicht *Klaue*, wie sonst im Milieu.

»Über was für Drogen reden wir?« fragte ich. »Aufputschmittel?«

»Bisschen schicker muss es schon sein. Auch *die* Branche ist amerikanisiert. Kokain. 70 Millionen das Kilo.«

»Schön, aber was hat das mit mir zu tun?«

»Das weiß ich auch nicht«, schüttelte Asai den Kopf. »Aber lass mich jetzt mal laut denken. Ich bin hier, um deine Frage zu beantworten. Du wolltest wissen, in welchem Zusammenhang dein Name gefallen ist. Richtig? In der Eguchi-*gumi* habe ich noch ein paar Freunde. Allerdings nur unter den jungen, unteren Chargen. Weswegen ich keine hundertprozentig genauen Informationen habe. Aber vorgestern nachmittag hat man mir erzählt, dass man um kurz nach zwei von einer gewissen Firma den Auftrag erhalten habe, dem Barkeeper vom *Gohei*, einer Bar in der Nähe der Kosei-Nenkin-Halle, einem gewissen Keisuke Shimamura, eine kleine Warnung zukommen zu lassen, ihm ein bisschen *weh zu tun*. So habe der Auftrag gelautet: *ihm ein bisschen weh zu tun*. Zu deiner Information: der Typ, der mir das erzählt hat, ist keiner von denen, die dich zusammengeschlagen haben. Die Bedingung war, dich auf keinen Fall umzubringen.«

»Eine ›gewisse Firma‹. Was für eine Firma?«

»Hartec. Notiert an der Tokyoter Börse, 2. Segment.«

»Börsennotiert?«

»Das hat mich auch überrascht. Normalerweise schickt man einen Strohmann vor, ein Tochterunternehmen oder irgendeine dritte Firma. *Die* sind direkt an die *kumi* herangetreten.«

»Hast du einen Namen? Eine Abteilung?«

»Leider nicht«, sagte Asai, zog einen Zettel aus der Tasche und legte ihn mir hin. Es war eine Kopie des Vierteljahresberichts. »Ein Wertpapierbericht wäre natürlich noch besser, aber das hier dürfte dir schon mal eine grobe Vorstellung geben.«

Ich nahm den Zettel und sah ihn mir an. Firmenhauptsitz: Nishi-Shinbashi, Stadtteil Minato. Kapital: 3,8 Milliarden Yen. Gut 30 Millionen Aktien. Circa 800 Beschäftigte. Umsatz im 1. Quartal ’93: 70 Milliarden Yen. Mischkonzern mit insgesamt 55 Sparten, 22 davon Bekleidung. In der Spalte »Kommentar« stand: »Verkaufsschlager bei Damen-Sportswear: *Faramond*« und »Neue Seniorenwindel: landesweiter Verkaufsstart April«. Von *Faramond* hatte sogar ich schon einmal gehört. Um Unstimmigkeiten aus dem Bericht herauszulesen, kannte ich mich zu schlecht aus.

»Investierst du in Aktien?« fragte Asai.

»Machst du Witze? Wirtschaft ist für mich ein böhmisches Dorf. Außerdem habe ich kein Geld.«

*Woher auch*, lachte Asai und bestellte bei der Bedienung, die gerade vorbeiging, einen zweiten Whisky für mich. *Was ist mit dir?* fragte ich. *Ich muss noch fahren*, erwiderte er.

»Hartec ist finanziell extrem gut aufgestellt. Der Gewinn je Aktie beträgt 32 Yen. Bei einem Kurs von gut 700 Yen, das kosten die Aktien derzeit pro Stück, ist das ein KGV, also ein Kurs-Gewinn-Verhältnis von 22. Dividendenausschüttung fünftes Jahr in Folge. Noch dazu mit hoher Quote.«

»Heißt, einfach ausgedrückt, was?«

»Dass ich, wenn ich Broker wäre, dir dringend empfehlen würde, zuzuschlagen. Aber davon mal abgesehen: schau dir mal die Aktionärsstruktur an.«

Das tat ich. Ein paar Dinge konnte selbst ich verstehen. Ich hob den Blick. »Eine Hausbank gibt es offenbar nicht. Die Anteile des Konzerns sind breit gestreut. Außerdem scheint er familienkontrolliert zu sein. Größter Anteilseigner mit 13,7 % ist die Firma Murata Kogyo. Das dürfte das Unternehmen der Gründerfamilie sein. Holdinggesellschaften sind in Japan zwar verboten, aber das hier dürfte praktisch eine sein. Aber hier: Milner & Ross. Wieso hält ein ausländisches Unternehmen mit 12,9 % die zweitmeisten Anteile? Und hier: Alfonso Canela, das klingt spanisch, ein Ausländer im Vorstand.«

»Sieh mal einer an. Du kennst dich ja doch aus. Hast

den Finger gleich in die Wunde gelegt. Ich wusste ja, dass man dich nicht unterschätzen darf.«

»Die Wirtschaftsseite lese ich immerhin. Genug Zeit habe ich ja.«

»Dann kennst du vielleicht auch die Fünf-Prozent-Regel?«

»Nein, die kenne ich nicht.«

»Die haben sich die da oben Ende 1990 einfallen lassen. Wenn die Kapitalbeteiligung einer Firma, Tochtergesellschaften eingeschlossen, die Fünf-Prozent-Marke überschreitet, muss dem Wirtschaftsministerium Meldung gemacht werden. Wie du weißt, ist aber im selben Jahr die Blase geplatzt.«

Ich nickte. Soviel wusste ich.

»Und jetzt sieh dir mal dieses Börsendiagramm an. Im Oktober lag der Höchstpreis für eine Aktie bei 4800 Yen. Das war zwei Monate nach dem Einmarsch von Hussein in Kuwait, wohlgemerkt. Der Nikkei fiel in nur zehn Monaten um etwa 10 800 Yen. Diese Aktie allerdings legte im Vergleich zu den knapp 1000 Yen im Vorjahr richtig zu.«

Ich dachte nach. Dieses Metier war für mich ein Buch mit sieben Siegeln.

»Die Aktien wurden also aufgekauft?«

»Genau. An der Börse ist nicht immer klar, wer seine Finger im Spiel hat, neue Spekulanten, Investoren aus Hongkong oder von wo auch immer. Es gab ja mal inländische Spekulanten, die sich über Auslandsanleihen den Anschein ausländischer Investoren gaben und eine

Hausse ausgelöst haben. Milner & Ross aber haben ganz regulär unter ihrem Namen gekauft und gemeldet. Deshalb dachten anfangs alle, das müssten sogenannte Greenmailer sein, Investoren, die Anteile kaufen und den Eigentümern mit einer feindlichen Übernahme oder einer Blockade in den Entscheidungsgremien der Aktiengesellschaft drohen, um sie zu einem Rückkauf der Aktien mit Preisaufschlag zu bewegen, aber nein, im nächsten Jahr haben sie zur Aktionärsvollversammlung sogar jemanden in den Vorstand entsandt.«

»Was ist das für eine Firma, Milner & Ross?«

»Das habe ich meinen Broker recherchieren lassen. Ich mach auch ein bisschen in Aktien, musst du wissen. Offenbar handelt es sich um eine Investmentgesellschaft aus New York. Soll weltweit agieren, Genaues weiß ich allerdings nicht. Aber überleg mal. Wir reden hier, wenn wir einen Durchschnittspreis von 2000 Yen pro Aktie annehmen, von einem Investment in Höhe von rund 8 Milliarden. Wie kommt ein ausländisches Unternehmen dazu, in eine Firma wie Hartec so viel Geld zu pumpen? Hartec ist zwar ohne Zweifel ein solides Unternehmen, aber im Vergleich zu einer ausländischen Firma ist das Kurs-Gewinn-Verhältnis bei einer japanischen drei- bis viermal so hoch. Und diese Spanne zahlst du mit. Bei einer Hightech-Firma könnte ich das ja noch verstehen, aber Hartec ist ein Textilkonzern.«

»Und wo ist die Verbindung zur Eguchi-*gumi*?«

»Das weiß ich leider nicht. Ich bin ja schon seit drei Jahren raus. Und bei meinem Ausstieg hatte ich andere

Sorgen, als mich um so etwas zu kümmern. Die Verbindung muss später zustande gekommen sein.«

»Die Eguchi-*gumi* ist vor drei Jahren ins Drogengeschäft eingestiegen. Unabhängig von diesem Konzern. Also: 1990.«

Asai runzelte die Stirn und nickte. Seine alte *kumi* wollte er wohl gerne aus dem Spiel lassen.

»Wie lange braucht man, um die Aktien einer Firma aufzukaufen?«

»Verschieden. Ein paar Direktgeschäfte werden sie wohl getätigt haben, aber in so großem Stil kannst du nur kaufen, wenn du dich abseits des offenen Marktes bewegst. Ich schätze, das kostet dich mindestens ein Jahr.«

»Glaubst du wirklich, dass das was mit mir zu tun hat? Dem einfachen Barkeeper einer einfachen Bar?«

»Tja«, sagte Asai und lächelte gequält. »Ich gebe zu, der Beantwortung deiner Frage diente das vielleicht nicht. Und Aktien wollte ich dir auch keine verkaufen. Aber ich bin jetzt selber neugierig geworden. Mal sehen, was ich noch herausfinden kann.«

»Selbst wenn es meine Frage nicht beantwortet, interessant war es. Wer aus der *kumi* ist eigentlich angesprochen worden?«

»Nimm's mir nicht übel, aber diese Frage habe ich überhört. Das selber rauszufinden dürfte nicht allzu schwer sein.«

Ich Idiot. »Das mache ich«, sagte ich und nickte. Dass er mir auf diese Frage keine Antwort geben wollte, war nur logisch. Ich hatte fast vergessen, dass Asai jetzt zur

Yakuza gehörte. Er kannte ihre Regeln. Er kannte sie beinahe zu gut. Und er hatte seinen Stolz.

»Immerhin«, sagte ich, »*eine* Sache ist mir jetzt klar.«

»Nämlich?«

»Du hast gedacht, ich hätte was mit Drogen zu tun. Deshalb der eisige Blick in der Bar.«

»Das stimmt. Ich dachte, du bist'n kleiner Dealer. Aber die Sache mit Hartec hat mich stutzig gemacht. Deshalb wollte ich mir selbst ein Bild machen.«

»Ohne Fingerabdrücke zu hinterlassen.«

Asai nickte. »Festgenommen hat man mich nach meinem Seitenwechsel zwar nie, aber meine Fingerabdrücke sind natürlich registriert. Die sind mir bei der Einstellungsprüfung abgenommen worden.«

»Warum hast du eigentlich ein solches Problem mit Drogen?«

Asai warf mir einen schnellen Blick zu. Sein Gesicht wurde ausdruckslos.

»Meine Frau ist an einer Überdosis gestorben«, sagte er leise. »Crystal Meth. Vor vier Jahren.«

Ich schwieg einen Moment. »Das tut mir leid«, sagte ich dann.

»Kein Problem. Ist lange her.«

»So lange nun auch wieder nicht.«

»Im Vergleich zu den zweiundzwanzig Jahren, die du für deinen Freund auf der Flucht bist, vielleicht nicht. War doch dein Freund, oder?«

Ich schwieg.

Asai sah wieder aus dem Fenster. Ich folgte seinem

Blick. Im Innengarten schien nach wie vor die Sonne. Aber die Ausländerin war weg. Eine Weile herrschte Schweigen zwischen uns. Ich dachte darüber nach, was er über seine Frau gesagt hatte. Er hatte sie wohl nach seiner Zeit bei der Polizei geheiratet. Wahrscheinlich hatte sie das Zeug heimlich genommen. Doch zu Gründen oder Hintergründen, die es ganz sicher gab, war aus seiner Miene nichts herauszulesen.

»Du bist ne echte Marke«, seufzte er, dann sah er mich an. »Dein Hotdog hat meine Meinung geändert. Warst du mal bei nem Koch in der Lehre?«

In Gedanken ging ich die diversen Jobs durch, die ich in der Vergangenheit gehabt hatte. »Als Lehre kann man es wohl nicht bezeichnen, aber ich habe mal in einem Tonkatsu-Restaurant gearbeitet. Zu Anfang habe ich nur Weißkohl geschnippelt. Also was das angeht, bin ich Profi.«

»Warum ausgerechnet Hotdogs?«

»Ich bin in Osaka aufgewachsen. Fan der *Hanshin Tigers*. Als ich in der Grundschule war, hat mich mein Onkel mal mit ins Stadion genommen. Wo er die Hotdogs her hatte, weiß ich nicht mehr; wir saßen jedenfalls auf unseren Plätzen am Außenfeld und aßen Hotdogs. Und ich dachte: so etwas Köstliches habe ich noch nie gegessen. Die will ich irgendwann mal selber machen.«

Asai lächelte. Wenigstens sah es so aus. Er rief die Bedienung und bestellte noch einen Whisky.

»Ich denke, du musst fahren?« sagte ich.

»Ich lass das Auto stehen. Außerdem hab ich dir noch

nicht alles erzählt. Wer waren denn die Infielder bei den *Tigers* zu der Zeit?«

»Fujimoto, Yoshida und Mitake. An der Second Base stand Motoyashiki, wenn mich nicht alles täuscht. Ich mochte Toi, den Pinchhitter.«

*Hm*, sagte Asai. Sein Blick hatte einen träumerischen Ausdruck angenommen. »Ich war *Giants*-Fan. Zu meiner Zeit gab Nagashima sein Debüt. Infielder waren unter anderem Oh, Hiraoka und Tsuchii. Hast du auch gespielt?«

»Bis zur Mittelschule. In der Oberschule war ich im Kunstclub.«

Asai lachte auf. »Das nenn ich ne Kehrtwende.«

»Ich war nicht gut im Baseball. Außerdem bin ich kein Teamplayer. Also hab ich's drangegeben.«

»Aber du warst gut im Boxen.«

Ich starrte ihn an. Dass ich geboxt hatte, hatte nicht in der Zeitung gestanden. Ich hatte sämtliche Morgenausgaben durchgesehen.

»Ach ja«, erinnerte ich mich schließlich, »das haben dir die Typen erzählt, die mir aufgelauert haben.«

»Nein«, sagte er und rang sich ein Lächeln ab. »Ob jemand boxen kann oder nicht, können die gar nicht einschätzen. Als ich den Namen Shunsuke Kikuchi las und das alte Foto sah, fiel es mir sofort wieder ein. Als der ›Vier-Runden-Boy‹ damals für Furore sorgte, habe ich auch geboxt. Zuerst in der Oberschule, dann an der Uni. In einer anderen Klasse allerdings. Ich war im Federgewicht. Im Leichtgewicht, hieß es damals, gäbe es einen unglaublichen Newcomer. Den konnte ich mir natürlich nicht entgehen lassen. Deine letzten beiden Kämpfe habe ich gesehen. Du hattest wirklich Talent. Gutes Auge, gute Reflexe. Praktisch nichts eingesteckt. Aber am beeindruckendsten waren die Schnelligkeit und die Wucht deiner Schläge. Wenn du weitergemacht hättest, hättest du hundertpro den Newcomer-Preis gewonnen. Und irgendwann wärst du vielleicht Weltmeister geworden.«

Ich griff zu meinem Wasserglas, obwohl ein Alkoholiker eigentlich nichts zum Nachspülen braucht, und betrachtete die Eiswürfel darin. Sie glitzerten im Licht der Tischbeleuchtung. Gutes Auge, gute Reflexe, wuchtige Schläge. Worte aus längst vergessenen Zeiten. Ich hob den Blick. »Und die Nachrichten vom Vier-Runden-Boy und der Autobombe, hast du die damals auch gelesen?«

»Na klar. Ich erinnere mich jetzt noch, wie perplex ich war, als ich das in der Zeitung las. Ich hatte nicht gewusst, dass du in der Studentenbewegung aktiv warst.«

»Was war *dein* größter Erfolg?«

»Vizemeister bei den nationalen Schulmeisterschaften. Aber an der Uni hab ich dann aufgehört zu boxen. Ungefähr ein halbes Jahr nach deinem Kampf.«

»Das ist auch ne Kehrtwende. Warum hast du aufgehört?«

»Bei mir wurde eine Netzhautablösung diagnostiziert. Nach einem Sieg. Erinnerst du dich an Tatsuyoshi, Bantamgewicht? Den kann ich jetzt gut verstehen. Bis zur Diagnose war ich in der Vorauswahl für die Teilnahme an den Olympischen Spielen in München.«

Ich beobachtete ihn. Seine Miene spiegelte Gleichgültigkeit. Sie war so gleichgültig, als wollte sie sagen: So ist das eben, das Leben ist kein Wunschkonzert.

»Und jetzt ist alles in Ordnung? Mit deinen Augen, meine ich?«

»Alles bestens. Die Operation ist gut verlaufen. Letztlich war alles nur halb so schlimm. Was passiert wäre, wenn ich weitergeboxt hätte, weiß man natürlich nicht.«

Ich schwieg und nippte an meinem Whisky.

»Ach übrigens«, sagte Asai. »Diesen Kuwano, den aus der Zeitung, mein ich, den hab ich gesehen.«

Überrascht sah ich ihn an.

Asai schüttelte den Kopf. »Nicht kürzlich, damals, bei deinen Kämpfen. Saß ganz in meiner Nähe und brüllte: ›Mach ihn kalt‹. Pervers. Deswegen erinnere ich mich.«

»Pervers?«

»Ja, weil er so zahm aussah. Aber sobald der Gong ging, wurde der zum Tier. Der hat niemanden angefeuert, der wollte Blut sehen, einen Kampf auf Leben und Tod.«

»So war Kuwano nicht.«

Asai wiegte den Kopf. »Wenn du das sagst. Ihr wart Freunde. Ich wollte dir nicht zu nahe treten.«

»Kein Problem.«

»Er soll bei dem Anschlag ums Leben gekommen sein. Es hieß, man habe seine Fingerabdrücke gefunden.«

»Ja. Er ist tot.«

»Also, wenn du mich fragst ...«

»Was?«

»Jagst du dem Grund für seinen Tod nach.«

»Darf ich dir einen Rat geben?«

Asai grinste. »Bitte«, sagte er.

»Wenn man Leute zu sehr durchschaut, macht man sich unbeliebt.«

Diesmal lachte er laut auf. Um seine Augen zeigten sich Lachfältchen.

»Gut, aber jetzt bin ich dran mit nem Rat. Den hab ich mir bis jetzt aufgespart. Deine Tarnung ist aufgeflogen. Die Bullen wissen, wer Shimamura ist. Bevor ich heute morgen mit dir telefonierte, habe ich Mochizuki zu deiner Bar geschickt. Unauffällig, versteht sich. Und in der Beziehung muss man sich bei ihm keine Sorgen machen. Er ist nur die Yasukuni-dori rauf und runtergefahren, im Taxi, jede Fahrt in einem anderen. Nach unserem Telefonat kam er zurück. Und sagte, dass es in der Gegend um die Bar von Zivilbullen nur so wimmele. Nach dem, was er gesehen habe, mindestens eine Zivilstreife und vier, fünf Leute hinter Sportzeitungen. Du bist jetzt ein Star.«

»Ich hatte nichts anderes erwartet«, sagte ich. »Aber eins macht mich doch ein bisschen stutzig.«

»Nämlich?«

»Die Presseerklärung. Damit war die Polizei ziemlich schnell. Wenn sie wissen, wo ich zu finden bin, würden sie normalerweise damit warten, bis sie mich geschnappt haben. Sie legen sich vor der Bar auf die Lauer und warten, bis ich nichtsahnend auftauche. Die Weitergabe meines richtigen Namens an die Presse ist wie eine Aufforderung zur Flucht, findest du nicht? Zur öffentlichen

Fahndung schreibst du jemanden doch erst aus, wenn du ihn anders nicht mehr kriegen kannst.«

»Dieser Gedanke ist mir auch schon gekommen«, erwiderte Asai ruhig. »Dafür gibt es nur eine Erklärung: Die Bullen wussten, dass du nicht mehr zur Bar kommst. Sie haben sie nur pro forma beschattet.«

Ich nickte.

»Dass ich nicht zurückgehe, wussten aber nur du und Mochizuki. Es sei denn, ihr hättet noch mit wem anders darüber gesprochen«, sagte ich. Toko ließ ich wohlweislich aus dem Spiel.

»Ich habe mit niemandem darüber gesprochen. Du glaubst, Mochizuki …?«

»Wenn ich glauben würde, dass *du* was mit der Polizei zu tun hättest, säße ich nicht hier.«

»Mochizuki ist sauber. Der war früher bei der Armee, den kenn ich schon lange, noch aus *kumi*-Zeiten. Mit den Bullen hat der nichts am Hut. Und dass er sich bei irgendwem verplappert hat, glaub ich auch nicht. Aber ich frage ihn.«

»Du hast gesagt, er ist noch nie verhaftet worden.«

»Noch nie. Das hab ich geprüft. Ich hab da noch die ein oder andere Verbindung ins Dezernat«, sagte er und fuhr fort: »Es gibt *noch* eine Möglichkeit. Irgendeiner von der Presse ist draufgekommen, so dass den Bullen nichts anderes übrigblieb, als in die Offensive zu gehen. Die Bullen haben's nicht gern, wenn ihnen die Medien einen Schritt voraus sind. Oder sie dachten sich, der Vorfall ist so schwerwiegend, da müssen wir in die Offensive. Wenigstens, was die Sache mit Kuwano angeht. Verzögerung bei der Identifizierung der Leichen können sie sich nicht leisten. Schon gar nicht, wenn eines der Opfer im Zusammenhang mit einer anderen Sache auffällig geworden ist, unabhängig davon, ob diese Sache aktuell ist oder nicht. Dich mussten sie spätestens jetzt also auch ins Spiel bringen. Denn früher oder später würden die Medien den Vorfall mit der Autobombe ausgraben. Und dich in dem Zusammenhang auch. Ich sage dir, die vierte Gewalt ist nicht zu unterschätzen.«

»…«

»Ich tendiere zur zweiten Möglichkeit. Dass die Medien dich verdächtigen würden, konnten die Bullen sich an fünf Fingern abzählen. Ich glaube nicht, dass es eine versteckte Aufforderung zur Flucht war.«

Ganz unrecht hatte Asai nicht. Außerdem kannte er sich mit der Polizei und ihrer Art zu denken aus.

»Du hast recht«, seufzte ich. »Wahrscheinlich war das zu weit gedacht.«

Ich steckte mir die Kopie des Vierteljahresberichts ein. Asai rief die Bedienung und bestellte eine Flasche Ballantine's zum Mitnehmen. Die junge Frau sah ihn erstaunt an, nahm die Bestellung aber anstandslos entgegen. Als die mit dem Hotelemblem bedruckte Tragetasche gebracht wurde, übergab er sie mir. »Die ist für dich.«

Ich warf einen Blick hinein. Es war der Ballantine's.

»Ich kann gerade mal meine Getränke bezahlen. *Dafür* reicht meine Barschaft nicht.«

Asai grinste. »Du kannst es dir leisten, *nein* zu sagen? – Überlass das hier mal mir. Kann ich von der Steuer absetzen. Halt du dein Geld schön fest. Du brauchst doch *Fluchtkapital*. Oder nein, in deinem Fall wohl eher *Kampfkapital*.«

Asai bezahlte die Rechnung bar am Tisch. Ich fügte mich.

»Dafür hast du was gut bei mir. Wenn ich meine Bar jemals wieder aufmachen sollte, gebe ich dir zehn Flaschen zurück.«

»Das ist ein Wort.«

Ich stand auf und griff nach der Tragetasche. Die mondäne Tüte wirkte an mir wie ein Fremdkörper.

Wir verließen das Hotel und marschierten schweigend los. Asai sah mich an und blieb stehen. »Weißt du was? Ich fahr doch mit dem Auto. Willst du nicht mitfahren? Oder hast du was gegen Alkohol am Steuer?«

Ich sah ihm ins Gesicht. Er sah völlig nüchtern aus. Ich warf einen Blick auf meine Uhr. Zehn nach drei. Montag. Für Verkehrskontrollen noch zu früh.

»Ich fahr mit«, sagte ich.

## 10

Wir gingen zum Parkplatz. So einen Wagen hatte ich noch nie gesehen. Es war kein protziges Fahrzeug, ganz im Gegenteil. Ein ausländisches Fabrikat, das so aussah, als ob man eine Menge Geld hineingesteckt hätte, damit es nicht protzig aussah. Eine dunkelrote Limousine.

»Was ist das für ein Auto?« fragte ich, als wir auf die Parkstraße bogen.

»Ein Jaguar *Sovereign*. 4 Liter Hubraum, wenn ich mich nicht irre.«

»Wenn du dich nicht irrst? Autos scheinen dich ja nicht so zu interessieren.«

»Nein«, sagte Asai, die Hand lässig am Lenkrad, »Autos interessieren mich nicht. Das überlass ich Mochizuki. Bis auf zwei Bedingungen – nicht teurer als zehn Millionen und kein Protz – hatte er freie Hand. Und das hier war seine Wahl. Wo soll ich dich absetzen?«

»Irgendwo in der Stadt. Außer Shinjuku.«

Asai nickte. Weitere Fragen stellte er nicht. Sein Fahrverhalten war vorbildlich. Wenn jemand einscheren wollte, nahm er sofort den Fuß vom Gas. Am Baseballstadion fuhren wir auf die Autobahn. Der Wagen glitt so ruhig dahin, dass man von der Geschwindigkeit fast nichts merkte. Offenbar hatte Mochizuki, wenn es nicht gerade um Kleidung ging, doch keinen so üblen Geschmack. Zurückgelehnt in die weißen Lederpolster, dachte ich an mein Auto zurück, das vor über zwanzig Jahren in Flammen aufgegangen war.

»Du scheinst großes Vertrauen in ihn zu haben, wenn du ihm sogar die Wahl deines Autos überlässt.«

Asai lachte, als ob er sich gerade an etwas erinnert hätte.

»Mochizuki ist früher Panzer gefahren.«

»Panzer??«

»Ich hab dir doch gesagt, dass er bei der Armee war. Und wegen der Panzer hat er da aufgehört. Die neusten Modelle, sagt er, seien 90er gewesen. Kosteten 1,2 Milliarden das Stück und hätten nicht mal ne Klimaanlage. Nur die mit Computern seien klimatisiert. Im Sommer sei es in den Dingern schweineheiß gewesen. Deshalb habe er nach nur vier Jahren seinen Hut genommen. 1,2 Milliarden und keine Klima! Naja, ich kann mir vorstellen, was das für ne Hitze ist. Außerdem verbrauchten die vier Liter auf einen Kilometer.«

»Jetzt wundert's mich auch nicht mehr, dass er sich für so ein leises Modell entschieden hat«, lachte ich.

»Mich auch nicht. Apropos, du wirst natürlich versuchen herauszufinden, an wen der Anruf in der *kumi* ging, oder?«

»Ja«, sagte ich.

Er warf mir einen schnellen Blick zu. »Du willst angreifen?«

»Keine Ahnung. Aber darauf wird's wohl hinauslaufen.«

»Das dürfte in etwa so effektiv sein, wie einen Panzer mit Pfeilen zu beschießen, aber du nimmst ja keine Ratschläge an.«

»Wie kommst du darauf?«

»Weil du einer der ganz alten Schule bist.«

Draußen zog der Bahnhof von Yokohama vorbei. Vor uns kam eine große Verkehrstafel in Sicht. Rechts ging es Richtung Ginza und Haneda. Links zum Daisan-keihin. *Den direkten Weg in die Stadt nehmen wir heute besser nicht*, brummte Asai, und schlug das Lenkrad nach links ein. Der Wagen machte keinen Mucks.

»Sag mal. Warum betreibst du eigentlich einen Pokersalon? Wenn du dir so einen Wagen leisten kannst, kannst du doch auf die paar Kröten, die du damit machst, gut verzichten«, sagte ich. Das hatte ich ihn schon die ganze Zeit fragen wollen.

»Der Spielsalon erinnert mich daran, was ich bin: ein kleiner Yakuza. Mehr nicht. Auf deinen Rat hin hab ich ihn aber schon dichtgemacht. Im Gegensatz zu dir nehme ich die Ratschläge anderer Leute nämlich ernst.«

Danach schwiegen wir. Auf der zweispurigen Fahrbahn war verhältnismäßig wenig los. Der Wagen glitt geräuschlos dahin. Ich sah eine Weile in den Seitenspiegel.

»Ich habe noch einen Rat für dich«, brach ich das Schweigen. »Ist mir gerade aufgefallen.«

Asai nickte und presste kurz die Lippen zusammen. »Diesmal sage ich nicht *bitte*. Ich hab sie auch schon gesehen. Bullen sind das aber nicht.«

Das weiße Motorrad, das in meinem Seitenspiegel zu sehen war, dürfte vom Fahrersitz aus im toten Winkel liegen. Wahrscheinlich war es ihm in der Kurve aufgefallen. Ich hatte es schon gesehen, als wir auf die Autobahn auffuhren. Sie saßen zu zweit auf der Maschine, was auf der Autobahn eigentlich verboten war. Beide trugen Integralhelme und schwarze Lederanzüge. Asai fuhr sehr zurückhaltend. Die erlaubte Geschwindigkeit war 80, und daran hielt er sich. Ein Auto nach dem anderen überholte uns. Für ein Motorrad wäre es ein leichtes, an uns vorbeizuziehen, und jedes andere hätte es wahrscheinlich auch schon längst getan. Aber dieses machte nicht die geringsten Anstalten. Es blieb einfach an uns dran.

»Das ist seltsam«, sagte ich. »Ich bin ziemlich sicher, dass mir auf dem Weg nach Yokohama niemand gefolgt ist. Gleiches kannst du von dir sicher auch behaupten. Mal ganz abgesehen von der Frage, warum wir verfolgt werden – es ist seltsam, dass jemand weiß, wo wir uns befinden.«

Asai nickte. »In der Tat. Wie ich dir schon am Telefon sagte: Ich hab keinem was von unserem Rendezvous erzählt.«

Wir passierten die Stadtgrenze von Yokohama. Als die Straße dreispurig wurde, sagte er: »Tut mir leid, dass ich dir angeboten habe, mitzufahren. Kann sein, dass ich dir damit einen echten Bärendienst erwiesen habe.«

»Darüber mach dir mal keine Gedanken. Viel wichtiger ist die Frage, was wir jetzt tun wollen.«

»Wir warten ab. Aber nicht unvorbereitet. Mach mal das Handschuhfach auf.«

Ein leichtes Drücken genügte, dann surrte das Handschuhfach auf. Ich glaubte, meinen Augen nicht zu trauen. Dort lag ein mattsilbern glänzender Revolver. So einen hatte ich noch nie gesehen. Asai beugte sich vor, nahm den Revolver und legte ihn sich auf den Schoß. Dann umfasste er wieder das Steuer.

»Siehst du, ein kleiner Yakuza, mehr nicht«, sagte er, bevor er plötzlich aufs Gaspedal trat. Der Wagen beschleunigte ohne die geringste Erschütterung. Ich warf einen Blick auf den Tacho. Die Nadel war auf 130 km/h geschnellt. Die Straße war relativ leer. Die Landschaft raste vorbei. Mit ruhiger Hand steuerte Asai den Wagen durch den Verkehr. Die Maschine hinter uns drehte ebenfalls auf. Selbst wenn sie es in punkto Schnelligkeit nicht mit uns aufnehmen könnte, hätte sie, da sie sich überall durchschlängeln konnte, die besseren Karten. Noch wusste ich nicht, was sie wollten.

»Denen ist offenbar aufgefallen, dass sie nicht unbemerkt geblieben sind. Hast du Vertrauen in deine Fahrkünste?«

»Nein«, sagte Asai und grinste. »Als ich zur Polizei ging, habe ich mit Kendo angefangen. Ich hab sogar den dritten Dan, aber das wird mir beim Autofahren kaum nützen.«

»Ob die uns nur verfolgen wollen? Oder haben die was anderes vor?«

»Keine Ahnung. Lass es uns herausfinden.«

Asai gab noch mehr Gas. Der Tacho zeigte jetzt 150. Auch das Motorrad wurde schneller. Es klebte uns nach wie vor am Heck. Asai wechselte von der mittleren auf die ganz linke Spur. Er scherte kurz aus, um einen Wagen vor uns zu überholen, ging aber sofort wieder nach links. Direkt neben mir raste die Leitplanke vorbei. Ich wusste, warum Asai so fuhr. Er wollte, dass ich »sicher« sitze.

Die Anschlussstelle Kohoku kam in Sicht. Die Schlange an der Abfahrt war so lang, dass die meisten Fahrer wahrscheinlich am liebsten ausgestiegen wären. *Das wird nichts*, murmelte Asai, als wir uns der Ausfahrt näherten. Ich pflichtete ihm innerlich bei. Hier abzufahren war unmöglich. Zu viele Autos versuchten, sich noch in die Schlange zu drängeln. Wir fuhren vorbei. Der Verkehr nahm schlagartig ab und wurde wieder schneller.

Im selben Moment tauchte von rechts das Motorrad auf.

Asai ließ das Seitenfenster herunter. »Runter«, hörte ich ihn brüllen.

Ich drehte mich um. Das Motorrad war gut zu sehen. Ebenso die Waffe, die der Mann auf dem Sozius im Anschlag hielt. Asai griff mit der Rechten zum Revolver. Mit der Linken riss er das Lenkrad herum, um die Maschine zu rammen. Aber das Motorrad machte einen geschmeidigen Schlenker und fiel zurück. Dann kam es wieder näher. Das Spiel wiederholte sich.

Ich griff mir das kleine Handtuch, das im Handschuhfach gelegen hatte.

»Fahr rechts. Und: nicht schießen!«

»Wieso?«

»Frag nicht, mach einfach!«

Asai zögerte eine Sekunde, dann wechselte er die Spur. Jetzt kam das Motorrad auf meiner Seite näher. Ich ließ das Fenster herunter.

»Was hast du vor?« schrie Asai.

»Frag nicht, fahr weiter, einfach weiter. Und geh vom Gas. Runter auf siebzig.«

Diesmal zögerte er nicht. Der Wagen machte fast eine Vollbremsung. Die Reifen quietschten, das Motorrad fuhr beinahe auf. Fahrer und Beifahrer hatten Mühe, sich auf den Sitzen zu halten. Die Maschine bremste. Dann kam sie auf meiner Seite wieder heran. Die Mündung der Waffe zielte auf mich. Ich hatte genau gesehen, wie der Mann auf dem Sozius, als die Maschine herüberschwenkte, mich ins Visier genommen hatte. *Eine Waffe hat noch keiner auf mich gerichtet*, dachte ich, wickelte mir das Handtuch um die Hand, packte die Flasche Whisky, die Asai mir gekauft hatte, am Hals und zog sie aus der Tragetasche. Ich zielte auf den Scheinwerfer des Motorrads und schleuderte die Flasche aus dem Fenster. Mein Wurftalent war tatsächlich mehr als bescheiden. Die Flasche schlug gegen das Vorderrad und verfing sich mit dem Hals in den Speichen.

Man hörte einen Schuss, dann zerbarst die Flasche. Die Maschine kippte und schlidderte über die Fahrbahn, Fahrer und Beifahrer schlidderten mit, ebenso die Waffe, aus der gefeuert worden war.

Asai stieß einen Seufzer der Erleichterung aus. »Nicht schlecht«, sagte er, »nicht schlecht.«

»Fahr langsamer.«

Ich sah die Männer aufstehen. Zögerlich fuhren ein paar Autos an ihnen vorbei. Der eine hob die Waffe auf und verstaute sie in seiner Jackentasche. Dann liefen die beiden über die Fahrbahn, kletterten über die Leitplanke und stiegen durchs Gebüsch den Abhang auf der anderen Seite hinauf. Im nächsten Moment waren sie verschwunden.

Als ich sah, wie Asai seinen Revolver zurück ins Handschuhfach legte, sagte ich: »Die zwei scheinen unverletzt zu sein.«

»Um *die* hast du dir Sorgen gemacht?? Deshalb sollte ich langsamer fahren? Dir ist echt nicht mehr zu helfen. Das eben war Notwehr, mein Freund, Notwehr! Wenn ich sie gerammt hätte, hätten sie vielleicht ein paar innere Verletzungen davongetragen, aber so ... die sind doch nur über die Straße geschliddert. Außerdem hatten sie Helme auf, was soll'n da passieren? Ein paar Schürfwunden vielleicht, mehr nicht. Uns dagegen hätt's mit etwas weniger Glück vielleicht erwischt.«

»Meinst du?«

»Was soll das heißen?«

»Nichts, schon gut. Davon mal abgesehen: sind wir noch jemandem aufgefallen?«

»Sieht im Moment nicht danach aus«, erwiderte Asai, der die Umgebung bereits gescannt hatte, wieder ruhig. »Dem ein oder anderen ist vielleicht die Waffe aufgefallen, aber der denkt dann wahrscheinlich an Bandenkrieg.«

»Naja, für ne Filmaufnahme wird's wohl keiner halten. Ob jemand die Polizei alarmiert?«

»Mit Yakuza will der rechtschaffene Bürger normalerweise nichts zu tun haben. Dass so'n ganz Penibler Anzeige erstattet, ist zwar nicht ausgeschlossen, aber dass der sich dann noch das Nummernschild gemerkt hat, ist eher unwahrscheinlich. Aber wie dem auch sei. Bei der nächsten Ausfahrt fahr ich runter und stell den Wagen ab. Ich geh zwar nicht davon aus, dass sie die Fernstraßen kontrollieren, aber sicher ist sicher. Wenn sie herausfänden, dass es mein Auto war, wär's auch nicht so schlimm; es ist ja niemand zu Schaden gekommen. Auf der Autobahn liegt ein Motorrad, mehr nicht. Ich warte ein paar Tage, und wenn bis dahin nichts passiert ist, hol ich den Wagen wieder ab.«

»Ich hab den guten Whisky zum Fenster rausgeschmissen.«

»Ich kauf dir'n neuen.«

Asai wechselte die Spur. Die Anschlussstelle Keihin-Kawasaki kam in Sicht. Auch hier standen die Autos Schlange, aber nicht ganz so schlimm wie an der Ausfahrt davor. Es dauerte nicht lang, und wir konnten abfahren. Ich musterte die Leute in den anderen Autos. Asai ebenso. Etwas Ungewöhnliches konnte ich aber nicht feststellen. Verfolgt wurden wir anscheinend auch nicht.

»Ich bin echt beeindruckt«, murmelte Asai. »Nicht

mal an *der* Flasche hast du Fingerabdrücke hinterlassen.«

Das Handtuch war auf den Boden gefallen. Ich hob es auf und legte es zurück ins Handschuhfach. Weder seine noch – wie er richtig festgestellt hatte – meine Abdrücke waren auf der Flasche. Nur die der Hotelangestellten. Selbst wenn die Glassplitter untersucht würden, hätten wir nichts zu befürchten.

»Die Frage ist: Warum haben die Typen uns angegriffen? Vielmehr, woher wussten sie überhaupt, wo wir sind?«

»*Das* kann ich dir sagen …« erwiderte Asai, nachdem er wachsamen Blickes in eine ruhige Nebenstraße abgebogen war. Er stieg aus. Ich stieg ebenfalls aus. Asai ging zum Heck und spähte eine Weile unters Auto. Dann machte er den Arm lang und zog. Einen Moment später hielt er ein schwarzes Kästchen in der Hand. Es war in etwa so groß wie eine Schachtel Zigaretten.

»Wusst ich's doch«, sagte er.

»Was ist das?«

»Ein GPS-Tracker.«

»Eins von diesen Dingern zur Ermittlung von Positionskoordinaten, über Satellit? Die sollen derzeit schwer in sein.«

»Exakt. Die haben eine Abweichung von zwei Metern. Der hier dürfte allerdings selbstgebaut sein. So was kriegt heutzutage selbst ein Laie hin. Die Maschine hatte vorne einen kleinen Monitor, das hab ich gesehen. Ein Navi wohl.«

Er zog ein Taschentuch aus der Hosentasche, wischte das Kästchen sorgfältig ab und warf es in einen Mülleimer in der Nähe. »Lass uns fahren.«

»Irgendeine Idee, wer dir das untergejubelt hat?« fragte ich, nachdem sich das Auto in Bewegung gesetzt hatte.

»Die Eguchi-*gumi* natürlich«, erwiderte er knapp.

»Woher willst du das wissen? Man konnte doch unter den Helmen niemanden erkennen.«

»Ich hab die Waffe erkannt. Es war eine Beretta. Aller Wahrscheinlichkeit nach eine M92. Automatik. International recht beliebt, hierzulande weniger. Anders als die minderwertigen Tokarevs, die sonst so herumschwirren. Die Eguchi-*gumi* hat ein paar Dutzend, das weiß ich. Ich hatte selber auch schon eine in der Hand.«

Seine Beobachtungsgabe beeindruckte mich. *Mir* war der Monitor entgangen. Aber selbst jetzt benutzte er keinen Gangster-Jargon. Er sprach weder von *Schießeisen* noch von *Knarre*. Wie es sich wohl mit diesem Widerspruch leben ließ, Yakuza zu sein, aber ganz anders zu sprechen.

»Und was ist mit deiner Waffe? Ist die auch so selten?« fragte ich. Er nickte. »Hierzulande schon. Es kursieren zwar jede Menge schlechter philippinischer Kopien, aber das hier ist ein Original. Ein 38er Colt King Cobra. In Amerika verkaufen sie die im Supermarkt. Hab sie mir, als ich drüben war, von nem Bekannten besorgen lassen. Hat mich über'n Daumen gepeilt 500 Dollar gekostet. Das könnte sich hier jeder Oberschüler leisten.«

»Und wie hast du sie hergebracht?«

Asai grinste. »Auf Mafiawegen. Von denen weiß man besser nichts.«

Während wir durch das Wohnviertel fuhren, dachte ich über die Waffe nach. »Hör mal«, sagte ich. »Nicht, dass ich mich mit Waffen auskennen würde, aber springt bei einer Automatik nicht ne Hülse raus, wenn du sie abfeuerst?«

Asai grunzte. »Klar springt da ne Hülse raus. Für jemanden, der sich nicht auskennt, weißt du aber gut Bescheid. Die Hülse ist ein Problem. Die Frage ist nur, was den Bullen gemeldet wird und wieweit die der Sache nachgehen. Wobei – auf der Autobahn liegt ein Motorrad, und der Fahrer ist weg. Also werden sie der Sache wohl nachgehen.«

»Das nehme ich auch an«, dachte ich laut vor mich hin, als ich Asai sagen hörte: »Aber: noch haben wir Zeit. Unabhängig davon, ob sie die Hülse finden oder nicht. Wenn ich mich nicht täusche, sind wir in der Nähe der Nanbu- und der Den'entoshi-Linie. Die kreuzen sich in Mizonokuchi. Da in der Nähe lass ich den Wagen stehen.«

»Das überlasse ich dir«, sagte ich. »Du weißt wirklich alles.«

»Was Polizei und Yakuza angeht vielleicht. Aber dass du bis zur Patronenhülse denkst, hätte ich nicht gedacht, Respekt! Ich hab's mir übrigens anders überlegt.«

»Was anders überlegt?«

»Ursprünglich hatte ich heute nur vorgehabt, deine

Frage zu beantworten. Aber wenn die Eguchi-*gumi* mich bespitzelt, ist dein Problem jetzt auch mein Problem. Also, folgende Bitte.«

»Was?«

»Erzähl mir, was damals passiert ist. Und was du danach gemacht hast. In Einzelheiten.«

»Willst du dich wirklich so weit aus dem Fenster lehnen?«

»Die Sache von damals geht mich eigentlich nichts an, das stimmt. Die Sache *jetzt* schon ...«

Ich dachte nach. Bis jetzt hatte Asai mir keine einzige Frage gestellt. Nur, ob ich jemanden auf dem Gewissen hätte, ja oder nein.

»Gut«, erwiderte ich. »Lass uns am Bahnhof ein Plätzchen suchen.«

»Am besten eins, wo man Whisky trinken kann, oder?« erwiderte Asai.

*Whisky habe er*, bejahte der Kellner die Frage. »Geh schon mal vor, ich komm gleich nach«, sagte ich zu Asai. Wir standen im Eingang des Restaurants.

»Was machst du?«

»Telefonieren.«

»Wen willst du anrufen?«

»Meine Freundin«, sagte ich und machte mich auf die Suche nach einer Telefonzelle. Ich sah auf die Uhr; es war kurz nach vier. Ich hatte gedacht, es sei schon später. Die Nummer wusste ich auswendig. Ich hörte jemanden abnehmen. »Hallo«, sagte ich.

»Suzuki-san? Was für eine Überraschung«, kam Tokos Stimme aus dem Hörer zurück.

Ich dachte an gestern. Als sie den Anruf entgegennahm, hatte ich neben ihr gesessen, die Stimme des Anrufers aber nicht gehört. Es war spät gewesen und ringsum hatte Stille geherrscht. Meine Stimme wäre demzufolge wohl auch nicht zu hören.

»Du hast Besuch?« fragte ich.

»Natürlich. Was glaubst du denn?! Ich habe im Moment wirklich andere Sorgen, also verschon mich mit deinen Werbespots.«

»Ach ja, du arbeitest ja als Model. Ich ruf dich in etwa einer Stunde wieder an. Ist das okay? Wenn ja, dann tu so, als würdest du schimpfen.«

»Das weiß ich selber. Meinst du, ich bin blöd? Idiot!« Es krachte, dann war das Gespräch weg. Gut geschauspielert. Einen Tick zu dick aufgetragen vielleicht.

Ich ging zurück ins Restaurant. Der Whisky stand schon auf dem Tisch. Asai trank. Die Tüte, die wir im Hotel bekommen hatten, stand neben ihm. Darin, ins Handtuch gewickelt, seine Waffe. Mit dem Tuch hatte ich meine Fingerabdrücke im Wagen beseitigt.

»Und, bei deiner Freundin alles okay?« Asai sah mich fragend an.

»Sie hat Herrenbesuch«, erwiderte ich.

Dann erzählte ich. Erzählte, was im Park passiert war. Erzählte von Kuwano und der Autobombe. Erzählte am Rande auch von Yuko. Von Toko erzählte ich nichts. Dass Yuko gestorben sei, hätte ich morgens aus der Zeitung erfahren, behauptete ich. Nebenbei trank ich. In den letzten zweiundzwanzig Jahren hatte ich das alles nur zwei Leuten erzählt, und das innerhalb der letzten zwei Tage.

Asai hörte schweigend zu. Er stellte keine Fragen. Auch als ich geendet hatte, blieb er eine Weile stumm.

Ich hatte gedacht, er würde vielleicht fragen, ob ich mich nicht stellen wollte, so wie Toko, aber nein. Als er den Mund wieder aufmachte, sagte er ruhig: »Bereust du nicht, dass du die Uni abgebrochen hast?«

Verdutzt sah ich ihn an. Das hatte mich noch niemand gefragt. Asai sah mir in die Augen.

Ich dachte zurück. Zurück an die vergangenen zweiundzwanzig Jahre und die Jobs, die ich gehabt hatte. Am häufigsten hatte ich auf dem Bau gearbeitet. Außerdem hatte ich mich als Fensterputzer verdingt und in Drechslereien gejobbt. Auch im Service war ich häufiger gewesen. In Spielsalons, Bars und Pachinko-Hallen. Für Bürojobs hätte ich mich ausweisen müssen, die waren nicht in Frage gekommen. Ich hatte immer nur körperlich gearbeitet. Hatte darin ein tieferer Sinn gesteckt? Nein, in diesen Jobs hatte kein tieferer Sinn gesteckt. Genauso wenig wie in meiner Flucht. Ich mochte körperliche Arbeit, das war alles. Selbst jetzt noch, als alter Alkoholiker. Auch die Arbeit als Barkeeper gefiel mir.

»Nein«, erwiderte ich. »Ich bereue nichts. Ich glaube, ich habe genau das Leben geführt, das am besten zu mir passt.«

Asai lächelte. In diesem Moment sah er überhaupt nicht wie ein Yakuza aus.

»Darf ich dich auf etwas hinweisen?«

»Bitte.«

»Du bist ein Mängelexemplar. Wir leben in Zeiten von Qualitätskontrolle und Optimierung. Mängelexemplare werden immer seltener. Harte Zeiten für Leute wie dich.«

Hatte mir das nicht gestern schon jemand gesagt?

»Ich hatte gedacht, Mängelexemplaren bliebe nichts anderes übrig, als zur Yakuza zu gehen.«

»Bevor ich jemanden wie dich anheuere, versuche ich lieber einen Pfarrer zu überreden, seinen Job zu wechseln, das ist aussichtsreicher.« Dann wurde er ernst. »Der Mann mit der Sonnenbrille, was hat der im Park gemacht? Könnte der was mit dem Anschlag zu tun haben?«

Ich nickte. »Darüber habe ich auch schon nachgedacht, aber ich weiß es nicht. Wir müssten mehr über den Zünder wissen.«

»Details zur Explosion hat man noch nicht verlauten lassen. Zum Sprengstoff auch nicht. Wahrscheinlich wissen die Bullen dazu im Moment selber nichts. Wenn sie etwas wüssten, würden sie es bekanntgeben. Solche Informationen zu unterdrücken, bringt ihnen nichts. Ob sie den Mann mit der Sonnenbrille kennen, wissen wir auch nicht.«

»Das stimmt. Aber: es war kein Chloratgemisch, das explodiert ist, so viel steht fest. Das hätte nämlich sauer gerochen, wie ich aus eigener Erfahrung weiß.«

»Also, mit dem, was wir aus den Medien wissen, kommen wir nicht weiter. Mal sehen, ob ich herausfinden kann, wie viel die Bullen wissen.«

Ich sah ihn an.

»Ich hab dir doch gesagt, dass ich noch Verbindungen habe. Aber frag nicht zu wem. Die haben schließlich einen Ruf zu verlieren.«

»Schon gut«, sagte ich. »Aber meine Fragen haben definitiv Zuwachs bekommen.«

»Ja. Ist ein ganzer Fragenkatalog geworden. Wollen wir sie durchgehen? Fangen wir mit der hier an: Auf wen hatten es die beiden heute abgesehen? Auf dich oder auf mich?«

»Auf keinen von uns beiden.«

Asais Gesicht nahm einen skeptischen Ausdruck an. »Was soll das heißen?«

»Wie viele Patronen hat so eine Beretta?«

»Normalerweise fünfzehn. Wieso?«

»Sie haben uns während der Fahrt aufs Korn genommen. Nicht, als wir standen. Zudem zielte der Typ so lange auf mich, dass er mehrfach hätte schießen können. Warum ballert er uns nicht einfach in die Seite, wenn's nicht so drauf ankommt. Das wär doch nicht komisch. Nicht einmal ein Profi hätte alles auf eine Karte, sprich: einen Schuss gesetzt.«

»Da ist was dran. Wenn du auf gleicher Höhe bist und es dir darum geht, den Wagen zu stoppen, kannst du auch auf die Reifen zielen. Überhaupt, wenn sie uns hätten umbringen wollen, hätten sie uns besser einen nach dem anderen auf offener Straße abgeknallt. Da wären sie auf der sicheren Seite gewesen. Es hat sich ja tatsächlich ein Schuss gelöst, aber das ist wahrscheinlich passiert, als sie gestürzt sind.«

Ich nickte.

»Gut, gehen wir einmal davon aus, dass sie uns *nicht* umbringen wollten. Stellt sich die Frage: Was sollte das Theater?«

»*Theater*, genau. Terroristen in Europa oder Lateinamerika greifen ihre Opfer gerne vom Motorrad aus an. Hierzulande nicht. Zur Einschüchterung ist das also vielleicht nicht so dumm.«

Überrascht sah er mich an. »Du meinst, die wollten uns einschüchtern?«

»Das wäre eine Möglichkeit. Aber gut, spekulieren bringt nichts. Vergessen wir das für's erste. Wann und wo, glaubst du, haben sie den Sender an deinem Auto angebracht?«

»Mein Stammparkplatz ist fünf Minuten zu Fuß vom Büro entfernt. Ist einer der teuersten Parkplätze ganz Japans, kann aber jeder rein.«

»Gut, gehen wir davon aus, dass man dir das Ding da untergejubelt hat. Aber warum sollte die Eguchi-*gumi* dich verfolgen?«

»Ich habe in der *kumi* nicht nur Freunde. Aber Einschüchterung hin oder her, mir einen Peilsender unterzuschieben, geht nicht auf das Konto einer Einzelperson, da steckt die *kumi* dahinter. Doch woher wussten sie, dass wir uns treffen? Das verstehe ich nicht. Verstehst du das?«

Ich schüttelte den Kopf. »Gibt es außer Mochizuki noch jemanden, der weiß, dass wir in Kontakt stehen?«

»Nicht dass ich wüsste. Aber Mochizuki vertrau ich. Der schuldet mir ein Leben.«

»Du hast gesagt, er war Panzerfahrer. Wann hat er den Dienst quittiert?«

»Vor fünf Jahren. Wieso?«

»Wann hat er dir die Geschichte mit der Klimaanlage erzählt?«

»Als er mir den Jaguar besorgt hat. Da ist es ihm scheinbar wieder eingefallen. Hat gelacht, als er es erzählte. Wann war das? Vor zwei Jahren wohl.«

»Dann hat er gelogen«, sagte ich. Asai starrte mich an. Ich erwiderte seinen Blick. »Zumindest, was den Grund für sein Ausscheiden bei der Armee angeht, sein Lebenslauf ist vielleicht nicht getürkt. Keine große Sache, deshalb habe ich vorhin nicht eingehakt, aber ich habe mal mit jemandem zusammengearbeitet, der bei den Soldaten war, und der hat mir erzählt, dass die Nummern der Modelle, die die Panzertruppe fährt, alle mit dem Jahr anfangen, in dem sie offiziell eingeführt werden. Die 90er sind also 1990, spätestens 1991 eingeführt worden. Das mit den Klimaanlagen hat ihm vielleicht irgendwer erzählt, aber er selber hat während seiner Militärzeit auf keinen Fall in einem 90er gesessen.«

Asais Gesicht veränderte sich. Einen Moment lang waren seine Augen so kalt wie damals in der Bar. »Gut möglich, dass du jetzt einen bei mir gut hast.«

»Es ist vielleicht nur eine harmlose Lüge. Vielleicht ist er ein Militär-Freak.«

*Ja*, murmelte Asai, wie zu sich selbst. »Könnte sein. Aber harmlos oder nicht, in meiner Branche wird selbst die kleinste Lüge bestraft, erst recht, wenn man den *Boss* belügt. Jemand in seiner Position. Kleine Funken, großes Feuer. Wenn du es merkst, ist es meistens schon zu spät.«

In diesem Moment tauchte aus dem Nebel eine andere Frage auf. »Noch etwas«, sagte ich. »Etwas, das du heute morgen gesagt hast. Woher wusstest du, dass ich die Angewohnheit habe, an schönen Tagen im Park zu trinken? Das stand in keiner Zeitung. Ich habe die von heute morgen alle gelesen.«

Asais Gesicht wurde ausdruckslos. Genau so hatte er ausgesehen, als er mir vom Tod seiner Frau erzählte.

»... von Mochizuki.« Seine Stimme klang tonlos. »Im Park wird's heute nur so von Bullen wimmeln, hat er gesagt, bevor ich ihn zu deiner Bar geschickt habe. Als ich fragte, warum, hat er mir davon erzählt. Ich hatte angenommen, dass er das aus der Zeitung weiß. Bei neun Zeitungen kann's schon mal passieren, dass dir was durch die Lappen geht.«

»Von dieser Angewohnheit weiß nur die Polizei. Um so was rauszukriegen, musst du Leute befragen und Zeugen finden.«

»Ich bin also offenbar nicht der einzige, der Verbindungen hat.« Asai hob den Kopf und sah mich an. »Zeit, an die Arbeit zu gehen. Jetzt habe auch ich ein paar Fragen.«

»Du hast hoffentlich nicht vor, Kopf und Kragen zu riskieren?«

Asai lächelte. »Ich weiß nicht. Und wenn schon, das gehört zum Beruf.«

# 11

*Wie kann ich dich erreichen?* fragte Asai, als wir uns verabschiedeten. Ich erzählte ihm von den Kartonhäusern, er lachte. *Soll ich dir'n Prepaid leihen,* bot er an. Ich lehnte ab. *Hast du schon mal einen Obdachlosen mit Handy gesehen?* fragte ich zurück. Er lachte wieder. *Hast recht, dann ruf du mich an. Irgendwann heute abend, egal wann. Dich zu besuchen, wär zu auffällig,* sagte er und verschwand durch die Sperre. Ich sah ihm nach, die Hoteltüte hatte er unter dem Arm. Wie er wohl mit Mochizuki verfahren würde? Aber gut, Mochizuki war sein Problem. Er würde schon wissen, was zu tun war.

Aus einer Telefonzelle vor dem Bahnhof rief ich Toko an. Diesmal antwortete sie mit einem gelassenen »Ach, du bist's.«

»Was wollte die Polizei von dir?« fragte ich.

Sie seufzte. »Sind die einfach nur lästig oder machen sie gute Arbeit?«

»Das ist für die ein und dasselbe. Warum waren sie bei dir?«

»Sie hatten dieselbe Idee wie du. Haben gefragt, ob es in Mamas Wohnung keinen Hinweis gegeben habe. Was *meine* Wohnung angeht, hattest du übrigens recht. Sie haben offenbar bei der Uni nachgefragt. Was hast *du* den ganzen Tag gemacht?«

»Getrunken.«

»Das war mir schon klar. Wo hast du getrunken? Und wo bist du jetzt?«

»Nicht so viele Fragen auf einmal. Getrunken habe ich in Yokohama. Und jetzt bin ich in Yokohama oder Kawasaki.«

»Yokohama? Du warst in Yokohama? Allein?«

»Nein, mit nem Kumpel.«

»Kumpel?«

»Einem Yakuza. Mit dem, von dem ich dir gestern erzählt habe.«

»Dieser komische, der in deiner Bar war, um dich zu warnen?«

»Genau. Aber das erzähl ich dir später. Woher wussten die, dass du heute in die Wohnung deiner Mutter willst?«

»Als sie mich gestern abend noch mal befragt haben, haben sie gesagt, dass sie sich die Wohnung meiner Mutter ansehen wollen, in meinem Beisein natürlich, in der Hoffnung, dort einen Hinweis darauf zu finden, was sie im Park wollte. Das habe ich natürlich abgelehnt. Mein Opa, der war ja auch da, hat dann vorgeschlagen, dass ich mir die Wohnung ansehe und sie informiere, falls ich etwas fände. Auf diesen ›Vorschlag‹ sind sie eingegangen.«

»Sie waren also nicht dabei?«

»Nein, aber sie saßen vor der Tür und haben das Haus beobachtet, obwohl sie zugesagt hatten, alles mir zu überlassen. Ich hab sie vom Fenster aus gesehen. Und anstatt mich an Ort und Stelle zu fragen, sind sie anschließend noch einmal extra bei mir vorbeigekommen. Nach dir haben sie übrigens auch gefragt. Ob ich deinen Namen schon mal gehört hätte. *Klar*, hab ich gesagt. Stand doch in der Zeitung. Apropos Zeitung, die sind wirklich unglaublich! Haben die noch nie was von Unschuldsvermutung gehört?«

»Wir leben in einer Informationsgesellschaft. Also: Hast du bei deiner Mutter etwas gefunden?«

»Ein Manuskript. Ziemlich alt und vergilbt.«

»Ein Manuskript?« fragte ich überrascht. »Was für ein Manuskript?«

»Gedichte.«

»Gedichte??«

»*Tanka*, um genau zu sein.«

»Tanka?? … Und wer hat die geschrieben?«

»Meine Mutter natürlich. Alles ihre Handschrift. Ich war auch überrascht. Dass sie schreibt, hat sie nie erzählt.«

Ich hielt den Hörer umklammert und dachte nach. Yuko und Tanka. Das konnte ich mir nicht vorstellen. Als sie bei mir gewohnt hatte, hatte sie meine Gedichtbände regelrecht verschlungen, das stimmte. Aber ich wäre nie auf den Gedanken gekommen, dass sie auch selber welche schrieb. Wann sie wohl damit angefangen hatte?

»Es sind nicht wenige«, drang Tokos Stimme erneut an

mein Ohr. »Bestimmt hundert Seiten, und auf jeder Seite stehen fünf, macht ungefähr fünfhundert.«

*Fünfhundert ...?!*

»... Und was sind das für Gedichte?«

»Das fragst du ausgerechnet mich? Ich bin weder hier aufgewachsen noch hier zur Schule gegangen. Klassische Gedichte sind für mich ein Buch mit sieben Siegeln. Abgesehen davon hatte ich noch keine Zeit, sie mir richtig anzusehen.«

»Und sonst?«

»Nichts. Kein Tagebuch, kein Organiser. Naja, ihren Organiser wird sie dabeigehabt haben. Den hat die Polizei allerdings noch nicht gefunden, ich habe gefragt. Die Untersuchungen laufen noch, haben sie gesagt, und das glaube ich ihnen auch. Wenn sie etwas von meiner Mutter gefunden hätten, hätten sie mich bestimmt schon um Bestätigung gebeten.«

»Wahrscheinlich schon. Und im Zusammenhang mit ihrer Arbeit? Keine Notizen oder so? Gar nichts?«

»Um die Termine hat sich die Sekretärin gekümmert. Die habe ich heute früh angerufen. Fehlanzeige, um das Ergebnis gleich vorwegzunehmen. Was meine Mutter am Samstag vorhatte oder gemacht hat, wusste sie nicht. Das hätte sie auch der Polizei gesagt, die hätten dasselbe gefragt. Naja, wundern tut mich das nicht. Meine Mutter hat Privat und Geschäft immer sauber getrennt.«

*Einundzwanzig,* dachte ich beeindruckt. *Erst einundzwanzig und schon so viel Verstand.* Sie erkannte, was zu tun war, und tat es einfach, ohne lange zu fackeln.

»Und wo sind die Gedichte jetzt? Bei dir?«

»Ja, ich hab sie eingesteckt und mitgenommen. Der Polizei habe ich nichts davon erzählt. Willst du sie lesen?«

»Was ist mit der Leiche deiner Mutter? Ist sie schon freigegeben?« fragte ich zurück.

»Ja«, sagte sie. »Seit heute morgen. Auf Empfehlung der Polizei haben wir sie direkt ins Krematorium bringen lassen. Sie ist auch schon eingeäschert worden. Vor der Einäscherung wies uns die Polizei übrigens darauf hin, dass die Leichen von Explosionsopfern häufig nicht mehr intakt seien. Ist das nicht unglaublich? Es fehlten auch tatsächlich Knochen, wie wir beim zeremoniellen Befüllen der Urne feststellten. Aber das muss man doch den Leuten nicht extra sagen!«

Ihre Stimme war ruhig, wenn auch der Ärger darin nicht zu überhören war. Ich wusste, wie »nicht intakte« Körper von Explosionsopfern aussahen. Das hatte sie wohl vergessen. Aber darüber musste ich sie nicht aufklären. Der Hinweis der Polizei war nicht unangemessen, keineswegs, aber ich hielt den Mund.

»Das heißt, es gibt keine Totenwache?«

»Genau. Wir machen nur eine Trauerfeier. Um sieben fängt sie an. Ich muss auch so langsam los. Aber ich kann zwischendurch bestimmt verschwinden.«

»Besser nicht.«

»Wieso?«

»Weil das auffallen würde. Die Polizei wird auch da sein. Das machen sie immer so. Es ist besser, du bleibst bei deiner Mutter. Und morgen wird sie dann bestattet?«

»Ach, das hatte ich vergessen, dir zu sagen. Die Bestattung ist erst nächsten Samstag. Kremiert ist sie ja schon, und die Trauerfeier wird sich sicher eine Weile hinziehen mit all den Leuten, die da nicht zuletzt wegen meines Opas auftauchen werden. Ich kann also erst morgen früh wieder hier sein.«

»Gut, dann rufe ich dich morgen früh wieder an.«

»Und was soll ich machen, wenn ich dich zwischendurch erreichen will? Wo übernachtest du heute?«

»In der Stadt. Aber ich habe kein Telefon.«

»Willst du damit sagen, dass es in Tokyo Herbergen ohne Telefonanschluss gibt?«

»Gibt es. Ist zwar Lichtjahre von deiner Lebenswirklichkeit entfernt, aber friedlich und ruhig.«

»Aha, und weiter zu fragen, bringt nichts, weil du mir eh keine Antwort geben würdest, stimmt's?« Für einen Moment hatte ich den Eindruck, sie würde schmollen, aber nein. »Gut«, sagte sie. »Merk dir diese Nummer. Das ist die Durchwahl zu meinem Zimmer. Kannst du mich da anrufen, wenn was ist? Ich will versuchen, mich nach der Zeremonie die meiste Zeit dort aufzuhalten.«

Während ich noch dabei war, meine Gedanken zu sortieren – die Nummer hatte ich mir eingeprägt –, sagte sie: »Übrigens. Das Gespräch mit der Polizei war keine Einbahnstraße. Ein bisschen was konnte ich auch rauskriegen.«

»Zum Beispiel?«

»Du hast mir doch von dem Mädchen erzählt, der kleinen Geigenspielerin, Mayu Miyazaka, der Tochter des Oberrats. Die hat bei einem von einer Zeitung veranstalteten Musikwettbewerb den ersten Platz gemacht, bei den Grundschülern, dabei ist sie erst in der ersten Klasse. Die gilt als Jahrhunderttalent.«

*Hmm*, brummte ich.

»Das ist aber noch nicht alles. Ihre Verletzungen seien nicht so schlimm, sie habe aber eine retrograde Amnesie. An die Explosion sowie an das, was kurz davor beziehungsweise danach passiert ist, könne sie sich nicht mehr erinnern. Dazu kann sie der Polizei also auch nichts sagen.«

*Nicht schlecht*. Einem Beamten diese Information aus der Nase zu ziehen, erforderte ziemliches Geschick. Wenn es ums Fragen, Protokollieren oder Analysieren ging, waren die Polizisten die Spezialisten, selbst wenn sie mit ihren Analysen manchmal daneben lagen, sie waren die Profis. Dass also ein Polizist eine Information, die nicht offiziell bekanntgegeben worden war, herausgab, war – egal, wie unwichtig diese Information sein mochte – eigentlich undenkbar.

»Verstehe«, sagte ich. »Ich hatte ganz vergessen, wie überzeugend du sein kannst. Wie hast du ihn dazu gebracht, dir das zu erzählen? Hast du auf dein Informationsrecht als Bürger gepocht? Oder war's ein junger Beamter, den du um den Finger gewickelt hast?«

Darauf ging Toko gar nicht erst ein.

»Der wird sich daran erinnert haben, dass die Polizei

im Dienste des Volkes steht, in der Regel machen die sich das gar nicht klar. Wir haben nur allgemein über die armen, unschuldigen Menschen gesprochen, die Opfer dieses grausamen Anschlags geworden sind, mehr nicht. Erinnerst du dich an die anderen Mädchen, die verletzt wurden? Die behalten wahrscheinlich Narben zurück. In dem Zusammenhang – die kleine Geigerin gehört ja auch zu den bedauernswerten Opfern, auch wenn sie keine sichtbaren Narben davontragen wird – hat er es mir erzählt, der freundliche, ältere Herr von der Polizei.«

Einen Moment lang stand mir die Szene aus dem Park wieder vor Augen. Alle diese Mädchen waren dort gewesen. Ich versuchte, mir das Gesicht der kleinen Geigenspielerin zu vergegenwärtigen. Ich würde auch gerne mit ihr sprechen. Aber im Moment war sie für mich unerreichbar.

»Was war das für ein Beamter, der dir das erzählt hat?«

»Er hat mir seine Visitenkarte gegeben. Hier, Polizeirat Shindo, Leiter der Mordkommission, Polizeipräsidium Tokyo. Der hat schon was zu sagen, oder?«

»Der hat sogar ne ganze Menge zu sagen. Ich bin beeindruckt, wirklich.«

In der Regel »verplapperten« sich die Beamten nicht, aber wer weiß, in diesem Fall hatte vielleicht auch die Position von Tokos Großvater eine nicht unwesentliche Rolle gespielt. »Etwas ganz anderes«, sagte ich. »Das kommt jetzt vielleicht etwas plötzlich, aber wenn's recht ist, würde ich mich heute gerne bei dir einschleichen.«

»Du willst ihre Gedichte lesen, so schnell wie möglich,

stimmt's?« sagte sie. Sie klang nicht im mindesten überrascht.

»Genau«, erwiderte ich. Bis Toko nach Hause kam, konnte ich auf keinen Fall warten. Gedichte waren noch intimer als ein Tagebuch. Meiner Erfahrung nach wenigstens.

»Kein Problem«, sagte sie. »Ich lass sie hier liegen, dann kannst du sie mitnehmen.«

»Das wär prima«, erwiderte ich. Selbst wenn Toko von der Polizei überwacht werden sollte – die leere Wohnung würde man wohl kaum beobachten.

»Was ist mit dem Türschloss? Kannst du das knacken? Oder soll ich die Tür offenlassen?«

»Als Profiknacker würde ich mich nicht bezeichnen.«

*Gut*, sagte sie, nachdem ich ihr vorgeschlagen hatte, wo sie den Schlüssel deponieren könnte. Und dann: »Rufst du mich an, wenn du etwas herausfindest?«

*Mach ich*, erwiderte ich.

*Ich mach mich dann jetzt auf den Weg zu meinem Opa. Gib mir Bescheid, wenn's was Neues gibt, ja? Möglichst bald, okay?* Dann legte sie auf.

Ich trat aus der Telefonzelle. Erst jetzt fiel mir auf, dass zwei Mädchen davor warteten, dem Aussehen nach Oberschülerinnen, und mich böse anstarrten. *Alte Knacker, die Dauergespräche führen*, hörte ich sie hinter mir, als ich schon auf dem Weg in den Bahnhof war, *ätzend!*

Hinter dem Tamagawa fuhr die Bahn stadteinwärts unterirdisch weiter. Ich hing meinen Gedanken nach. In den beiden Abendausgaben, die ich am Bahnhof in Mizonokuchi gekauft und flüchtig gelesen hatte, wurde nicht mehr so ausführlich berichtet. Neue Informationen gab es keine. Über meine Bar stand weder in der einen noch in der anderen Zeitung etwas. Berichtet wurde nur über die Trauerfeiern und Bestattungen. Die Leichen der Opfer, die bei der Explosion sofort ums Leben gekommen waren, hatte man offenbar schon früher freigegeben als die von Yuko. In Shibuya stieg ich in die Inokashira-Linie um. Halb sieben. Feierabend. Die Bahn war voll – lauter Büroangestellte und Office Ladies. In Shimokitazawa stieg ich wieder um, diesmal in die Odakyu-Linie. Draußen war es mittlerweile dunkel. Auch in Yoyogi-Uehara stiegen viele Leute aus, was mir gerade recht war. Ich sah zwar nicht wie ein Büromensch aus, aber in der Menge fiel ich auch nicht so auf.

Vom Bahnhof aus rief ich noch einmal bei Toko an. Ich kann nicht sagen, warum. Sich ihrer Abwesenheit zu vergewissern, war unnötig. Die Trauerfeier würde um sieben beginnen, hatte sie gesagt. Sie musste also schon längst unterwegs sein. Ich wurde mir gerade der Sinnlosigkeit meines Anrufs bewusst, lächelte sauer und wollte auflegen, als im selben Moment jemand am anderen Ende abhob. Ich schwieg. Am anderen Ende wurde ebenfalls geschwiegen. Toko war es nicht. Sie hätte etwas gesagt. Die Polizei war es auch nicht. Die hatten für eine solche Aktion noch keinen Anlass. Die unnatürliche Stille, die sich über die Leitung übertrug, war unheimlich. Der Hörer blieb stumm. Das einzige, was ich hörte, war das Pochen meines Herzens. Ein paar Sekunden, ein paar Dutzend Sekunden, ich weiß es nicht. Dann wurde plötzlich aufgelegt. Ich ging los. Mein Schritt wurde schneller. Ich ging denselben Umweg wie tags zuvor und scannte die Umgebung. Irgendwann war ich unwillkürlich losgerannt. Auf dem Weg zu Tokos Wohnung war alles wie sonst. Mir fiel zumindest nichts weiter auf. Bis zu ihrem Haus brauchte ich zehn Minuten. Ich war außer Atem, trotzdem rannte ich, ohne innezuhalten, die Treppe hinauf. Der Flur im zweiten Stock war menschenleer. Aus einem der Apartments roch es nach Tempura.

Leise schlich ich weiter. Vor Tokos Tür blieb ich stehen. Die Tür hatte unten einen großen Briefkastenschlitz. Darin steckte die Abendausgabe. Ich zog sie heraus und tastete die Rückseite der Einwurfklappe ab. Nichts. Dabei hatte ich sie gebeten, den Zweitschlüssel da für mich hinzukleben. Ich schob die Zeitung zurück in den Kasten und dachte eine Weile nach. Ich drehte am Knauf der Eingangstür. Die Tür ging auf. Ich spähte ins Wohnzimmer. Die Gardinen waren zugezogen. Ich drückte auf den Schalter neben der Tür, das Licht ging an. Im Eingang standen keine Schuhe. Von dort, wo ich stand, war der Platz, an dem ich gestern abend gesessen hatte, nicht zu sehen. Ich zog die Schuhe aus und betrat den Wohnbereich. Dort stand der Glastisch, auf dem ich gestern abend mein Glas abgestellt hatte. Dort hatte Toko die Gedichte hinlegen wollen. Doch auf dem Tisch lag nichts. Nur eines. Ein Schlüssel, an dem ein Stück Tesa klebte. Ich öffnete die Tür zum Nebenzimmer. Da stand Tokos Bett.

Es war ordentlich gemacht und mit einer beigefarbenen Tagesdecke abgedeckt. Außer einem für ein Mädchenzimmer typischen dreigeteilten Spiegel und ein paar Möbeln war nichts Besonderes zu entdecken. Das letzte Zimmer, ein mit Tatamimatten ausgelegtes japanisches Zimmer, wurde offenbar nicht genutzt. Es war nicht einmal möbliert. Ich warf einen Blick in die Toilette und ins Bad. Nichts. Ich löschte das Licht und ging hinaus auf den Balkon. Auch hier: keine Menschenseele. Ich ging wieder hinein, nahm den Schlüssel vom Tisch und trat aus der Wohnung. Steckte den Schlüssel versuchsweise ins Schloss und drehte. Es klickte, und die Tür war abgeschlossen. Eines wusste ich jetzt mit Sicherheit. Irgendjemand war mir zuvorgekommen.

# 12

Ich ging den aus den Bürovierteln zum Bahnhof strömenden Menschen genau entgegen, jenseits der den Gehweg säumenden Pfeiler allerdings, auf dem schmalen Streifen, der den Obdachlosen vorbehalten war.

Es war kurz nach acht. Ich hatte zwei Telefonate versprochen. Für Asai schien es mir noch zu früh. Bei Toko hatte ich es schon aus einer Telefonzelle am Ostausgang versucht, allerdings ohne Erfolg. Nach meiner Erfahrung, die sich allerdings auf eine einzige Trauerfeier beschränkte, nämlich die meines Onkels, würde Toko sich nicht von der Zeremonie entfernen können.

Tatsu saß in seinem Kartonhaus, hörte Musik und wippte dazu im Takt. So viel ich wusste, war er um diese Zeit meistens zu Hause. Auf Beutezug ging er erst nach Mitternacht.

Als ich näherkam, hob er den Arm und lächelte. »Na, alles klar?«

»Weit davon entfernt«, erwiderte ich. »Gen-san immer noch nicht da?«

»Noch nicht.« Er schüttelte die Flasche Whisky, die ich ihm gestern gegeben hatte. »Und? Trinken wir einen?«

Ich nickte und setzte mich zu ihm. Die Tüte mit den Einkäufen aus der unterirdischen Passage am Westausgang stellte ich neben mich. Sich zur Musik wiegend schenkte er ein. Ich nahm einen Schluck, dann fragte ich: »Was ist das für Musik?«

»Das ist Rap. Die Gruppe heißt *Digable Planets*.«

Ich hörte zu. Ein Männertrio, dazwischen die Stimme einer Frau. Sie sangen so schnell, dass es sich mehr nach Sprechgesang denn Gesang anhörte. Mit dieser Art von Musik konnte ich nichts anfangen. Mit den Texten ebenso wenig. Aber während das, was sonst als Rap bezeichnet wurde, mehr nach einem Hornissenangriff klang, mutete diese Musik geradezu poetisch an.

»Bitte nicht lachen, wenn ich mich irre«, rutschte es mir heraus, »mit englischen Songtexten kenne ich mich nicht so aus, aber der hier scheint mir ziemlich anspruchsvoll.«

Tatsu grinste. »Du hast ein gutes Ohr. Wärst bestimmt ein super Musiker geworden.«

Damit hatte ich nicht gerechnet. »Dieser Meinung ist außer dir niemand«, grinste ich gequält. »Was Musik angeht, habe ich echte Komplexe.«

»Nein, wirklich, du hast ein gutes Ohr. Die Typen von *Digable Planets* sind Intellektuelle. Von Sartre und Kafka beeinflusst.«

»Aha. Solchen Rap gibt's auch ... Wie heißt das Stück?«

»*Hier liegt das Glück*. Mit Betonung auf *hier*.«

»Ist das ein Scherz?«

»Kein Scherz. Also, in meiner Übersetzung, natürlich.

Der Originaltitel heißt *It's good to be here*. Daher: Hier *liegt das Glück*.«

»Verstehe.« Ich war beeindruckt. »Gute Übersetzung.«

»Ja, oder?« Stolz reckte er das Kinn.

Im selben Moment bemerkte ich einen zerknitterten grünen Schein, der aus seiner Hosentasche ragte. »Was ist das?« fragte ich und zeigte darauf.

»Das hier, meinst du?« fragte er und stopfte den Schein zurück in seine Tasche. »Das ist eine Dollarnote. Kleines Andenken an meine Zeit drüben.«

»Stimmt, du warst eine Zeitlang im Ausland, hattest du gesagt. Wo bist du denn gewesen?«

»Die meiste Zeit in Amerika. Hier und da. Am längsten allerdings in New York. Da wäre ich auch gern geblieben ...«

»Verstehe. Und was hast du da gemacht?«

»Dies und das.«

Tatsu gehörte zu den Leuten, die keine Fragen stellen. Er hatte mich nicht einmal gefragt, was mich an den Westausgang verschlagen hatte. Warum ich arbeitslos war, auch nicht. Nach meiner Arbeit hatte er mich sowieso noch nie gefragt. Deshalb fragte ich auch nicht weiter. Ich war sicher, dass er »dies und das« gemacht hatte. Sonst wäre er wohl kaum wieder in Japan und obdachlos. *New York*, seufzte ich. Im Ausland war ich noch nie. Ein Reisepass war für mich ein Ding der Unmöglichkeit.

Tatsus Whisky war so gut wie leer. Ich zog eine neue Flasche aus der Tüte und zwei Plastikschüsseln. In der Tüte waren jetzt noch zwei Flaschen.

»Was ist das?«

»Hab ich aus nem Gyudon-Imbiss mitgebracht. Ein bisschen Geld habe ich noch. Eine ist für dich, die andere habe ich für den Professor gekauft. Der sieht so aus, als könnte er etwas zu essen vertragen.«

»Ich kann's ihm nachher geben, wenn du willst«, sagte er. Dann strich er sich über den langen Bart, sein Gesicht hatte einen etwas missmutigen Ausdruck genommen. »Dieses Mal nehme ich das dankend an, aber in Zukunft solltest du auf Mitbringsel verzichten.«

»Warum?«

»Würdest du Mitleid wollen? Auf der Straße herrschen dieselben Gesetze wie überall anders auch: der Stärkere überlebt. Dessen sind sich hier alle bewusst.«

»Aber du hast ihm heute morgen doch auch ein Bento gegeben?«

»Aber nur, weil er danach gefragt hat. Außerdem kaufe ich nicht extra eins. Das, was ich ihm gegeben habe, war übrig. Alkohol ist was anderes, das braucht man nicht zum Leben. Das ist Luxus.«

»Ich wollte niemandem zu nahe treten. Tut mir leid«, sagte ich. So gesehen hatte er wohl recht. Noch kannte ich ihre Regeln nicht gut genug. Noch war ich Außenseiter. »Ich pass in Zukunft besser auf«, versprach ich. Jetzt malte sich endlich wieder ein Lächeln auf sein Gesicht. »Naja, so schlimm ist es nun auch wieder nicht. Du hast es ja nicht böse gemeint ... Ich geb's auf jeden Fall weiter.«

Wo Almosen nicht gewollt sind, kann guter Wille einiges kaputtmachen, dachte ich.

»Übrigens«, wechselte ich das Thema. »Heute war die Polizei nicht da?«

»Nee, heute nicht. Haben wohl eingesehen, dass es wenig Sinn hat, ausgerechnet uns zu befragen.«

Diese Meinung teilte ich nicht, aber gut. Ich griff in meine Manteltasche, zog den gelben Flyer heraus und faltete ihn auseinander. »Hast du den schon mal gesehen?«

Er nahm ihn in die Hand und betrachtete ihn eine Weile. Dann hob er den Kopf. »Was soll das sein? Der Werbezettel einer Sekte. Warum fragst du?«

»Ich wollte wissen, was du davon hältst.«

»›Wollen Sie mit mir über Gott sprechen?‹ Tja. Über Gott vielleicht schon ... aber über welchen? Das müssten sie schon draufschreiben, bevor sie's kopieren und verteilen.«

»Kopieren? Aha.«

»Außerdem steht keine Telefonnummer drauf. Als Werbezettel für ne missionarische Vereinigung taugt das nicht viel, würd ich sagen. Obendrein ist es schlecht formuliert.«

»Das finde ich auch.«

»Und was ist jetzt damit?«

»Der steckte in einem von Gens Büchern.«

»Echt? Das passt aber gar nicht zu ihm. Der sieht nicht so aus, als ob er am lieben Gott Interesse hätte.«

»Die sind von einem jungen Mann verteilt worden, um die dreißig, braun gefärbte Haare. Mich hat er auch angesprochen. Hast du den schon mal gesehen?«

»Nicht dass ich wüsste.«

»Schade«, sagte ich und leerte mein Glas. Ich bedankte mich für den Whisky und stand auf.

»Du«, sagte Tatsu. »Hast du eigentlich vor, länger zu bleiben?«

»Kann ich dir nicht sagen. Unter Umständen bleibt mir nichts anderes übrig.«

Tatsu grinste. »Heut nacht wird's wieder kalt. Für'n Anfänger vielleicht ne Herausforderung.«

»Wenn man nicht mehr der Jüngste ist, ist das Leben auf der Straße als solches eine Herausforderung.«

Ich winkte und ging zurück zu meiner Festung aus Karton.

Ich legte mich hin. Das Dach hatte ich offen gelassen. Den Whisky trank ich aus der Kappe. Ich hätte mir einen Becher kaufen sollen, dachte ich. Der Geruch meiner Behausung störte mich nicht mehr so sehr wie tags zuvor. Wenigstens hier lebte ich mich langsam ein. Ich machte eine neue Flasche Whisky auf und dachte nach. Tatsu hatte behauptet, den jungen Mann mit den gefärbten Haaren nicht zu kennen, aber dass der mit dem Erbauer meines Unterschlupfs Kontakt gehabt hatte, stand außer Frage. Doch wo war die Verbindung? Und: Was wollte er von einem so alten Mann wie Gen? Fühlte er sich dazu berufen, die verlorenen Seelen am Rande der Gesellschaft zu erretten? So wie er ausgesehen hatte, wohl eher nicht. Jedenfalls kooperierte er mit der Polizei. Nicht freiwillig vielleicht. Vielleicht hatte die Polizei etwas gegen ihn in der Hand. Auf jeden Fall war er kein seriöser Missionar. Was hatte er also mit den Obdachlosen hier zu tun? Ich wusste es nicht. Ich wusste de facto gar nichts. Vielleicht hatte Toko recht. Ich hätte den einfachen Weg gehen sollen. Mich stellen, der Polizei alles erzählen und *denen* das Päckchen zu tragen geben. Dieses Päckchen, von dem ich nicht einmal wusste, was drin war. Easy. Die Polizei hatte andere Möglichkeiten als ich. Sie waren viele, ich war allein. Sie hatten chemische Methoden, ich hatte keine. Sie durften Leute befragen, ich hatte dieses Recht nicht. Letztlich hatte ich überhaupt nichts. Aber: für sie war es nur ein Job, für mich war es mehr. Ich ließ einen Schluck Whisky durch meine Kehle laufen. Ohne auch nur eine Spur nach Alkohol zu schmecken, versickerte er in meinem Magen.

Mittlerweile war die Kälte herangekrochen. *Heute wird's kalt*, hatte Tatsu vorhergesagt. Wohl wahr. Vielleicht lag es auch daran, dass ich mich kaum bewegte. Immerhin hatte mein Haus Wände, wenn auch bescheidene. Trotzdem hüllte die Kälte, wie in der Nacht zuvor, still und langsam alles ein. Der Sommer war kalt. Vielleicht würde der Winter auch kälter als sonst. Ich fror. Aber die richtige Kälte würde erst noch kommen. Mit Kältetoten vielleicht. Mit welchen Gedanken meine Nachbarn dieser Kälte wohl standhielten? *Hier liegt das Glück*, erinnerte ich mich an den merkwürdigen Titel des Rap Songs. Eine gute Übersetzung, wenn auch angesichts der Lage, in der Tatsu sich befand, nicht ganz ohne Ironie. Tatsu war nicht dumm. Was ihm wohl in Amerika widerfahren war? Die meiste Zeit habe er in New York verbracht. *New York*. Eine Stadt, die ich nur aus Filmen kannte …

Ich rappelte mich auf und machte mich auf den Weg zum Bahnhof.

Tatsu war irgendwann ausgegangen. Das Dach seines Hauses stand offen, aber von ihm keine Spur. Das einzige, was auf dem Boden herumlag, war die Hülle der CD, die er sich angehört hatte.

Von den Telefonen in der Nähe der Fahrkartenschalter waren nur vier oder fünf belegt. Der Apparat ganz außen, von dem ich Asai am Morgen angerufen hatte, war frei. Ich wählte die Nummer, die Toko mir gegeben hatte, die Nummer ihres Elternhauses; diesmal hob sie sofort ab.

»Und? Hast du mit den Gedichten etwas anfangen können?«

»Ist das ein Mobilteil?«

»Bitte?«

»Ist das ein Schnurlostelefon, das du in der Hand hast? Wenn ja, nimm den Tischapparat.«

Ohne etwas zu sagen, wechselte sie vom einen zum anderen Apparat. »Was ist los?« fragte sie. Sie klang misstrauisch.

»Die Gedichte deiner Mutter konnte ich nicht lesen.«

»Warum nicht? Ich hab sie dir doch hingelegt, wie abgesprochen.«

»Schnurlose Telefone lassen sich ganz einfach abhören. Die senden. Du brauchst dir nur einen kleinen Empfänger zu besorgen. Kriegst du in jedem Elektroladen. Hat mir mal jemand in der Bar erzählt.«

»Was ist passiert?«

Ich erzählte. Sie hörte zu, ohne eine Zwischenfrage zu stellen. Als ich geendet hatte, schwieg sie. Sie schien zu überlegen. Dann sagte sie: »Wer? Und: wozu?«

»Das ist die Frage. Wer und wozu. Fest steht: Du wurdest abgehört. Wahrscheinlich aus einem Wagen in der Nähe deiner Wohnung. Pass auf: ich stell dir jetzt ein paar Fragen. Ich will, dass du sie ohne Gegenfrage beantwortest, okay?«

»Nicht okay. Aber schieß los. Was willst du wissen?«

Sie hatte sich, wie immer, sofort wieder gefangen. Dass irgendjemand bei ihr eingebrochen war, schien sie nicht zu schocken. Das beruhigte mich.

»Du hast gesagt, dein Vater war Beamter im auswärtigen Dienst. Er habe bei der Botschaft in Amerika gearbeitet und sei bei einem Verkehrsunfall ums Leben gekommen, als du fünfzehn warst, also vor sechs Jahren, das heißt 1987. Danach wärt ihr, deine Mutter und du, nach Japan zurückgekommen. Wo habt ihr in Amerika gewohnt?«

»In Scarsdale.«

»Wo ist das? Erdkunde gehört nicht zu meinen Stärken.«

»Scarsdale ist ein Vorort von New York. Über den Bronx River Parkway mit Manhattan verbunden. Wenn du mit der Harlem-Linie fährst, brauchst du etwa eine Stunde. In Scarsdale wohnen jede Menge Japaner. Die meisten von ihnen arbeiten in japanischen Dependancen. Gilt als schicke Gegend.«

»Was hat deine Mutter gemacht? Hausfrau?«

»Nein, sie hat in einer Werbeagentur am Madison Square gearbeitet. Mich hat sie der Haushaltshilfe überlassen. Die meisten Expat-Ehefrauen arbeiten nicht, aber zu meiner Mutter hätte das nicht gepasst. Die war ganz Karrierefrau.«

»Das heißt, sie ist oft in die Stadt gefahren?«

»Ja klar. Aber wieso fragst du?«

»Ich stelle jetzt mal einen Gedanken in den Raum, der vielleicht an den Haaren herbeigezogen ist. Ich wette, du lachst. Es geht um eine Übersetzung.«

»Nämlich …?«

»In New York gibt es einen Park, den sogar ich kenne, den *Central Park*. Mein Schulenglisch ist dürftig, aber was wird aus *Central Park*, wenn du das ins Japanische übersetzt?«

Einen Moment herrschte Stille, dann fing Toko tatsächlich an zu lachen. »Du hast recht, daraus würde wohl *Chuo-koen*.« Es dauerte eine Weile, bis sie wieder ernst wurde. »Der Central Park ist aber ne andere Größenordnung. Mit dem Chuo-koen in Shinjuku kannst du den nicht vergleichen. Wie kommst du denn jetzt überhaupt auf den Central Park?«

»Wie viele Zeitungen hat dein Großvater abonniert?«

»Alle. Warum?«

»Die der letzten zwei, drei Tage hat er bestimmt noch nicht weggeworfen, oder?«

»Wahrscheinlich nicht, wieso?«

»Kannst du mir alle Ausgaben ab Samstag abend mitbringen?«

»Kannst du mir sagen, warum?«

»Ich will etwas nachsehen. Etwas, auf das ich vorher nicht so geachtet habe.«

»Jetzt mach's doch nicht so spannend. Auf was hast du vorher nicht geachtet?«

»Du hast gerade Wichtigeres zu tun. Ich erzähle es dir, wenn ich nachgesehen habe, okay? Vielleicht ist es nur Einbildung. Und ich will nicht, dass du mich auslachst. Kannst du morgen früh da weg?«

»Natürlich kann ich hier weg. Wo wollen wir uns treffen?«

»In deiner Wohnung«, sagte ich.

# 13

Als nächstes rief ich Asai an. Ohne Erfolg. *Der von Ihnen gewünschte Teilnehmer ist zur Zeit nicht erreichbar,* informierte mich eine weibliche Computerstimme. Ich überlegte gerade, ob ich es in seinem Büro versuchen sollte, als mir jemand auf die Schulter tippte. Überrascht drehte ich mich um. Hinter mir stand der Professor und lächelte mich freundlich an. Wie zuvor hatte er ein Buch unter den Arm geklemmt.

»Vielen, vielen Dank.«

Verständnislos sah ich ihn an.

»Die Schale Reisfleisch. Tatsu hat sie mir gegeben.«

»Ach so«, sagte ich; jetzt wusste ich endlich, was er meinte. »Ich hoffe, ich bin Ihnen damit nicht zu nahe getreten.«

»Warum sollten Sie?«

»Mitleid solle ich mir besser sparen, hat Tatsu gesagt.«

»Das hat Tatsumura-kun gesagt? Also ich bin für Ihre Freundlichkeit sehr dankbar. Gyudon hatte ich schon lange nicht mehr. Es hat sehr gut geschmeckt.«

»Sagen Sie, Sie haben gerade Tatsumura gesagt. Ist das Tatsus richtiger Name?«

»Ach, wussten Sie das nicht? So hat er sich mir vorgestellt.«

»Ihnen vorgestellt? Er selber?«

»Ja. Er hat mich auch verschiedenes gefragt, was mir allerdings merkwürdig vorkam. Ich bin noch nicht so lange in Shinjuku, aber die Gepflogenheiten der Straße kenne ich. Ich heiße übrigens Kishikawa.«

Ich sah mich um. Sah zu den Kartonhäusern. Niemand schien von uns Notiz zu nehmen. Ich warf einen Blick auf die Uhr. Kurz nach zehn. Der Rush war noch nicht vorbei; noch waren genügend Leute unterwegs. »Shimamura«, sagte ich. »Wie wäre es mit einem kleinen Spaziergang durch die Passage am Ostausgang?«

Der alte Mann lächelte. »Daran hatte ich auch gedacht. Ich bin gerade aufgestanden. Die Kälte setzt meinen alten Knochen ganz schön zu, und in der Passage ist es schön warm. Außerdem brauche ich ein bisschen Bewegung. Ich war gerade auf dem Weg dorthin, als ich Sie hier stehen sah.«

Zusammen gingen wir zur Treppe, die zur U-Bahn führt. Kishikawa bewegte sich wie ein Vögelchen nach einer Bruchlandung. Ich passte mich seinem Wackelgang an. Wir gingen Richtung Ostausgang. In der unterirdischen Passage war so viel los wie immer. Irgendwann ist die Kapazität dieser Passage erschöpft, dachte ich, dann gibt es hier kein Durchkommen mehr. Es sei denn, man erweitert vorher. Aber egal. Wegen der vielen Menschen war es hier wärmer als draußen, und das war – wenigstens im Moment – alles, was zählte.

»Sie sind Arzt?« fragte ich Kishikawa-san im Gehen.

»Ich *war*. Hat Tatsumura-kun Ihnen das erzählt? Ihm hatte ich es gesagt.«

Ich verneinte zähneknirschend.

*Ach so*, bedachte er das Buch unter seinem Arm mit einem schnellen Blick.

»Rechtsmedizin?«

»Ja. Das habe ich mal an einer Universität im Norden unterrichtet. Ist aber wirklich schon sehr lange her.«

Mir war, als hätte mir jemand einen Schlag versetzt. Nicht weil Kishikawa Rechtsmedizin gelehrt hatte, sondern weil Tatsu gewusst hatte, dass er Mediziner war. Heute morgen hatte er noch so überrascht getan. Dabei hatte er es gewusst. Das war ein klarer Verstoß gegen die Gesetze am Westausgang. Und dass diese Gesetze nur sehr selten gebrochen wurden, wusste sogar ich, der ich nur temporär dort wohnte.

»Ich hätte nicht gedacht, dass Tatsu so neugierig ist«, sagte ich und versuchte, möglichst kühl zu klingen. »Nun, Ausnahmen bestätigen die Regel.«

»Nein, nein, er hat nicht nur mich ausgefragt. Er weiß auch über die anderen gut Bescheid. Zum Beispiel über den, dessen Haus Sie bewohnen. Wie hieß er doch gleich, Genzo Kawahara. Der soll aus Akita stammen und auf der Suche nach Arbeit hier gelandet sein. Jetzt ist er anscheinend wieder weg. Nun, ein Weg zurück in die Heimat wäre ihm ja zu wünschen.«

Das war also sein Name. Genzo Kawahara. Das hörte ich zum ersten Mal. Dass er auf der Suche nach Arbeit nach Tokyo gekommen war, hatte ich auch nicht gewusst, dachte ich, während wir weitergingen. Die meisten Leute, die in der Passage unterwegs waren, wollten zur S-Bahn. Wir waren in genau entgegengesetzter Richtung unterwegs. Mir fiel auf, dass sie einen extragroßen Bogen um uns machten. Ich zog den Flyer aus der Tasche, hielt ihn Kishikawa vor die Nase und sagte: »Entschuldigen Sie bitte, dass ich Sie damit überfalle, aber haben Sie diesen Flyer schon mal gesehen?«

»Habe ich«, sagte der Alte, nachdem er einen kurzen Blick darauf geworfen hatte. »Den hat ein junger Mann mit gefärbten Haaren verteilt. Tatsumura-kun hatte ihn mitgebracht, aus dem Grund habe ich ein paar Worte mit ihm gewechselt. Wir haben über dies und das gesprochen, aber mit Religion oder Sekten habe ich nichts am Hut.«

»Und Tatsu hat ihn mitgebracht?«

»Ja. Wenn ich kein Interesse hätte, sagte er anschließend, sollte ich Leute wie den einfach abbügeln. Anscheinend hatte der junge Mann ausschließlich *unsereins* angesprochen.«

»Unsereins?«

»Die Alten, meine ich. Das war mir schon komisch vorgekommen, denn die meisten Sekten sprechen doch gezielt jüngere Menschen an.«

Mir lief es kalt den Rücken hinunter. »Wann war das?« fragte ich.

»Es ist noch nicht so lange her. Zwei, drei Wochen vielleicht.«

»Und wie hat er versucht, Sie zu werben?«

»Er hat eigentlich gar nicht versucht, uns zu werben. Ich hatte eher den Eindruck, dass er zunächst herausfinden wollte, ob wir überhaupt zu seiner seltsamen Gruppe passen. Ich erinnere mich noch, wie verwundert ich war.«

»Dieser junge Mann hat mich auch angesprochen, woanders allerdings.«

»Nanu«, lachte der Alte. »Ich habe den Flyer gelesen. Ich habe nicht den Eindruck, dass Sie zur Zielgruppe gehören. In punkto Menschenkenntnis muss der junge Mann wohl noch dazulernen.«

»›Du, der du unglücklich darüber bist, nicht zu wissen, wie du der Realität entfliehen kannst, es gibt Gott, sprich mit ihm‹. Sie haben recht, das richtet sich wohl eher an junge Leute. Sie haben eben übrigens nicht von Sekte gesprochen, sondern von Gruppe, einer seltsamen Gruppe. Was meinten Sie damit?«

Der Alte blieb stehen. Ich blieb auch stehen. Missmutig teilte sich der Menschenstrom, um hinter uns wieder zusammenzufließen. Der Alte runzelte die Stirn und senkte die Stimme: »Tatsumura-kun ist ein guter Junge. Normalerweise erzähle ich nichts von mir, aber bei ihm ist es mir ganz leichtgefallen.«

»Ja«, pflichtete ich ihm bei. »Ich halte Tatsu auch für einen guten Jungen. Was wollen Sie damit sagen?«

»Dass ich ihn nur ungerne in Schwierigkeiten bringen würde.«

»Dass die Tatsache also, dass er diesen Missionar im

Schlepptau hatte, bedeuten könnte, dass er sich in einer misslichen Lage befindet, das heißt Kontakt zu einer kriminellen Organisation beziehungsweise Person hat? Wollten Sie das damit sagen?«

Der Alte lächelte schwach. »Sie bringen es auf den Punkt. Gleichzeitig wünschte ich, es wäre nur Einbildung.«

Er setzte sich wieder in Bewegung. Ich folgte ihm.

»Wenn wir nichts unternehmen, bringt Tatsu sich vielleicht wirklich in Gefahr. Wollen Sie Ihre *Einbildung* nicht doch noch etwas ausführen?«

Daraufhin blieb der Alte wieder stehen. Nachdenklich sah er zu mir auf.

»Sagen Sie mir, was Sie denken«, insistierte ich.

Er zögerte einen Augenblick, dann sagte er mit gedämpfter Stimme: »Sie scheinen sich relativ nah zu stehen. Kann ich Ihnen vertrauen?«

»Das zu beurteilen ist nicht an mir.«

»Ehrlich sind Sie«, lachte der Alte. Es war ein unbekümmertes Lachen. »Gut. Also nach meiner Einschätzung ist diese Gruppe nicht ganz, sagen wir, *koscher.*«

»Inwiefern?«

»Finden Sie nicht, dass der Text ein wenig metaphorisch klingt?«

»Metaphorisch?«

»Ja, metaphorisch.«

Ich ließ meinen Blick noch einmal über den Flyer schweifen. »Ich bin kein Experte. Geben Sie mir einen Tipp?«

»Wenn man sich im Milieu nicht auskennt, ist das vielleicht kein guter Tipp, aber Tatsumura-kun trägt eine Dollarnote bei sich. Ich kenne diese Dinge aus Gerichtsverfahren.«

Dass aus Tatsus Hosentasche ein Schein ragte, ein Dollar, wie er sagte, hatte ich gesehen. Ich sah mir den Flyer noch einmal an. Diesmal kristallisierte sich aus dem Nebel ein Wort.

»Jetzt verstehe ich«, murmelte ich. »Das habe ich auch schon mal gehört.«

»Dann wissen Sie ja, was ich meine. Bitte werfen Sie mir nicht vor, dass ich ihn nicht gewarnt habe. Sie wissen ja, die jungen Leute hören nicht auf das, was die Alten sagen.«

Tatsus Dach hatte offen gestanden. »Sagen Sie, Kishikawa-san, Sie wissen nicht zufällig, wo Tatsu auf Beutezug geht?«

»Warum wollen Sie das wissen?«

»Ich möchte mich einer Kleinigkeit vergewissern. Und wenn er in Schwierigkeiten ist, kann ich ihm vielleicht helfen. Es ist gut möglich, dass rasche Hilfe nötig ist.«

Der Alte starrte mich an, aber sein Blick war mild. »Sie haben eine Schale Gyudon für mich besorgt. Offenbar denken Sie nicht nur an sich, sondern haben auch ein Herz für andere.« Er holte Luft, dann fuhr er fort: »Sein Revier liegt in Kabukicho. Auf der Ostseite vom Okubo-Krankenhaus gibt es doch einen dieser Baseball-Käfige. Die Gegend um dieses Schlagcenter ist sein Revier. Das hat er mir erzählt, als er mich herumgeführt hat.«

»Ich danke Ihnen«, sagte ich. »Und bitte verzeihen Sie die Frage, aber wie alt sind Sie?«

»Nächstes Jahr werde ich siebenundsiebzig«, sagte er. »Falls ich das noch erlebe«, fügte er lachend hinzu.

Nachdem ich mich noch einmal bedankt hatte, ließ ich den Alten in der Passage zurück und ging hoch auf die Straße, auf der es genauso voll war. Jenseits der Yasukuni-dori, in Kabukicho, herrschte noch mehr Trubel.

In Kabukicho war ich schon Monate nicht mehr gewesen. Viel verändert hatte sich nicht. Kabukicho war eine andere Welt. Kein Vergleich zum Westausgang oder der Passage am Ostausgang. Auch die Leute, die unterwegs waren, waren anders. Während die Passage ein einziger Fluss gen Bahnhof war, glich Kabukicho mehr einem Strudel. Um diese Tageszeit, dachte ich jedes Mal, wenn ich dort war, gärte und brodelte es. Grellbuntes Neon, höllischer Lärm und ein ganz spezieller Geruch. Sturzbetrunkene Männer, die lallend ihrer Wege gingen. Ein paar junge Frauen, die sie überholten und sich in einer Sprache unterhielten, die nicht Japanisch war. Ein Mann, der am Straßenrand kauerte und sich erbrach. Eine Frau, die dabeistand und ihm geistesabwesend zusah. Eine Gruppe von Mädchen, die allenfalls das Alter von Oberschülerinnen hatten. Aufbrandendes Kreischen. Männer, von denen sich nicht eindeutig sagen ließ, was für Berufen sie nachgingen. Jugendliche, die herumlungerten. Hier waren alle möglichen Menschen unterwegs. Wer sie waren, spielte so wenig eine Rolle wie die Tatsache, dass ich Alkoholiker war. Ein Meer von Gesichtern im changierenden Farbspiel der Neonlichter. Auch Polizisten. Als die mit Schlagstöcken bewaffneten Beamten an mir vorbeigingen, wurde ich kurz nervös, aber keiner der drei würdigte mich auch nur eines Blickes.

Ich nahm den Weg durch den Park – um die kleine Polizeistation in unmittelbarer Nähe des Okubo-Krankenhauses hatte ich wohlweislich einen Bogen gemacht. Auch hier gab es ein paar Obdachlose, aber niemand, den ich kannte. Hinter dem Park war es deutlich ruhiger als am Koma-Theater. Ich sah einen kleinen Getränkemarkt, der noch aufhatte. Dort kaufte ich eine Flasche Whisky und ließ mir vom Inhaber die Gegend beschreiben. Ein paar Gassen weiter entdeckte ich einen Convenience Store. Das Ladenschild leuchtete. Ich ging nicht hinein, schaute mich nur ein wenig um. Die Mülltonnen, drei an der Zahl, standen am Hintereingang, aber in einem Gitterverschlag, der abgeschlossen war.

Der Wind war frisch. Die Hände in den Manteltaschen, machte ich mich wieder auf den Weg, um einen Blick in die Spielhallen zu werfen. Die wohl einzigen Etablissements, die man ohne Geld aufsuchen konnte. Beim dritten entdeckte ich jemanden, den ich kannte. Als ich ihn bemerkte – er kam mir entgegen – hatte ich gerade die Tür einer Drogerie aufgeschoben. Der Mann nieste. Als er sich wieder aufrichtete, stand ich schon im Laden und beobachtete ihn durchs Fenster. Glück gehabt. Es war der Missionar mit den gefärbten Haaren. Er sah sich um, dann verschwand er in der Spielhalle gegenüber. Ich wartete. In kurzen Abständen erschienen drei weitere Männer auf der Bildfläche, zuerst zwei wie Geschäftsleute aussehende im Anzug, danach einer im Sweatshirt. Der Mann im Sweatshirt und einer der beiden Anzugträger verschwanden in der Spielhalle. Der dritte kam auf meine Straßenseite und bezog vor der Videothek nebenan Position. Er holte eine Schachtel Zigaretten aus der Tasche und zündete sich eine an. Dieser Mann roch nicht nach Tabak, der roch nach Zivilbulle. Ich zeigte auf einen der Energydrinks hinter der Theke. *Den trinke ich hier*, sagte ich, bezahlte, piekte den Strohhalm ein und trank. Ich ließ mir Zeit.

Unschlüssig beobachtete ich die Spielhalle. Sie war die größte, die ich jemals gesehen hatte. An der zur Straße gelegenen Stirnseite gab es zwei Eingänge. Ein Pärchen kam die Straße hinauf, blieb stehen und sah zu den Neonlichtern hoch. Im selben Moment war ich aus der Drogerie getreten und marschierte schnurstracks über die Straße in die Spielhalle. Der Mann vor der Videothek sah mir nach; ich spürte seinen Blick. Noch wussten sie nicht, wie ich jetzt aussah. Hoffte ich wenigstens. Sicher sein, dass er nichts unternehmen würde, konnte ich nicht. Auf meinem Weg über die Straße hatte ich ihn geflissentlich ignoriert. Einen Augenblick später schlug eine Welle aus Licht und Lärm über mir zusammen.

Die Spielhalle war gerammelt voll. Trotzdem fielen die Fahnder zwischen den jungen Leuten auf wie bunte Hunde. Der Anzugträger stand am Ende einer Reihe von Spielautomaten, die Hand am Hebel, aber er hatte den

Blick nicht auf die Walzen gerichtet, die sich vor ihm drehten. Der Typ im Sweatshirt drückte an den Knöpfen eines Greifers herum, aber auch er sah durch die Scheibe hindurch auf etwas anderes. Dort, wo sich ihre Blicke kreuzten, stand ein Fahrsimulator, an dem mehrere Spieler gegeneinander antreten konnten. Dort saß der Missionar und starrte auf den Bildschirm. Er sah nicht so aus, als ob das Spiel ihm großen Spaß machen würde. Ich sah mich um. Sonst erkannte ich niemanden. Offenbar warteten sie auf jemanden.

Als ich die Spielhalle verließ, spürte ich abermals den Blick des Mannes vor der Videothek im Rücken. Aber selbst wenn er Verstärkung gerufen hätte, so schnell könnte sie nicht da sein. Nein. Ich war nicht länger als ein paar Sekunden in der Spielhalle gewesen, maximal eine halbe Minute. In der Zeit hätte er keine Verstärkung rufen können. Wenn er etwas unternehmen wollte, müsste er seinen Posten aufgeben. Aber danach sah es nicht aus. Anstalten, mich zu verfolgen, machte er keine. Sie warteten auf jemand anders. Die Straße hinunter gelangte ich wieder auf die Hauptstraße. Auf der Kuyakusho-dori wimmelte es nur so von Betrunkenen.

Von der nächstbesten Telefonzelle aus rief ich Asai an. Wieder hob er nicht ab.

Ich machte die neue Flasche Whisky auf, genehmigte mir in der Zelle einen Schluck und dachte nach. War Asais Büro nicht in Kabukicho? Im selben Moment fiel mir ein Mann ins Auge, der, eine weiße Plastiktüte in der Hand, gemütlich die andere Straßenseite entlangschlenderte. Ich stürzte aus der Telefonzelle, überquerte die Straße und packte ihn am Arm. »Ich an deiner Stelle würde nicht in die Spielhalle gehen«, zischte ich ihm ins Ohr. »Da riecht's nach Ärger.«

Der mächtige Bart erzitterte. Tatsu sah mich wie versteinert an.

»Shima-san«, sagte er endlich. »Woher weißt du von der Spielhalle?«

»Ich war eben dort. Dein Freund war auch da. Nicht allein allerdings ...«

»Glaubst du etwa, ich wüsste nicht, dass der von den Bullen beschattet wird?« sagte Tatsu und grinste. In nullkommanichts hatte er die Fassung wiedergewonnen. »Ich habe den Trupp eben die Straße hinuntermarschieren gesehen. Ich sondiere immer erst die Lage, bevor ich irgendwo hingehe. Die Spielhalle hatte ich mir für heute schon abgeschminkt.«

»Hmm. Vorsicht ist die Mutter der Porzellankiste.«

»So ist es. Aber du hast meine Frage nicht beantwortet. Woher weißt du von der Spielhalle? Ach, ich weiß. Du hast den Professor nach meinem Revier gefragt.«

»Stimmt. Es war nett von dir, dass du ihm das Gyudon gegeben hast. Dafür hat er sich bedankt. So sind wir ins Gespräch gekommen.«

»Na, hör mal«, sagte Tatsu und lachte wieder. »Guten Willen tritt man doch nicht mit Füßen.«

»Lass uns im Gehen reden«, sagte ich und setzte mich in Bewegung, Richtung Yasukuni-dori. Tatsu folgte anstandslos. »Wieso hast du mir nicht gesagt, dass du den Typ mit den braunen Haaren kennst?«

»Muss ich dir alles auf die Nase binden? Außerdem hast du mit dem ja wohl in ganz anderer Sache zu tun, Shima-san. Ach nein, du heißt ja Kikuchi.«

»Du wusstest es?« Diesmal war ich nicht so überrascht.

»Es stimmt also«, lachte er leise. »Ich war mir nicht ganz sicher. Ist mein Kopf also doch noch zu was zu gebrauchen. Ich hör nicht nur Musik, musst du wissen, ich hab ja Zeit, mehr als genug sogar, und die meisten Zeitungen und Zeitschriften findest du im Müll. Du schläfst zu lange. Als du gestern morgen aufgestanden bist, hatte ich sämtliche Blätter schon quergelesen. Damit du nichts merkst, habe ich sie anschließend natürlich alle weggeschmissen.«

»Du hast mich allein aufgrund der Artikel erkannt? Erstaunlich ...«

»Nicht allein aufgrund der Artikel. Direkt nach der Bombe tauchst du bei mir auf. Seit gestern zeigst du zudem enormes Interesse an der Bullerei. Nimm das und das, was in der Zeitung steht. Als du mir dann noch erklärt hast, was beim Professor auf'm Buch steht, war ich ziemlich sicher. Leute, die das auf Anhieb lesen können, gibt's nicht so viele.«

Ich seufzte leise. Hinter der Yasukuni-dori bog ich links ab und ging Richtung Kaufhaus Isetan. Tatsu folgte schweigend.

»Aber warum hast du so getan, als wüsstest du nicht, dass Kishikawa Mediziner ist?«

Er zögerte einen Moment. Dann hatte er sich offenbar durchgerungen. »Ich habe mich geschämt. Normalerweise laufe ich nämlich nicht herum und stelle komische Fragen. Deshalb habe ich nichts gesagt. Aber weil du mich vorhin gewarnt hast, erzähle ich dir, was Nishio wollte, das ist der Typ mit den gefärbten Haaren. Der ist vor ungefähr einem Monat hier aufgekreuzt und hat gesagt, er wolle eine Art Umfrage machen, die Alten befragen, und ob ich ihm dabei helfen könne. Mit mir würden ja alle reden und so. Lust hatte ich eigentlich keine, und normalerweise stecke ich meine Nase auch nicht in die Angelegenheiten anderer Leute, aber weil er was von kirchlicher Umfrage zum Thema Menschenrechte von Obdachlosen gesagt hat, hab ich mich breitschlagen lassen.«

»Und was für Fragen hatte er?«

»Ganz normale. Werdegang, Familie, Heimatort, so was in der Art. Das, was man halt so fragt, wenn man wissen will, welche Art Mensch obdachlos wird. Dann noch zur Gesundheit.«

»Das ist kein Grund, sich zu schämen, Tatsu. Du hast ihm aus einem anderen Grund geholfen. Gib's zu. Was hast du dafür gekriegt?«

Tatsu wurde rot. Betreten senkte er den Kopf. Ich hatte ihn vermutlich empfindlich in seinem Stolz verletzt.

»Wie bist du dahintergekommen?« Seine Stimme klang heiser.

Ich zog den gelben Flyer aus der Tasche.

»Kishikawa ist Rechtsmediziner. *Er* hat mich drauf

gebracht. Mag schon sein, dass dieser Flyer auch missionarischen Zwecken dient, er lässt sich aber auch ganz anders lesen, stimmt's? Als Werbung für Drogen nämlich.«

Tatsu schwieg.

»›Du, der du unglücklich darüber bist, nicht zu wissen, wie du der Realität entfliehen kannst, es gibt Gott, sprich mit ihm‹«, zitierte ich. »Du brauchst nur ›Gott‹ durch ›Drogen‹ oder so zu ersetzen und ›sprich mit ihm‹ durch ›greif zu‹, dann hast du's. Verständlich für jeden, der sich im Milieu auskennt. Religiös verbrämt genug, um, ohne die Neugier der Polizei zu wecken, neue Kunden zu werben. Nicht dumm.«

»Scheiße, ja«, sagte Tatsu. »Als ich den Zettel gesehen habe, wusste ich sofort, was Sache ist. Solche Pseudotexte verteilen nur Dealer. Also habe ich ein Honorar verlangt.«

»Kokain.«

Er starrte mich an. »Du weißt gut Bescheid.«

»Ich bin Barkeeper. Da hört man so dieses und jenes. Kokain, hat mal einer erzählt, der früher selber geschnupft hat, zieht man sich mit einer zusammengerollten Dollarnote rein. Mit anderen Geldscheinen funktioniere das nicht, das gäbe nicht das richtige Feeling.«

Tatsu schwieg beharrlich. *Kokain,* seufzte ich innerlich, *schon wieder*. Asai hatte auch davon gesprochen. Aber wo war die Verbindung? Eines war mir jetzt allerdings klar. Nämlich warum Tatsu wieder in Japan war, obwohl er, wie er gesagt hatte, lieber in Amerika geblieben wäre. Er war wahrscheinlich geschnappt und ausgewiesen worden. Aber dazu sagte ich nichts. Stattdessen fragte ich: »Warst du heute mit Nishio verabredet?«

»Nein. Ich mache mir Sorgen um Opa Gen.«

»Um Gen?«

Er nickte. »Hör zu«, sagte er mit rauher Stimme. »Ich erzähl dir alles. Die letzten vier Wochen waren Nishio und ich immer montags abends um elf in der Spielhalle verabredet. Letzten Montag habe ich ihn also das letzte Mal getroffen. Wir haben so getan, als ob wir spielen würden, und dabei hat er mir den Stoff gegeben. Was mich stutzig gemacht hat, war seine Großzügigkeit. Vier Mal Koks für das bisschen Hilfe bei der Umfrage. Opa Gen hat dir doch erzählt, er hätte einen lukrativen Job gefunden. Erinnerst du dich? Das war nicht gelogen. Bei der Umfrage hat Nishio gesagt, dass er einen guten Job für einen Alten hätte, wenn wir einen passenden fänden. Als eine Art Wachmann, hat er gesagt. Man würde allein für's Übernachten bezahlt, tun müsste man nichts. Auf die Frage, warum er ausgerechnet bei den Obdachlosen sucht, hat er gelacht und gemeint, das spare Personalkosten. Dass die Arbeit nicht ganz ungefährlich ist, dachte ich mir schon – ich kenne ja den Auftraggeber. Deshalb habe ich nichts erzählt, aber offenbar hat's Opa Gen direkt von Nishio gehört. Als er mir letzte Woche davon erzählte, hab ich ihm abgeraten, dringend davon abgeraten. Aber ich fürchte, es hat nichts genützt. Heute wollte ich Nishio fragen. Da die Bullen an ihm dran sind, hat er sicher keinen Stoff dabei. Ich dachte, ich passe ihn ab und setze ihn ein bisschen unter Druck. Aber das hat sich ja jetzt erledigt.«

»Ob du Drogen nimmst oder nicht, ist deine Sache, dazu sag ich nichts. Es könnte allerdings sein, dass du Gen-san damit in Schwierigkeiten gebracht hast.«

»Wahrscheinlich. Wenn er sich wirklich von Nishio hat einspannen lassen, sitzt er jetzt wahrscheinlich in der Klemme.«

»Gut, wir müssen also herausfinden, was sie vorhaben. Aber du hast mir noch nicht alles erzählt.«

»Doch. Wieso?«

»Du hast vorhin gesagt, du hättest mich aufgrund der Zeitungsartikel erkannt. In der Zeitung steht, ich würde wegen Nötigung gesucht. Woher wusstest du, dass es Nishio war, den ich bedroht haben soll? Dieser Name wurde nirgendwo erwähnt.«

»Hat mir ein Yakuza gesteckt. Kam heute mittag vorbei.«

»Ein Yakuza? Wer?«

»Miki heißt der, glaub ich. Ich hab ihn in der Nähe der Spielhalle mal zusammen mit Nishio gesehen. Hat mich nur groß angeglotzt. Nishio hat ihn Miki genannt. Hat ne Narbe auf der Wange. Der kam jedenfalls vorbei und hat mich gewarnt. Ich solle mich heute auf keinen Fall in der Spielhalle blicken lassen.«

»Trug der Typ zufällig einen sehr blauen Anzug?«

»Ja, woher weißt du das?«

»Es kann sein, dass ich ihn kenne, unter dem Namen Mochizuki allerdings.«

»Miki ist vielleicht sein Deckname. Wer vertickt schon Drogen unter Klarnamen?«

»Könnte sein. Aber warum sollte er dich warnen?«

»Keine Ahnung. Muss mit Nishio zusammenhängen. Dass Nishio Drogen vertickt, wissen die Bullen. Selbst ich weiß, dass die ihn nicht nur beschatten, weil er von jemandem bedroht wurde. Wahrscheinlich wollte er nicht, dass sie mich auch noch drankriegen. Jeder Dealer, den die Bullen verhaften, wirbelt Staub auf. Das wollte er wohl vermeiden. Aber mich hätte er gar nicht warnen brauchen. Ich halte die Augen immer offen, egal, wo ich hingehe. Bei Drogen geht's derzeit richtig zur Sache ... Aber warte mal. Das ist seltsam. Woher wusste der Typ das? An Nishio sind die Bullen dran, mit dem kann er also nicht gesprochen haben. Und aus der Zeitung weiß er nicht mehr als ich. Woher weiß der also, dass Nishio im Park war?«

»Das ist in der Tat seltsam«, sagte ich.

# 14

»Und was machst du jetzt?« fragte ich Tatsu.

»Nach Hause gehen und schlafen. Zu essen habe ich schon.«

»Eingekauft, nehme ich an.«

Die Überraschung stand ihm ins Gesicht geschrieben. *So* abgebrüht war er in seinem Alter noch nicht. »Wie kommst du darauf?«

»Erstens sind deine Sachen zu gut. Du hast einen Kocher von Coleman *und* einen Radiorekorder. Als wir uns kennenlernten, hattest du nichts. Zweitens, deine CD. *Digable Planets*. Die ist neu. Ich kann mir nicht vorstellen, dass du das alles aus dem Müll gefischt hast. Nein, du scheinst mir in letzter Zeit eher ein bisschen was verdient zu haben …«

»…«

»Woher du vorher deine Bentos hattest, weiß ich nicht, aber die letzten kamen definitiv nicht aus dem Mülleimer vom Convenience Store. Am Okubo-Park gibt es nur einen, das habe ich im Getränkemarkt erfragt – die kennen sich, was die Konkurrenz angeht, am besten aus – und der hat die Mülltonnen weggeschlossen. An die kommt man nicht ran. Ich wette, dass das Bento, das du da in der Tüte hast, noch nicht abgelaufen ist.«

Er hob den Blick und sah mich an wie ein geprügelter Hund. Geld zu nehmen ging Tatsu gegen die Ehre, die Ehre als Obdachloser. Das war das einzige, von dem niemand erfahren sollte. Und ich hatte es ihm auf den Kopf zu gesagt.

»Na und? Dann hab ich von Nishio eben Geld genommen. Und? Willst du mir das vorwerfen? Oder mich dafür verachten?«

»Unsinn. Ich habe kein Recht, irgendjemandem irgendwas vorzuwerfen. Wie könnte ein Alkoholiker einem Junkie irgendwas vorwerfen, geschweige denn ihn verachten? Jeder lebt sein Leben auf seine Weise. Erst recht, wenn er obdachlos ist. Wie schwer es ist, in der Kälte zu überleben, habe ich gestern am eigenen Leib erfahren. Ich bin dir dankbar, dass du mich da wohnen lässt. Das ist alles.«

Er blickte eine Weile zu Boden, ohne etwas zu sagen. Dann hob er den Kopf. Sein Blick hatte sich verändert. Neues Feuer brannte darin.

»Shima-san«, sagte er. »Ich weiß, dass du genug mit dir selbst zu tun hast, aber willst du mir nicht helfen?«

»Bei was?«

»Bei der Suche nach Opa Gen. Ich mach mir Sorgen. Nishio hat mir Drogen gegeben *und* Geld. Für das bisschen, was ich getan habe, ist das viel zu viel. Vielleicht habe ich Gen wirklich in Schwierigkeiten gebracht.«

»Klar helfe ich dir«, sagte ich. »Unter Umständen hat die Sache mit Gen nämlich mit mir zu tun.«

»Inwiefern?«

Seine Augen funkelten mich an.

Ich lag in meinem Kartonhaus und trank Whisky.

Bevor ich zurückging, hatte Tatsu mich gefragt, ob ich ihm nicht alles erzählen wolle. Aber ich war wie erschlagen. Ich war nach Yokohama gefahren, hin und zurück, und jede Menge gelaufen. Außerdem wollte ich nachdenken. *Tatsu*, hatte ich gesagt, *ich bin nicht mehr der Jüngste. Ich bin müde. Ich muss ins Bett. Lass uns morgen reden.* – *Erzählst du mir dann alles*? fragte er zurück. *Natürlich*, erwiderte ich. Kishikawa, der uns aus der Ferne beobachtet hatte, lächelte.

Dass ich müde war, war nicht gelogen. Schlafen konnte ich trotzdem nicht. Also trank ich weiter. Früher war Whisky für mich ein regelrechter Brandbeschleuniger gewesen, jetzt war es nicht mehr als alkoholhaltige, bernsteinfarbene Flüssigkeit. Noch war es hier sicher, dachte ich, und goss nach. Dieser Missionar mit den braunen Haaren, dieser Nishio, hatte der Polizei nichts von Tatsu erzählt. Das stand fest. »Kontrollierte Lieferungen« waren ein Mittel, Hintermänner dingfest zu machen. Für den Konsumenten, das letzte Glied der Kette, betrieb man diesen Aufwand nicht. Wenn Nishio geplaudert hätte, wäre Tatsu schon festgenommen worden. Aber so schnell würde Nishio sich wohl kaum sein eigenes Grab schaufeln. Nein, den Westausgang hatte die Polizei noch nicht auf dem Schirm. Dass Nishio etwas mit Drogen zu tun hatte, konnten sie sich ausrechnen. Aber im Moment war er noch der Mann, der im Zusammenhang mit dem Bombenanschlag Opfer einer Nötigung geworden war. Sie ließen ihn »schwimmen«. Und solange sie nichts gegen ihn in der Hand hatten, wie lange das auch sein mochte, war dieses Kartonhaus sicher.

Viel mehr interessierte mich allerdings eine andere Frage. Nämlich: was hatte Nishio in der Spielhalle gemacht? Unabhängig davon, ob er sich dessen bewusst war, das die Polizei ihn »schwimmen« ließ oder nicht. Anscheinend nutzte er die Halle regelmäßig, und das wusste auch die Polizei. Auf wen sie da wohl gewartet hatten? Auf einen Junkie jedenfalls nicht. Auf Miki alias Mochizuki? Möglich. Aber welche Rolle spielte der? Ich wusste es nicht.

Ich grübelte weiter.

Als der Morgen graute, sah ich auf die Uhr. Kurz vor sechs. Ich stand auf und sah nach nebenan. Das Dach von Tatsus Häuschen war zu. Es war still. Ringsum war es ebenfalls still. Ich ging hinüber zu Kishikawa. Seine Bleibe war mehr als dürftig. Eingewickelt in einen Mantel lag der alte Mann auf einer Lage Karton und schlief. Ich setzte mich neben ihn. Es dauerte nicht lange, bis er die Augen aufschlug. »Sie sind aber früh dran«, sagte er, ohne sich zu rühren.

»Ich möchte Sie etwas fragen.«

Nachdem ich mich noch einmal für die Auskunft bedankt hatte, bat ich den alten Mann, Tatsu gegenüber Stillschweigen zu bewahren. Er nickte. »Einverstanden«, sagte er.

»Was werden Sie jetzt tun?«

»Einen kleinen Ausflug unternehmen.«

Er lächelte. »Ihre Jugend möchte ich haben.«

»Meine Jugend?«

»Für mich ist Verwegenheit ein Zeichen von Jugend.«

»Verstehe. Ich bin aber nur halb so verwegen wie Sie. Mit siebenundsiebzig hier auf der Straße zu übernachten, diesem Abenteuer wäre ich definitiv nicht gewachsen.«

Ich hörte ihn noch lachen, als ich schon die menschenleere Straße zur Odakyu-Linie hinunterging. Um Zeitungen aus dem Müll zu fischen, war es noch zu früh. Also kaufte ich mir welche an dem Kiosk, der gerade aufmachte. Ich überlegte sogar, ob ich Asai anrufen sollte, beschloss aber, den Anruf auf später zu verschieben. Das letzte Mal hatte ich es gegen drei Uhr morgens bei ihm versucht, allerdings ohne Erfolg.

Die Bahn aus dem Stadtzentrum hinaus war leer. Ich setzte mich hin und schlug die erste Zeitung auf. »Bombenanschlag im Shinjuku Chuo-koen. Militärsprengstoff per Fernzündung?« sprang mir die Schlagzeile auf dem Titelblatt ins Auge. Ich sah mir die beiden anderen Zeitungen an. Nichts dergleichen. Eine Exklusivstory? Ich begann zu lesen.

*Einer Quelle aus Ermittlerkreisen zufolge legen die Untersuchungsergebnisse nahe, dass es sich bei dem Sprengstoff um sogenanntes Composition 4 (C4) handelte, einen hochexplosiven Plastiksprengstoff, der normalerweise zu militärischen Zwecken eingesetzt wird, und dass dieser per Fernzünder gezündet wurde. Experten zufolge explodiert C4 doppelt so schnell wie Dynamit. Da es zudem formbar ist, wird es häufig von Terroristen verwendet. Hierzulande kommt im Inland produziertes C4 nur bei der Armee und in einigen universitären Forschungseinrichtungen zum Einsatz. Da sich, wie die Untersuchung ergeben hat, die Inhaltsstoffe des beim Anschlag verwendeten Sprengstoffes, wenn auch nur geringfügig, vom inländischen unterscheiden, liegt die Vermutung nahe, dass er aus dem Ausland eingeführt worden ist. Mittlerweile geht man zudem davon aus, dass die am Tatort sichergestellten Teile eines integrierten Schaltkreises zu einem Funkempfänger gehören. Bestätigen sich diese Vermutungen, wäre das die erste in Japan per Fernzündung gezündete Bombe. Die Soko ist deshalb überzeugt, dass der Anschlag Polizeioberrat Toru Miyazaka von der NPA galt und setzt alles daran, weitere Teile der Zündvorrichtung zu finden und zu klären, auf welchen Wegen der Sprengstoff ins Land gelangt ist.*

Ich hatte den Artikel gerade zu Ende gelesen, als die Bahn in Yoyogi-Uehara einfuhr. Unterwegs zu Tokos Wohnung kamen mir vereinzelt Leute entgegen, die vor dem allgemeinen Rush ins Büro fuhren. Da es noch jemanden gab, der von Tokos Wohnung wusste, hielt ich die Augen offen. Aber soweit ich es beurteilen konnte, war die Luft rein. Auch Polizei war keine zu sehen.

Ich schloss die Tür auf und betrat die Wohnung. Als ich gestern anrief, hatte jemand abgehoben. Dieser Jemand hatte wohl aber kaum Zeit gehabt, sich den Schlüssel nachzumachen. Über kurz oder lang würde Toko natürlich trotzdem das Schloss auswechseln müssen. Aber gut. Die Zeit drängte, und ein anderer Treffpunkt war mir nicht eingefallen. Ich sah auf das Hängeregal in der Küche. Dort lag eine Flasche Whisky. Ich sah auf meine Hände. Anders als sonst zitterten sie nicht. Kein Wunder: ich hatte die Nacht praktisch durchgetrunken. Mit so viel Alkohol im Blut sah ich vielleicht halbwegs wie ein anständiger Mensch aus, dachte ich, und warf einen Blick in den Spiegel. Aber nein. Alles, was ich sah, war ein vom Alter gezeichneter, ausgelaugter Alkoholiker.

Ich ging zurück ins Wohnzimmer. Nahm das Schnurtelefon und wählte Asais Handynummer. Wider Erwarten hob er diesmal direkt ab.

»Grüß dich«, sagte er. Seine Stimme klang müde.

»Ich habe versucht, dich zu erreichen. Mehrfach. Du warst anscheinend beschäftigt.«

»Natürlich war ich beschäftigt«, erwiderte er. »Und so blöd, dass ich das Handy anlasse, wenn ich jemanden beschatte, bin ich nicht. Die Sache hat nur etwas länger gedauert.«

»Das hatte ich mir schon gedacht.«

»Ob dir das, was ich herausgefunden habe, gefallen

wird, weiß ich nicht, aber immerhin habe ich ein bisschen was herausgefunden.«

»Ich auch. Aber das wird dir kein bisschen gefallen, glaube ich. Was ist mit Mochizuki?«

»Nichts. Der ist seit gestern mittag verschwunden. Wir sollten uns treffen.«

»Ich habe vorher noch was zu erledigen.«

»OK, dann am Abend. Passt mir auch besser. Ich muss mich nämlich auch noch um was kümmern.«

»Gut, dann gebe ich dir jetzt schon einen Rat. Du hast gute Chancen, dass die Polizei bei dir aufkreuzt. Du solltest also unbedingt wenigstens den Revolver entsorgen.«

»Einen Haftbefehl haben sie ja wohl nicht dabei, oder?«

»Dafür dürfte es noch ein bisschen früh sein. Aber einen Durchsuchungsbeschluss bringen sie vielleicht mit.«

»Warum? Wegen der Sache in Akasaka?«

»Nein«, sagte ich und wollte ihm gerade erzählen, was Tatsu mir erzählt hatte, als ich vor der Tür Schritte hörte. Ich hatte abgeschlossen. Wenn jemand hereinkam, dann nur eine Person.

»Ich kriege Besuch. Alles weitere heute abend. Wo treffen wir uns?«

Asai war schnell von Begriff. »Bloß nicht wieder in Yokohama ...« sagte er und nannte mir schnell eine Adresse in Hamacho, Nihonbashi. »Um acht? Die Wohnung kennt niemand.«

»Alles klar«, erwiderte ich. »Ich gehe davon aus, dass du das Corpus delicti mitnimmst?«

»Du weißt doch, wie ernst ich die Ratschläge anderer Leute nehme«, beendete er das Gespräch. Ich legte auf, im selben Moment ging die Tür auf. Toko schaute herein. Sie trug einen schwarzen Pullover und schwarze Jeans.

»Mit wem hast du telefoniert?« fragte sie. Das Misstrauen in ihrem Gesicht war nicht zu übersehen.

»Mit der Wettervorhersage. Ein Hoch über dem Festland sorgt tagsüber für freundliches Wetter. Nachts wird es empfindlich kalt.«

»Du bist ein schlechter Lügner. Du solltest dir etwas Überzeugenderes zurechtlegen.«

»Meine begrenzte Phantasie hat schon deine Mutter beklagt.«

»Gut, egal«, sagte sie nach einem schnellen Blick aufs Telefon. Ich sah sie an. So schnell ließ sie normalerweise nicht locker.

»Hast du die Zeitungen dabei? Sieht nicht so aus ...«

»Die Zeiten ändern sich schneller, als du denkst.«

»Was heißt das?«

Wortlos ging sie zum Laptop. »Das hier nennt man Computer«, sagte sie und schaltete ihn ein. »Du hättest gerne die Artikel aller Zeitungen und sämtlicher Nachrichtenagenturen, stimmt's?«

Verständnislos sah ich sie an. Sie machte ein entnervtes Gesicht. »Du bist ein echter Anachronist. Wenn du im 21. Jahrhundert überleben willst, solltest du lernen, wie man mit diesen Dingern umgeht.«

»Du kannst die Artikel im Computer finden?«

»Ja, in den jeweiligen Archiven der Zeitungen und Agenturen.«

Ich beobachtete, wie ihre Finger über die Tastatur glitten. Dann poppte ein Fenster auf.

»Du brauchst ein Passwort. Meins ist: 5963TOKO. Gespeichert? So, wir versuchen es mal mit ›Bombenexplosion‹ und ›Shinjuku‹. Jetzt spuckt die Datenbank sämtliche Artikel aus, in denen diese beiden Wörter vorkommen.«

Ich starrte auf den Bildschirm. Kurz darauf poppte ein Zeitungsartikel auf. *Den kenne ich*, sagte ich beeindruckt.

»Siehst du, das sind die Zeiten, in denen wir leben.«

»Ich bin sowieso ein Auslaufmodell. Sag mal: Ist dir die Polizei gefolgt?«

»Warum sollte sie?« sagte sie, die Hände auf der Tastatur. »Sie wissen doch jetzt, wo ich wohne. Dem Zivilbeamten vor der Tür habe ich beim Weggehen sogar einen ›Guten Morgen‹ gewünscht. Die denken wahrscheinlich, ich gehe nach Hause, um mir was Frisches zum Anziehen zu holen. Dem Taxi ist auch niemand gefolgt. Soll ich dir die Artikel ausdrucken?«

Ich überlegte. »Nein, nicht nötig«, sagte ich. »Wir wollen keine Spuren hinterlassen. Kannst du mir zeigen, wie das geht?«

Ihren Anweisungen folgend, tippte ich mit zwei Fingern auf der Tastatur herum. *Die Zeiten ändern sich tatsächlich schneller, als ich dachte*, sagte ich, nachdem ich, angefangen von der ersten Nachricht Samstagabend alle Artikel überflogen hatte. Die wichtigsten Dinge hatte ich mir gemerkt. Mit Tokos Hilfe veränderte ich die Suchanfrage. Toko seufzte, dann verschwand sie – offenbar konnte sie mein Zwei-Finger-Getippe nicht mehr mit ansehen. Als sie zurückkam, hatte sie ein Glas Whisky in der Hand. Sie starrte auf den Bildschirm und trank. Als ich mich endlich durch den Wust der Artikel gelesen hatte, seufzte *ich*. Es waren gut zwei Stunden vergangen.

»Und?«

»Dank dir habe ich zwei Dinge gelernt.«

»Nämlich?«

»Zum einen, dass es unglaublich viele Dinge gibt, von denen ich gar nichts weiß und wahrscheinlich nie etwas wissen werde. Wie weit kann man in diesen Datenbanken eigentlich zurückgehen?«

»Bis 1985, glaube ich. Und das Zweite?«

»Ich hatte gedacht, dass in allen Zeitungen mehr oder weniger dasselbe stünde. Aber dem ist offenbar nicht so. Es sind immer nur Ausschnitte. Um das ganze Bild zu bekommen, musst du alle lesen. Es ist wie ein Puzzle.«

»Was meinst du damit? Hast du etwas herausgefunden?«

»Ich weiß jetzt, warum deine Mutter im Park war.«

Ungläubig starrte Toko mich an.

»Natürlich muss ich mich noch vergewissern. Aber ich habe einen Anhaltspunkt. Kurz nach dem Anschlag habe ich mir in einem Restaurant in der Nähe meiner Bar im Fernsehen eine Sondersendung angesehen. Ich wollte wissen, was passiert ist. Und ich wollte wissen, wie schwer das kleine Mädchen verletzt ist, Mayu Miyazaka. Die Sensationsgier der Reporter, dieses Geifern nach Informationen, war mir in dem Moment egal. Der Wirt hat sich so darüber aufgeregt, dass er mich bat, umzuschalten. Aber wie dem auch sei: ich habe eben hauptsächlich Artikel gelesen, in denen es um die Hinterbliebenen geht. Bei so vielen Opfern berichten natürlich nicht alle über dieselben. Abgesehen von Oberrat Miyazaka, über den natürlich alle schreiben, sind die meisten Artikel dem einjährigen Kind des jungen Ehepaares gewidmet, das ums Leben gekommen ist. Kein Wunder: so eine Story zieht natürlich. Aber im Fernsehen ist auch ein junger Mann befragt worden, der Sohn einer der älteren Frauen. Und der sprach nicht von seiner ›Mutter‹ oder ›Mama‹. Der hat ›Ma‹ gesagt. Für jemanden, der hier aufgewachsen ist, ziemlich merkwürdig. Und weißt du was? In einer der drei Zeitungen, die über ihn berichten, steht, dass Mamoru Shibayama – so heißt der Junge; seine Mutter hieß Yoko, sie war einundfünfzig – auch gar nicht hier aufgewachsen ist. Du hast gesagt, du bist im Ausland aufgewachsen und Tanka seien für dich ein Buch mit sieben Siegeln. Mamoru Shibayama ist auch im Ausland aufgewachsen. Kann es nicht sein, dass er sich vertan hat? Im Fernsehen hat er gesagt, seine Mutter sei mit ›Haiku-Freundinnen‹ zusammen gewesen. Ist es nicht denkbar, dass es gar keine Haiku, sondern Tanka waren …«

Tokos Blick wurde noch eine Spur ungläubiger.

»Du meinst, Yoko Shibayama könnte eine Tanka-Freundin meiner Mutter gewesen sein?«

»Das ist zumindest nicht ausgeschlossen. Und wenn ja, gab es noch eine. Abgesehen von deiner Mutter sind drei Frauen zwischen vierzig und sechzig ums Leben gekommen. Die eine davon, die 58jährige, fällt weg. Ihre Tochter hat ausgesagt, dass sie für einen gemeinsam Spaziergang in den Park gekommen seien. Dann gibt es aber noch eine Frau, zu der sich so gut wie gar nichts finden lässt: Yukano Yamazaki, 47 Jahre alt. Leiterin der Kreditabteilung bei der Nijo Bank. Karrierefrau. Die Hinterbliebenen haben sich wahrscheinlich geweigert, mit der Presse zu reden, aber ich würde wetten, dass das die Dritte ist.«

»Wie kommst du darauf?«

»Ausschlussverfahren. Es bleibt nur sie. Mamoru Shibayama hat von Freund*innen* gesprochen, das heißt, seine Mutter ist mit mindestens zwei anderen Frauen unterwegs gewesen. Das weiß natürlich auch die Polizei. Die haben ihn ja schließlich befragt. Ich vermute, dass der Junge ihnen nur den Namen Yukano Yamazaki gegeben hat. Mit der muss er zu tun gehabt haben. Deine Mutter kannte er nicht. Vielleicht ist sie an dem Tag nur zufällig dazugestoßen. Keine Ahnung. Die Polizei geht wohl davon aus, dass nur Yoko Shibayama und Yukano Yamazaki Haiku geschrieben haben. Sonst hätten sie dich bestimmt schon gefragt, ob deine Mutter nicht auch dichtet. Aber wer weiß, vielleicht fragen sie dich ja noch. Wenn meine Vermutungen zutreffen, werden sie auf jeden Fall zur selben Schlussfolgerung kommen. Mehr kann man zu diesem Zeitpunkt nicht sagen: entweder liege ich total falsch oder aber goldrichtig.«

»Natürlich haben sie mich gefragt, ob meine Mutter jemanden von den anderen Opfern kannte. Und soweit ich weiß, kannte sie niemanden, was ich der Polizei auch gesagt habe. Aber, wenn es eine Verbindung zwischen meiner Mutter und den beiden anderen Frauen gäbe, hätte die Polizei dann nicht einen Hinweis finden müssen? Eine Telefonnummer, eine Adresse? Oder jemanden, der davon wusste? Hat sie aber nicht.«

»Das heißt nichts. Deine Mutter hat schließlich auch kein Adressbuch hinterlassen. Wir müssen uns vergewissern.«

»Und wie?«

»Das ist doch klar. Wir statten der Familie Shibayama und der Familie Yamazaki einen Besuch ab und *fragen.*«

# 15

Ich nahm die Toyoko-Linie. In Jiyugaoka stieg ich einmal aus und ging in einen Supermarkt, der gerade neu eröffnet hatte. Dort kaufte ich mir einen Mantel. Den billigsten, den ich finden konnte. Diese Ausgabe musste sein. So, wie ich aussah, war das für mein Vorhaben das Mindeste. Immerhin war die Familie, die ich nun aufsuchen würde, in Trauer. Den alten Mantel, in dem ich die letzten Tage sogar geschlafen hatte, warf ich am Bahnhof in einen Mülleimer.

Bis zu meinem Ziel war es ein Katzensprung. Oyamadai war nur zwei Stationen weiter. In der Einkaufsstraße vor dem Bahnhof war für einen Werktag ziemlich viel los. In einem Kramladen kaufte ich einen Block und einen Kugelschreiber. Die Einkaufsstraße führte bis an die Kanpachi-dori, die ich an der Ampel überquerte, dahinter wurde es schlagartig ruhiger. *Wie gut, dass ich wenigstens einen neuen Mantel gekauft habe*, dachte ich beim Anblick der imposanten Fassaden. Die Adresse hatte ich im Kopf. Ich hatte sie mir eingeprägt, bevor ich Tokos Wohnung verlassen hatte.

Bevor ich gegangen war, hatte es noch einen kleinen

Eklat gegeben. Toko hatte mich unbedingt begleiten wollen. Ich hatte nichts anderes erwartet, aber nach mir wurde gefahndet. Ich konnte nicht zulassen, dass sie mitkam. Es kostete mich dreißig Minuten, sie zu überzeugen. Im Gegenzug akzeptierte ich *eine* Bedingung: eine sofortige Dusche. *Du* riechst! *Selbst wenn dir das offenbar überhaupt nicht bewusst ist. In* dem *Aufzug gehst du nirgendwo hin.* Ihr grundschullehrerhafte Ton duldete keinen Widerspruch.

Brav folgte ich also ihrer Anweisung. Sie hatte recht. Ich war eine Woche lang nicht im Bad gewesen. Ich duschte, wusch mir die Haare und rubbelte mich anschließend mit dem Handtuch ab, das sie mir bereitgelegt hatte. Dann gurgelte ich mit verdünntem Shampoo. Allerdings ohne den erhofften Erfolg. Ich war mir nicht sicher, ob ich jetzt wieder »wie ein Mensch« aussah, zog mich aber an und verließ das Badezimmer. »Stell dich da hin«, sagte sie. Dann inspizierte sie mich wie einen Gebrauchtwagen. Das letzte Mal, dass mich eine junge Frau so gemustert hatte, war Ewigkeiten her. Ich hielt ihrem Blick stand, auch wenn es mir schwerfiel. »Okay«, sagte sie endlich, »unter Durchschnitt, aber gut genug, dass man dich nicht gleich verjagen wird. Unter der Bedingung, dass du dir wenigstens einen neuen Mantel kaufst, lasse ich dich gehen.«

Die Shibayamas wohnten in einem weißen Einfamilienhaus. Vor der Doppelgarage parkte ein Auto. Es war still. Die Trauerfeierlichkeiten schienen zu Ende zu sein. Auch von Polizei oder Presse war, wenigstens in diesem Augenblick, nichts zu sehen. Ich klingelte.

Es dauerte einen Moment, dann erklang aus der Gegensprechanlage eine Stimme. Es war der junge Mann, den ich im Fernsehen gesehen hatte.

»Guten Tag. Ich bin von der *Weekly Sun*«, sagte ich. »Ich hätte ein paar Fragen.«

Kurze Stille. Dann sagte dieselbe Stimme höflich: »Einen Moment, bitte.«

Die Tür ging auf. Heraus schaute der junge Mann. Er trug Sandalen. Mit einer Mischung aus Zögern und – interessanterweise – Neugier sah er mich an.

»Mamoru-san, richtig?« sagte ich und zückte meinen soeben erworbenen Block nebst Kuli. »Matsuda von der *Weekly Sun*. Es tut mir leid, Sie zu stören, aber ich hätte noch ein paar Fragen.«

»Matsuda?« fragte er argwöhnisch. »Der war doch gestern abend schon da.«

Jetzt wusste ich, warum die *Sun* sich so gut verkaufte. Sie suchte jeden einzelnen der Betroffenen auf. Ich rief mir das Gespräch mit Matsuda ins Gedächtnis. Es dauerte einen Moment, bis ich seinen vollen Namen wieder präsent hatte.

»Sie meinen meinen Kollegen Yuichi«, sagte ich. »Bei der *Sun* gibt es zwei Matsudas. Ich heiße Sachio mit Vornamen. Yuichi hat mich gebeten, Sie noch einmal aufzusuchen, weil er gestern etwas vergessen hat. Es dauert auch nicht lange.«

Er sah mich an. Schließlich sagte er: »Es tut mir leid,

dass mein Großvater gestern ausfallend geworden ist. Würden Sie das Ihrem Kollegen bitte ausrichten? Die Trauerfeier war gerade zu Ende, und mein Großvater, nun ja. Es tut mir leid, dass er ihn rausgeworfen hat.«

*Aha*, dachte ich. Das war ja ein glücklicher Zufall. Sich eine Visitenkarte geben zu lassen, daran dachte der junge Mann offenbar nicht. Entweder weil er noch Schüler war oder aber zu lange im Ausland gewesen war. Ein sympathischer junger Mann. Ich fühlte mich, als sei ich im Begriff, ein Verbrechen zu begehen. Moralisch betrachtet war ich das vielleicht auch.

»Mein herzliches Beileid zum Tod Ihrer Mutter. Ich soll Ihnen von meinem Kollegen ausrichten, dass es ihm sehr leid tut, Sie zu solch einer Stunde belästigt zu haben. Geht es Ihrem Großvater besser?«

Er nickte. »Die Sache hat ihn furchtbar aufgeregt. Jetzt schläft er, oben, im ersten Stock.«

Ob er keinen Vater hatte? Bisher war er immer alleine in Erscheinung getreten, auch im Fernsehen.

»Ihr Vater lebt nicht mit Ihnen zusammen?«

»Mein Vater ist vor einem Jahr gestorben. Und jetzt das. Das war für meinen Großvater ein Riesenschock. Dazu die ganze Polizei und die Leute von der Presse … *Sie* ausgenommen natürlich.«

Für sein Alter sprach der junge Mann sehr gewählt. Er war höflich und präzise. Mein erster Eindruck war also richtig gewesen. Aber langsam musste ich zur Sache kommen. Ich wäre heute sicher nicht der letzte Besucher.

»Keine Sorge, ich nehme es nicht persönlich«, erwiderte ich lachend. »Sagen Sie, Sie waren lange im Ausland, nicht wahr?«

»Ja, bis vor drei Jahren. Und weil wir wegen meines Vaters so lange im Ausland waren, komme ich hier an der Schule leider nicht so gut zurecht.«

»Verstehe. Wo sind Sie denn gewesen, wenn ich fragen darf?«

»In New York. Die ganze Zeit. Ungefähr acht Jahre. Mein Vater war dort lange im Tochterunternehmen einer Handelsgesellschaft tätig.«

New York. Ich wusste es. Vor elf Jahren hin, vor drei Jahren zurück. Von der Zeit her passte es.

»Verstehe. Eine andere Frage. Ihre Mutter hat ja Haiku geschrieben. Hat sie das immer schon gemacht?«

»Nein, sie hat erst in New York damit angefangen. Ihr Faible für Japan hat sie erst in Amerika entdeckt. Aber ich habe mich vertan. Meine Mutter hat keine Haiku geschrieben, sondern Tanka, hat Yamazaki-san gesagt. Er hat es in den Nachrichten gesehen und mich dann auf meinen Fehler hingewiesen.«

»Yamazaki-san? Jemand aus der Familie von Yukano Yamazaki?«

»Ja, ihr Vater. Ich habe gestern morgen zum ersten Mal mit ihm gesprochen, ich kannte ihn vorher gar nicht, aber ich dachte, ich müsste mich bei ihm melden, also habe ich ihn angerufen. Da hat er es mir gesagt. Japanische Kurzgedichte interessieren mich nicht so, deshalb kenne ich mich damit so gut wie gar nicht aus.«

»Über was haben Sie denn mit Herrn Yamazaki gesprochen?«

»Offenbar hasst er sowohl die Polizei als auch die Presse. Er ist nicht un-nett, aber ein bisschen alte Schule, würde ich sagen. *Nichts für ungut*, hat er zu mir gesagt, *aber den Leuten von der Zeitung erzählt man besser nicht zu viel. Man weiß nämlich nie, was die hinterher über einen schreiben*. Das hat er gesagt, nichts gegen Sie. Aber ich will Journalist werden. Mich interessiert, wie Journalisten recherchieren. Irgendwann will ich zurück in die Staaten und Journalismus studieren.«

»Sie würden sicher einen hervorragenden Journalisten abgeben. Die Grundvoraussetzung, gesunde Neugier, bringen Sie mit.«

Daraufhin lachte er erfreut. Es war das Lachen eines Menschen, der Träume hat. Hatte auch ich irgendwann einmal Träume gehabt? Nun wusste ich wenigstens, warum auch Neugier in seinem Blick gelegen hatten, als er die Tür öffnete, und was ihn dazu bewog, mit mir zu sprechen.

»Demnach kannten sich Ihre Mutter und Yukano Yamazaki, und Sie kannten sie auch?«

»Ja, sehr gut sogar. Wir wohnten zwar in White Plaines und Tante Yukano in Manhattan, aber sie hat uns oft besucht. Wir haben viel miteinander geredet.«

»White Plaines?«

»Das ist ein Vorort von New York.«

»In der Nähe von Scarsdale?«

»Ja, direkt um die Ecke. Warum?«

»Nur so. Aber wenn Sie so lange in New York waren, hatte Ihre Mutter doch bestimmt viele Freunde. Andere Tanka-Freundinnen vielleicht.«

»Oh ja, sehr viele sogar. Mit einigen hatte sie auch nach unserer Rückkehr noch Kontakt.«

»Sagt Ihnen der Name Yuko Matsushita etwas?«

Er überlegte. »Nein, der Name sagt mir nichts. Aber das heißt nichts, meine Mutter hatte drüben mit so vielen Leuten zu tun, dass ich mir nicht alle Namen merken konnte. Außerdem hat mich das, was meine Mutter macht, nicht so interessiert. Über ihren Gedichtkreis haben wir auch nicht viel gesprochen.«

»Können Sie sich noch erinnern, wann Ihre Mutter den Zirkel ins Leben gerufen hat?«

»Zirkel?«

»Den Gedichtkreis.«

»Ach so, den. Den hat sie gegründet, als ich noch klein war, ich glaube, ziemlich bald nach unserem Umzug nach New York.«

»Und wie hieß er?«

Er lächelte. »MCP. Klingt nicht sehr poetisch und überhaupt nicht nach einer Dichtergruppe, aber sie haben immer nur die Abkürzung benutzt.«

»MCP?«

»*Memories of Central Park*. Dort haben sie anscheinend oft gepicknickt, sie waren alle gerne im Freien. Daher der Name.«

»Und hier haben sie sich auch regelmäßig getroffen?«

»Offenbar. Jeden dritten Samstag im Monat ist meine

Ma ausgegangen. Ich hatte keine Ahnung, dass sie nach Shinjuku fährt.«

»Dafür waren Sie aber schnell zur Stelle.«

Das Gesicht des jungen Mannes verdunkelte sich. »Ich war in der Schule. Meine Schule ist in Shibuya. Die Nachricht kam während des Unterrichts. Außer dem Führerschein, sagte die Polizei, der sei wundersamerweise völlig unbeschadet, sei nicht mehr viel übrig. Daraufhin bin ich sofort nach Shinjuku gefahren. Ihr Gesicht war gerade noch so zu erkennen.«

»Das tut mir leid«, sagte ich. »Aber warum waren die Frauen ausgerechnet im Chuo-koen?«

»Das hat die Polizei mich auch gefragt, aber ich habe nicht den blassesten Schimmer. Ich kenne den Park natürlich, aber der ist doch auch so klein.«

»Im Vergleich zu ausländischen Parks vielleicht schon. Aber wäre es denkbar, dass sie sich sozusagen im Tokyoter ›Central Park‹ verabredet haben? Auf Japanisch hieße ›Central Park‹ doch ›Chuo-koen‹.«

Der junge Mann reagierte wie Toko. Er riss die Augen auf, dann fing er lauthals an zu lachen. Eine Weile lachte er. »Das ist mir gar nicht aufgefallen. Aber Sie könnten recht haben. Für ihr Alter war meine Ma ziemlich witzig. Es klingt vielleicht komisch, wenn ich das sage, aber sie war eine geistreiche Frau. *Memories of Central Park* ... tss ... Also ›Erinnerungen an den Chuo-koen‹?«

»Da sich der Kreis in New York gegründet hat, vielleicht eher: ›Oden an den Central Park‹.«

»Ja, das klingt gut.«

»Dann gibt es von Ihrer Mutter doch bestimmt auch Gedichte. Normalerweise geben solche Zirkel ja regelmäßig kleine Sammlungen heraus. Vielleicht gibt es sogar eine mit dem Titel *Memories of Central Park*?«

»Ja, die gibt's. Sieben Bände. Wir hatten die ganze Serie sogar doppelt. Aber die eine hat mein Großvater in den Sarg legen lassen und die andere hat die Polizei.«

»Die Polizei?«

»Haben wir Besuch?« hörte man im selben Moment von oben eine heisere Stimme. »Ein Freund von mir«, rief der junge Mann zurück und zwinkerte mir zu. Ich bedankte mich lachend.

»Der Medienrummel hat meinem Großvater ziemlich zugesetzt. Auch wenn er sich jetzt so langsam wieder beruhigt hat. Aber wenn man ehrlich sein will, sind ja auch nur die wenigsten so höflich wie Sie.«

»Wenn die Reporter aller Länder etwas gemeinsam haben, dann, dass sie sich wie Rüpel benehmen.«

Auf dem Gesicht des jungen Mannes zeigte sich ein Lächeln. Es war ziemlich vertraulich.

»Wenn ich noch einmal auf die Gedichtsammlung zurückkommen darf, wann hat die Polizei sie denn mitgenommen?«

»Gestern abend. Ihr Kollege, der andere Matsuda, war gerade weg. So gegen acht, würde ich sagen. Sie haben versichert, sie auf jeden Fall zurückzubringen.«

»Verstehe«, sagte ich. »Wollte die Polizei nach dem Anschlag keinen Blick in das Adressbuch oder den Organiser Ihrer Mutter werfen?«

»Doch. Aber ich habe nichts gefunden, obwohl ich ihr Zimmer auf den Kopf gestellt habe. Meine Mutter hat mit Vorliebe ein kleines elektronisches Notizbuch benutzt, das hatte sie immer bei sich, und in dem waren wohl auch alle Adressen gespeichert. Offenbar hat die Polizei ein Stück dieses Geräts gefunden, aber natürlich ohne Daten.«

»Verstehe«, wiederholte ich. »Aber mit Hilfe der Gedichtsammlung kann man herausfinden, mit wem Ihre Mutter zu tun hatte, wird die Polizei sich gedacht haben. Adressen findet man natürlich nicht, aber die Namen der Beteiligten.«

»Ja, so etwas in der Art haben sie gesagt. Deshalb wollten sie sie mitnehmen.«

»Aber wieso erst jetzt? Der Anschlag liegt schon zwei Tage zurück ...«

»Naja, wahrscheinlich haben Sie niemanden, der sich mit Literatur so gut auskennt wie Sie. Ganz ehrlich: der Polizist, der hier war, hat nicht den hellsten Eindruck gemacht. Aber das war jetzt *off record*, ja?«

»Selbstverständlich«, sagte ich und lachte. Dann stellte ich noch ein paar Fragen. Gearbeitet habe seine Mutter nicht, aber an Geld hatte es, selbst nach dem Tod ihres Mannes, anscheinend nicht gemangelt. Neben dem Gedichtkreis sei sie ehrenamtlich auch anderweitig sehr engagiert gewesen. Das hatte, vermutete ich, wohl damit zu tun, dass sie so lange im Ausland gelebt hatte. Vor meinem inneren Auge entstand das Bild einer gesellschaftlich regen Frau mit vielen Bekannten.

Ich fragte ihn auch, was er über Familie Yamazaki wusste. Aber in dem Punkt war die Ausbeute eher mager. Immerhin wusste ich jetzt, dass die Eltern von Yukano Yamazaki ein Soba-Restaurant führten. Zeit zum Rückzug.

»Dann muss ich wohl auch der Familie Yamazaki einen Besuch abstatten«, sagte ich abschließend. »Herr Yamazaki scheint der Presse gegenüber nicht besonders aufgeschlossen zu sein, aber die Gedichte möchte ich mir doch gerne ansehen.«

Der junge Mann sah mich zweifelnd an. »Warum sind Sie so an den Gedichten interessiert? Für Ihre Story nutzen die Ihnen doch gar nichts.«

»Mamoru-san, nehmen Sie es mir bitte nicht übel, aber ein Wochenmagazin wie unseres lebt davon, das zu zeigen, was die Zeitungen nicht zeigen können, den menschlichen Aspekt sozusagen. Nicht, dass sich daraus nicht auch neue Fakten ergeben könnten. Deshalb würde ich Sie bitten, der Polizei gegenüber Stillschweigen zu bewahren. Auch, was meine Person angeht.«

Er lächelte verschwörerisch. So nach dem Motto: *Die Medien sind dafür da, Dinge aufzudecken.*

»Mit Herrn Yamazaki ist nicht gut Kirschen essen. Wie gesagt, für die Presse hat er nicht viel übrig.«

»Ich werde daran denken. Die Presse mag nicht jeder.«

Ich bedankte mich und schickte mich an zu gehen, als er fragte: »Wie hoch ist eigentlich die Auflage der *Weekly Sun*?«

Ich versuchte mich daran zu erinnern, was Mori-san

gesagt hatte. »Wir verkaufen im Schnitt etwa 700 000. Warum?«

»Also, wenn Sie doch sozusagen … den menschlichen Aspekt … Ach nein, vergessen Sie's.«

Ich sah ihn an. Ein Anflug von Röte überzog sein Gesicht.

»Sie meinen«, sagte ich, »dann könnten wir doch auch ein Gedicht Ihrer Mutter veröffentlichen. Das würde dann von 700 000 Menschen gelesen, und das würde auch Ihren Großvater freuen.«

»Ja … nein … Ich meine …« Volltreffer. Das Rot in seinem Gesicht wurde eine Spur dunkler. Ich überlegte einen Moment, dann sagte ich: »Ich werde sehen, was sich machen lässt.«

Er strahlte.

»Aber nicht, dass wir uns missverstehen: Versprechen kann ich nichts.«

»Natürlich nicht.«

»Und vorausgesetzt, dass ich an die Gedichte Ihrer Mutter komme.«

»Soll ich die Polizei danach fragen? Oder Herrn Yamazaki anrufen?«

»Nein, nein. Ich kümmere mich schon darum. Sie sollten besser gar nichts tun. Und bitte verstehen Sie das nicht falsch, aber ich möchte, dass Sie der Polizei meinen Besuch hier bei Ihnen verschweigen.«

»Auf mich ist Verlass«, sagte er wie ein Mann.

*Was für ein sympathischer junger Mann,* dachte ich auf dem Weg zurück zum Bahnhof. Was er wohl denken würde, wenn er einen Blick in mein Notizbuch hätte werfen können? Es enthielt keine einzige Zeile. Ich hatte die ganze Zeit nur so getan, als schriebe ich mit.

Zurück an der Kanpachi-dori wollte ich an der Ampel gerade die Straße überqueren, als ein schwarzer Mercedes mit quietschenden Reifen genau vor mir zum Stehen kam. Die Fahrerin stieg aus und sah mich über den Wagen hinweg an: Toko.

»Und jetzt ist Familie Yamazaki dran, stimmt's?« sagte sie. »Mach nicht so ein Gesicht« – offenbar hatte ich gerade alles andere als erfreut ausgesehen – »steig ein.« Gehorsam öffnete ich die Beifahrertür.

»Was ist das für ein Auto?«

»Gleich nachdem du weg warst, habe ich Opas Sekretärin angerufen und um einen Wagen gebeten. Gut, dass sie so schnell einen besorgt hat. Und gut, dass ich dich hier abpassen konnte. Wenn man von Shibayamas zum Bahnhof will, muss man hier rüber. Ich hab auch gar nicht lange gewartet, nur zehn Minuten etwa.«

»Warum bringst du dich in Gefahr?«

»Ich *bin* doch schon in Gefahr. Bei mir ist jemand eingebrochen, und ich hab nicht einmal die Polizei benachrichtigt. Außerdem bin ich die Tochter eines der Opfer. Schon vergessen? Glaubst du wirklich, ich würde die Hände in den Schoß legen, wenn ich vielleicht einen Hinweis darauf kriegen kann, wer für den Tod meiner Mutter verantwortlich ist? Schon mal was vom konfuzianischen Grundsatz kindlicher Pietät gehört?«

Ich seufzte. Der Wagen setzte sich in Bewegung. Im Gegensatz zu Asai fuhr Toko alles andere als vorbildlich. Sie trat aufs Gas. Mit beängstigender Geschwindigkeit drängelte sie sich von Lücke zu Lücke. Sie fuhr rowdyhafter als jeder Yakuza. Ich überlegte, ob ich etwas sagen sollte, entschied mich dann aber dagegen. Stattdessen seufzte ich und fragte: »Und das, worum ich dich gebeten hatte?«

»Hat nichts ergeben. Mamas Sekretärin kannte weder den Namen Yoko Shibayama noch Yukano Yamazaki. Wie war's bei dir?«

Ich fasste zusammen, was das Gespräch mit dem jungen Mann ergeben hatte. *Also keine Haiku, sondern tatsächlich Tanka*, murmelte Toko. »Und mit dem Central Park alias Chuo-koen hattest du auch recht. Nur meine Mutter taucht nirgends auf, zumindestens nicht in der Gedichtsammlung.«

»Offenbar nicht. Wie kommst du zu dieser Schlussfolgerung?«

»Willst du mich testen, oder was? Aber gut, ich erklär's dir. So langsam weiß ich nämlich, wie du tickst. Für mein schlichtes Gemüt gar nicht so schlecht, oder? Also: die Polizei kreuzt gestern abend gegen acht bei den Shibayamas auf. Ob meine Mutter in der Gedichtsammlung vertreten ist oder nicht, lässt sich mit einem Blick ins Inhaltsverzeichnis leicht feststellen. Wenn sie also ihren Namen gefunden hätten, wären sie noch gestern abend bei mir aufgetaucht, um mich zu befragen. Sind sie aber nicht.«

»Gut geschlussfolgert«, sagte ich. »Das heißt aber noch nicht, dass deine Mutter *nicht* in der Gedichtsammlung vertreten ist.«

»Du meinst, sie hat ein Pseudonym benutzt?«

*Nicht schlecht.* »Ich gebe zu, unter Haiku-Dichtern ist es vielleicht üblicher, aber auch andere Dichter benutzen nicht selten einen Nom de plume.«

»Gut, dann bin ich jetzt wohl dran.«

»Wie meinst du das?«

»Na, der alte Herr Yamazaki hat's doch nicht so mit der Presse. Aber wem wird er wohl nicht die Tür vor der Nase zuschlagen, hm? Dem Angehörigen eines der anderen Opfer.«

Sie hatte recht. Ich überlegte. Wäre es komisch, dass Angehörige die Familie eines anderen Opfers aufsuchten? *Komisch* wäre es nicht. Sie hätten jedenfalls definitiv bessere Karten als die voyeuristischen Fuzzis von der Presse.

»Gut«, sagte ich. »Yamazaki überlasse ich dir.«

Sie gab Gas. Bis der Wagen sein Ziel erreichte, beschloss ich, würde ich auf jeden Fall angeschnallt bleiben.

# 16

Das Soba-Restaurant von Yukano Yamazakis Eltern befand sich, genau wie der junge Mann gesagt hatte, in der Nähe des Bahnhofs Omori. Das Schild war so altmodisch, dass das Haus in der belebten Einkaufsstraße regelrecht auffiel. Hier schien die Zeit stehengeblieben zu sein. Wir waren eine Stunde zu früh. An der Tür hing ein Schild: *Geschlossen*.

Toko beäugte den Eingang, dann öffnete sie, ohne lange zu fackeln, die Tür und rief: »Guten Tag!«

Ein Mann kam von hinten aus der Küche geschlurft. Er war etwa Anfang siebzig und hatte graues Haar. Gut gelaunt sah er nicht aus.

»Wer sind Sie?« fragte er in einem Ton, der seinem missmutigen Gesichtsausdruck in nichts nachstand, und starrte uns an.

Toko ließ sich von seiner schlechten Laune nicht ins Bockshorn jagen. »Sie sind der Vater von Yukano-san, stimmt's?« trällerte sie.

»Hast du keine Manieren? Ich habe gefragt, wer ihr seid.«

»Ich heiße Toko, Toko Matsushita.«

»Bist du eine Freundin meiner Tochter?«

Toko schüttelte den Kopf. »Nein, ich glaube, sie war mit meiner Mutter befreundet.«

»Glaubst du, aha. Und wer ist deine Mutter?«

»Yuko Matsushita. Sie ist bei dem Anschlag auch ums Leben gekommen.«

Ein Anflug von Zögern überzog das Gesicht des alten Mannes. »Das tut mir leid. Was wollt ihr?«

»Ich wollte Ihnen mein Beileid aussprechen und eine Kerze für Ihre Tochter anzünden.«

»Und der da? Wer ist das?«

»Das ist ein Freund meiner Mutter.«

*Aha*, murmelte der Alte. Dann brummte er »hier lang« und verschwand nach hinten. Ich erhaschte einen Blick in Tokos Gesicht. Sie grinste. Ich hatte keine Ahnung, was in ihrem Kopf vorging. Schweigend folgten wir dem alten Mann.

Auf dem kleinen Altar in dem Zimmer, in das er uns führte, stand ein gerahmtes Foto. Aus dem blickte uns ein kluges Gesicht mit scharfgeschnittenen Zügen an. Nachdem wir Weihrauch entzündet und gebetet hatten, wandte Toko sich an den Alten.

»Das mit Ihrer Tochter tut mir sehr leid«, sagte sie und sah auf das Foto. »Dabei hatte sie noch so viel vor sich ... als Abteilungsleiterin bei der Bank. Sie war doch Abteilungsleiterin, oder?«

Ich war verblüfft. So einen erwachsenen und gleichzeitig empathischen Ton hätte ich ihr gar nicht zugetraut.

*Hm*, brummte der Alte und verzog den Mund. »Dumme

Gans. Das hat sie jetzt von ihrer sogenannten Karriere. Wenn sie nur nicht ins Ausland gegangen wäre.«

»Was hat denn das Ausland damit zu tun?«

»Na, wenn sie nicht nach New York gegangen wäre, wäre sie auch nicht Mitglied in diesem Tanka-Zirkel geworden, und dann wär sie auch nicht im Park gewesen.«

»Das verstehe ich jetzt nicht.«

»Was gibt es denn da nicht zu verstehen? Die haben sich einmal im Monat im Park getroffen.«

»Ach so«, sagte Toko. »Das stand aber nicht in der Zeitung.«

»Die Zeitung! Du meinst diese Aasgeier, die nur darauf warten, dass irgendwo eine Katastrophe passiert. Die hab ich samt und sonders zum Teufel gejagt.«

»Ich auch. Aber der Polizei haben Sie es gesagt, oder?«

»Pah!« sagte der Alte nach einem Moment, als würde er ausspucken. »*Die* kann ich noch weniger leiden. Denen erzähle ich erst recht nichts.«

»Ich sehe schon«, sagte Toko, »wir verstehen uns. Aber was haben Sie denn gegen die Polizei?«

»Nicht so wichtig. – Tasse Tee?«

*Gern*, sagte Toko und nickte.

So schnell, wie der alte Mann wieder da war, hatte er vorhin wohl schon einen für sich selbst aufgebrüht. Wie es sich gehörte, waren beide Tassen mit Deckeln versehen. *Der ist aber gut*, sagte Toko nach einem Schluck. Mir schmeckte er auch. Die Falten des alten Mannes vertieften sich. Wenn man genau hinsah, entdeckte man ein Lächeln. Es war das erste Mal, dass er lächelte.

»Du hast Geschmack. Dabei bist du noch jung. Bei Tee erlaube ich mir ein bisschen Luxus.«

»Ein bisschen Luxus muss schon sein. Dieser Tee ist wirklich köstlich.«

*Hm*, brummte der Alte wieder.

»Jetzt muss ich aber doch noch mal fragen: Was haben Sie denn gegen die Polizei?«

»Mein Vater ist von der Geheimpolizei umgebracht worden. Im Krieg, im letzten. Seitdem glaube ich nichts mehr von dem, was die da oben von sich geben.«

»Ach so. Das tut mir leid.«

»Schon gut. Aber ihr zwei seid wohl kaum nur gekommen, um eine Kerze anzuzünden. Und uns gegenseitig bemitleiden wollen wir auch nicht ...«

»Sie haben recht. Eigentlich sind wir auf der Suche nach einer Hinterlassenschaft. Deshalb sind wir hier.«

»Eine Hinterlassenschaft?«

»Ja, von meiner Mutter. Meine Mutter war nämlich auch in New York. Und wahrscheinlich im selben Gedichtkreis wie Ihre Tochter. Ganz sicher bin ich aber nicht. Jetzt habe ich gehört, dass der Kreis Gedichtsammlungen herausgegeben hat. Und da ich nirgends welche finden kann, dachte ich, Sie haben vielleicht welche.«

*Aha*, brummte der Alte, ohne den Blick von ihr zu nehmen. »Du weißt offenbar, wo's langgeht. In deinem Alter nicht selbstverständlich.«

»Na aber hallo! Manche Mädchen haben auch was anderes im Kopf als Diskotheken. Man darf nicht alle über einen Kamm scheren.«

Diesmal lachte der Alte sogar hörbar. Es klang ein bisschen wie heiserer Husten, aber es war eindeutig gelacht. »Du erinnerst mich an meine Tochter. Die war auch ein kleiner Wildfang. Die Gedichtsammlungen habe ich. Willst du sie sehen?«

»Natürlich! Dafür sind wir ja hier!«

Der Alte nickte und erhob sich. Als ich ihn die Treppe hinauftappen hörte, flüsterte ich Toko ins Ohr: »Spreche aus: Anerkennung!«

»Ich mag solche Opas. Du wirst bestimmt auch mal so einer.«

»Wenn *du* das sagst, muss ich mir um meine Zukunft ja keine Sorgen mehr machen.«

Der alte Mann kam zurück und legte Toko einen Stapel Hefte hin. Jedes Exemplar war ordentlich gebunden und enthielt mehrere Dutzend Seiten. Auf dem Deckblatt stand jeweils in lateinischen Buchstaben: *Memories of Central Park*. Es waren die Ausgaben eins bis sieben. Ohne den alten Mann um Erlaubnis zu bitten, nahm Toko ein Heft und studierte das Inhaltsverzeichnis. Wenn Yuko wirklich ein Pseudonym benutzt hatte, müsste man die Gedichte lesen. Aber selbst das würde vielleicht nicht viel nützen. »Hier!« rief Toko – ich hatte gerade auch eine Ausgabe aufgeschlagen. »Hier! Das ist sie. Sie hat tatsächlich ein Pseudonym benutzt. Du – ich meine: Sie – kann ich die haben? Alle, mein ich.«

Ich war verdutzt. Noch verdutzter war ich, als der Alte umstandslos bejahte. »Nimm ruhig. Ich hab so viele, ich weiß gar nicht, wohin damit.«

»Danke. Das ist total lieb!« sagte Toko und stand auf. Sie hatte dem alten Mann nicht eine einzige Lüge erzählt, dachte ich beeindruckt. Als wir schon vor der Tür standen, wandte Toko sich noch einmal um: »Ich kann nichts versprechen, aber mit etwas Glück können wir dafür sorgen, dass der Schuldige am Tod Ihrer Tochter zur Rechenschaft gezogen wird. Vielmehr, dieser Mann hier kann das vielleicht.«

»Ich gebe mir Mühe«, sagte ich. »Und ich habe nicht die Absicht, die Hilfe der Polizei in Anspruch zu nehmen.«

Der Alte schüttelte allerdings nur müde den Kopf.

Im Wagen schlug ich das Heft auf, in dem Toko geblättert hatte, und sah mir das Inhaltsverzeichnis an. Dort standen etwa zwanzig Namen. Darunter Yoko Shibayama. Aber welcher davon sollte Yukos Pseudonym sein?

»Du hast doch eben in diese Ausgabe gekuckt. Welcher Name ist es denn?«

»Das ist doch simpel. Ich fahr erst mal Richtung Shibuya, okay?«

Sie startete den Wagen. Unbeeindruckt von ihrem abrupten Fahrstil, studierte ich das Inhaltsverzeichnis. Aber mir wollte sich das Pseudonym nicht erschließen. Entnervt sah ich zu Toko. »Gibst du mir einen Tipp?«

»Meine Güte, bist du begriffsstutzig! Ich wusste es sofort. Es gibt doch nur einen Namen, der total nach Künstler klingt.«

Ich sah mir das Inhaltsverzeichnis noch einmal an. *Ein*

Name war mir tatsächlich aufgefallen: Yone Kudo. Aber woher wollte sie wissen, dass ausgerechnet *das* Yukos Pseudonym war? Ich dachte nach.

»Mann!« sagte Toko ungeduldig. »Es ist ein Anagramm. Noch dazu ein ziemlich einfaches.«

»Ach so«, murmelte ich. »Ich denke nicht gut in Buchstaben.«

»Offenbar hat sie ihren Mädchennamen benutzt.«

Yone Kudo. Wenn man die Buchstaben umstellte, erhielt man tatsächlich: Yuko Endo. Ich sah mir die Inhaltsverzeichnisse der anderen Hefte an. Der Name Yone Kudo fand sich nur in Nr. 4 und Nr. 5. Das eine war 1985, das andere 1986 erschienen.

»Daran wird die Polizei sich die Zähne ausbeißen. Auf dieses Pseudonym kommen die nie im Leben. Der alte Yamazaki wird ihnen auch nicht helfen. Ich bin sicher, dass seine Tochter ein Adressbuch hat, aber das rückt er ganz bestimmt nicht raus«, sagte Toko.

»Das denke ich auch«, pflichtete ich ihr bei, während ich weiter die Gedichte las.

»Ich versteh nichts von Tanka. Sag mir Bescheid, wenn du irgendwas findest.«

»Das meiste sind Momentaufnahmen von New York.«

Unter dem einfachen Titel *Fifth Avenue Collection* beziehungsweise *Sixth Avenue Collection* fanden sich in beiden Ausgaben jeweils etwa 20 Gedichte.

*Sengende Hitze.*
*Wolkenkratzer die wie*
*Feuersäulen in den*
*Himmel ragen.*
*Ausgeliefert.*

*Abenddämmerung.*
*Am Horizont ein letzter*
*schmaler Streifen Licht.*
*Rot schält sich aus dem Fleisch der Stadt*
*die Frucht einer Ampel.*

las ich leise die ersten beiden Gedichte der *Fifth Avenue Collection* vor.

»Und jetzt die Interpretation, bitte«, sagte Toko.

»So schwer sind die doch nicht zu verstehen. Im ersten ist Hochsommer. Draußen ist es so heiß, dass die Hochhäuser wie Feuersäulen aussehen. Und gegen diese Hitze ist man machtlos. Man kann nichts dagegen tun, und fliehen kann man auch nicht. Genauso wenig wie vor dem, was die ›Hitze‹ symbolisiert, nämlich dem Schmerz, den das Leben für jeden von uns bereithält. Klingt ziemlich resigniert, wenigstens nach meinem Dafürhalten. Das zweite beschreibt eine typische Großstadtszene. Das ›Fleisch‹ sind die vielen Leute und der Verkehr, den die rote Ampel aufhält.«

»Als ich dreizehn, vierzehn war, war meine Mutter ziemlich unglücklich«, sagte Toko nach einer Weile. »Das spiegelt sich da wohl wider.«

»Kann sein.«

»Aber wer klaut denn solche Gedichte aus meiner Wohnung? Und wieso?«

»Gute Frage«, erwiderte ich.

Sie schwieg. Ich las weiter. Als ich alle Gedichte einmal gelesen hatte, blätterte ich zurück. An einem war ich hängengeblieben.

Toko fuhr vom Daiichi Keihin auf die Yamate-dori. Kurz vor dem Bahnhof Ozaki sprang die Ampel auf Rot. Toko hielt an.

»Ich steig hier aus«, sagte ich und öffnete die Tür. Wir standen auf der mittleren Spur.

Toko riss die Augen auf. »Was? Wo willst du hin?«

»Ich hab noch was zu erledigen. Ich melde mich.«

Sie schimpfte hinter mir her. Aber außer einem »verdammter Idiot«, das ich meinte, gehört zu haben, war nicht viel zu verstehen. Die Ampel sprang auf Grün, und der Rest ihrer Schimpftirade ging im Hupkonzert der wartenden Autos unter. Mit quietschenden Reifen fuhr der Mercedes an. Im Nu war er verschwunden.

Ich ging in eine Telefonzelle am Bahnhof. Ich schob eine Telefonkarte in den Schlitz und wählte. Es klingelte einmal, dann sagte eine Stimme: »*Weekly Sun*, Redaktion. Was kann ich für Sie tun?« Der Redaktionsschluss für die nächste Ausgabe war vorbei, eigentlich müssten die Mitarbeiter frei haben. Aber gut, sie hatten sicher ihre Gründe, wenn sie heute arbeiteten. Vielleicht war einer davon sogar ich.

»Ich hätte gerne Herr Mori gesprochen.«

»Herr Mori ist nicht im Büro.«

»Gut, dann Herrn Matsuda bitte, wenn er da ist. Mein Name ist Shimamura.«

Die Stimme schwieg verdutzt. »Moment«, sagte sie endlich.

»Shimamura-san?« hörte ich Matsuda fragen. Er klang entspannt. »Oder ist Ihnen Kikuchi lieber? Ich habe Ihren Anruf schon erwartet. Mori meinte, so, wie Sie veranlagt seien, würden Sie hundertpro anrufen. Sehen Sie, manchmal treffen auch unsere Redakteure voll ins Schwarze.«

»Ich rufe an, weil sich die Lage geändert hat.«

»Die Lage hat sich geändert?«

»Ich habe eine Frage, zweitens eine Bitte, und drittens muss ich mich bei Ihnen entschuldigen.«

»Wollen wir uns nicht treffen, wenn Sie so viel auf dem Herzen haben? Die Polizei verständigen wir selbstverständlich nicht. Das kann ich Ihnen garantieren. Soll ich Ihnen verraten, warum? Der Titel unserer nächsten Ausgabe lautet nämlich: *Wie blöd ist unser Staatsschutz eigentlich?* Wir haben die Sache von 71 noch einmal komplett auf den Kopf gestellt. In Kuwanos Wohnung hat man Spuren von Sprengmaterial sicherstellen können, in Ihrer Wohnung nicht. Außerdem haben wir Zeugenaussagen unter anderem zu den Kämpfen, die bei Ihnen damals anstanden. Die Vorwürfe gegen Sie sind absolut haltlos! Noch dazu, wo das Ganze ein Unfall war. Auch mit der Sache in Shinjuku haben Sie nichts zu tun. Wir führen eine ›Kikuchi-ist-unschuldig‹-Kampagne. Anders als im Fall von Kazuyoshi Miura, der in Los Angeles damals seine Frau umgebracht hat. Ich sage Ihnen, diese Kampagne wird ein Meilenstein in der Geschichte der Wochenzeitschriften.«

»Verstehe«, sagte ich. »Aber wie haben Sie denn den Namen Kikuchi mit mir in Verbindung gebracht? ›Shimamura‹ stand nicht in der Zeitung.«

»Das hat Mori von jemandem vom Staatsschutz erfahren. Der Staatsschutz hat Ihre Bar durchsucht und sämtliche Fingerabdrücke gesichert. Darunter auch die von Mori. Mori ist zur Zeit der Studentenunruhen auch einmal festgenommen worden. De facto wird er auf dem Revier gerade ein zweites Mal als Zeuge vernommen. Bis morgen abend wird aber sowohl der Name Shimamura als auch der Ihrer Bar publik sein. Und spätestens übermorgen, wenn unser neues Heft erscheint, dürfte der Staatsschutz in Erklärungsnöte geraten. Also, was sagen Sie nun zu einem Treffen?«

Das Wort »Studentenunruhen« löste bei mir gemischte Gefühle aus.

»Ich weiß, dass sich das per Telefon nicht gehört, aber von einem Treffen würde ich doch lieber Abstand nehmen. Ich bitte um Verständnis.«

*Okay, einen Moment.* Ich hörte Stimmen. Wahrscheinlich ließ sich Matsuda gerade einen Block geben. Dann sagte er: *Ich bin ganz Ohr.*

»Zuerst muss ich mich entschuldigen, bei Ihnen, und nach dem, was Sie mir eben erzählt haben, auch bei Herrn Mori. Richten Sie ihm bitte aus, dass ich um Nachsicht bitte, dass ich im Moment nicht die Zeit habe, mich bei all meinen Gästen persönlich zu entschuldigen. Also: ich habe mir erlaubt, mich als Mitarbeiter der *Weekly Sun* auszugeben. Sie wissen ja, dass Yoko Shibayama einen Sohn namens Mamoru hat. Den habe ich heute besucht. Dabei habe ich mich als Sachio Matsuda von der *Weekly Sun* ausgegeben. Ich hatte zuerst überlegt, den Namen Yuichi Matsuda zu benutzen, aber Sie waren mir ja zuvorgekommen.«

Matsuda lachte. Ich fuhr fort: »Jetzt die Bitte. Yoko Shibayama hat Tanka geschrieben. Könnten Sie eines Ihrer Gedichte, ein einziges genügt, irgendwo in der übernächsten Ausgabe der *Sun* unterbringen? Die Gedichte liegen bei der Polizei. Aber Sie finden bestimmt einen Weg, sie einzusehen.«

»Darf ich fragen, warum?«

Vorsichtig schilderte ich ihm einen kleinen Teil des Gesprächs, das ich mit Mamoru geführt hatte. Yukano Yamazaki erwähnte ich nicht. Matsuda lachte wieder. »Ich verspreche Ihnen, wir werden eins abdrucken. Mori ist Redaktionsleiter, die endgültigen Entscheidungen obliegen ihm. Aber in diesem Fall wird er keine Einwände haben, da bin ich sicher. Mamoru Shibayama wollte ich ohnehin noch einmal aufsuchen. Ich werde dann entsprechend so tun, als gäbe es einen Sachio Matsuda bei uns. Und – wie lautet Ihre Frage?«

»Können Sie mir die Führungsriege der Eguchi-*gumi* beschreiben?«

Es dauerte eine Weile, bis Matsuda anfing zu sprechen. Offenbar hatte er Notizen herausgezogen. Es klang, als würde er ablesen. »Genügt Ihnen das?« fragte er zum Schluss.

»Vollkommen. Ich danke Ihnen.«

»Aber wozu brauchen Sie das? Was haben Sie vor? Wir tappen im Dunkeln ...«

»Tja, um der Wahrheit die Ehre zu geben: ich auch. Aber trotzdem, vielen Dank. Sie haben mir sehr geholfen«, sagte ich und wollte gerade einhängen, als Matsuda sagte: »Shimamura-san. Sprechen Sie zuerst mit *uns*, wenn Sie wieder auf der Bildfläche erscheinen?«

»Das habe ich fest vor. Ich bin Ihnen einiges schuldig. Ich bin nur nicht sicher, ob ich es noch mal lebend auf die Bildfläche schaffe.«

»Ich werde für Sie beten«, lachte Matsuda.

Ich bedankte mich noch einmal und hängte ein. Ein Gedanke schoss mir durch den Kopf. Es gab noch jemanden, den ich aufsuchen musste.

# 17

Obwohl es für meine Verabredung mit Asai in Hamacho zu früh war, machte ich mich auf den Weg in das benachbarte Ningyocho. Ich war fix und fertig. Den ganzen Nachmittag hatte ich an einem Schreibtisch gesessen und jede Menge telefoniert. Diese völlig ungewohnte Tätigkeit hatte mir den Rest gegeben. Meine Batterien waren leer. Ich war noch nicht fertig, aber ich konnte mich zu nichts mehr aufraffen. Nur noch zu einem. Ich hatte lange ausgehalten, aber jetzt musste ich etwas gegen das Zittern meiner Hände tun.

Die U-Bahn, in die ich umstieg, war so voll, dass ich nur mit Mühe meine Zeitung lesen konnte. Morgen, hatte Matsuda gesagt, würde der Name Shimamura publik. Er hatte recht. Noch war davon nirgendwo die Rede. Die meisten Artikel käuten wieder, was morgens die Titelseiten beherrscht hatte: Sprengstoff und Zünder. Die Soko hatte sich aus dem Grund offenbar bemüßigt gefühlt, eine weitere Pressekonferenz einzuberufen, und die Vermutungen im großen und ganzen bestätigt. Festlegen könne man sich allerdings erst, wenn alle Untersuchungen abgeschlossen seien. Ganz ließ die Polizei sich also nicht aus der Reserve locken.

Als ich meinen Blick über die Seite »Vermischtes« schweifen ließ, fiel mir über den Anzeigen eine Kurznachricht ins Auge. *Unfall in Shinjuku – Obdachloser (Yutaka Tatsumura, 28) wird angefahren und stirbt*. Der Artikel war kurz. Natürlich. Wer in aller Welt interessierte sich schon für einen Obdachlosen, der bei einem Autounfall ums Leben kam? Geschildert wurden bloß die nackten Fakten. Tatsu sei gegen zehn Uhr morgens auf der Kuyakusho-dori von einem schwarzen PKW angefahren worden. Der Fahrer habe anschließend Fahrerflucht begangen. Den Namen des Opfers habe man dem abgelaufenen Reisepass entnommen, den er bei sich beigetragen habe. Ansonsten habe er, was für einen Obdachlosen eher selten sei, mehrere zehntausend Yen und eine Dollarnote bei sich gehabt. Damit war der Artikel zu Ende. Ein Foto gab es nicht. Und Informationen, wo man ihn bestatten würde, natürlich auch nicht. Immerhin: mit Hilfe des Reisepasses würde die Polizei herausfinden, wo Tatsu ursprünglich gemeldet war. Und dann würde auch jemand seine Familie benachrichtigen. Obwohl ich eher bezweifelte, dass sich seine Familie um ihn scherte. Aber ich wusste es nicht. Ich wusste so gut wie gar nichts über Tatsu. Ein paar läppische Zeilen. Das war alles. Damit war sein Leben zu Ende. Für mich war es damit auch beendet. *Heh*, sagte der Mann neben mir. Die bebende Zeitung musste ihn gestreift haben. Aber offenbar war meine Miene so steinern, dass er den Blick senkte und nichts weiter sagte.

In Ningyocho angekommen, suchte ich zuallererst

eine Kneipe. Ohne den bestellten Snack auch nur anzurühren, kippte ich einen Whisky nach dem nächsten. Gestern abend hatte Tatsu mich gebeten, ihm alles zu erzählen. Ich hatte abgelehnt. Abgelehnt mit der Begründung, ich sei müde. Ich hatte es vorgezogen nachzudenken. Und was hatte das viele Nachdenken gebracht? Nichts. Wenn ich mit ihm gesprochen hätte, wäre es vielleicht anders gekommen. Ich hatte ihn daran erinnert, dass er von dem Missionar mit den gefärbten Haaren Drogen und Geld genommen hatte. Ich hatte seinen Stolz verletzt. Und jetzt war er tot, gestorben mitsamt seinem verletzten Stolz. Ich hatte kein Recht gehabt, ihn zu verletzen. Ich hätte es nicht tun dürfen. Aber ich hatte es getan – einfach so. Er hatte mich angesehen wie ein geprügelter Hund. Seit heute morgen hatte ich keinen Schluck getrunken. Aber der Whisky schmeckte wie immer nach nichts. Schlimmer noch. Er kam mir sogar wieder hoch. Der Gast neben mir beschwerte sich. Ich haute ihm eine rein. Ein junger Kellner ging dazwischen. Dem haute ich auch eine rein. Ein zweiter Kellner kam dazu. Er schwang eine Flasche. Ich wich aus und verpasste ihm einen Faustschlag ins Gesicht. Er krachte zu Boden. Als eine Hand nach dem Telefon auf dem Tresen griff, war ich schon halb aus der Tür. Zuerst rannte ich, aber geriet sofort außer Atem. Torkelnd ging ich weiter. Ich hatte keine Ahnung, wo ich mich befand. Die eine Straße war mir genauso fremd wie die nächste, in die ich wankte. Wo war ich? Wo wollte ich hin? Ich wusste es nicht. Das galt auch für mein Leben. Irgendwo gellten Sirenen. Polizei.

Ich hockte mich an den Straßenrand und versuchte, mich zu übergeben. Aber es kam nichts. Ich steckte mir den Finger in den Hals – nichts. Noch nicht einmal Magensaft. Als mir die Tränen kamen, fassten mich ein paar starke Arme unter.

»Wieder da?«

Die Stimme gehörte Asai. Ich lag auf einem Sofa.

»Dass du dich so besäufst, hätte ich allerdings nicht gedacht.«

»Wo bin ich?«

»Bei mir. Ich war gerade auf dem Weg nach Hause, als ich von der Prügelei hörte. Ich wollte sehen, was los ist, und wie sich herausstellte, warst du los.«

»Aha.« Ich war immer noch benommen.

»Nimm ne Dusche. Dann fühlst du dich besser.«

»Das mach ich.«

Ich duschte so heiß es ging. Die Hitze brannte auf meiner Haut, aber den Knoten in meiner Brust löste sie nicht. Immerhin: je länger ich dem kochendheißen Wasser standhielt, desto ruhiger wurde ich. Ich trocknete mich ab und zog mich wieder an.

»Schade um den neuen Mantel«, sagte Asai lachend. »Dafür bist du jetzt ein richtiger Verbrecher. Noch wissen die Bullen nicht, dass du es warst, aber jetzt haben sie wenigstens einen Grund, dich zu verfolgen, Körperverletzung nämlich.«

»Das stimmt. Das war dumm von mir.«

»Warum hast du dich so volllaufen lassen?«

»Ein Freund von mir ist ermordet worden.«

»Wer?«

Ich erzählte, was Tatsu mir am Abend zuvor erzählt hatte und das, was in der Zeitung über seinen Tod gestanden hatte. Asai hörte mit gerunzelter Stirn zu. *Willst du was trinken?* fragte er. Ich nickte. *Langsam!* warnte er mich. Gehorsam nippte ich. Nach und nach wurde ich wieder Mensch.

»Aber woher willst du wissen, dass er umgebracht wurde?« fragte Asai.

»Das Timing ist einfach zu gut. Das ist alles. Beweise habe ich keine, aber ich bin sicher, dass er ermordet wurde. Der Wagen, mit dem er angefahren wurde, war bestimmt gestohlen.«

*Hm*, murmelte Asai. »Du hast gesagt, er sei von jemandem, vermutlich Mochizuki, bedroht worden. Und die Polizei habe im Spielsalon, wo sich dieser Nishio herumgetrieben hat, auf jemanden gewartet. Dieser Jemand muss etwas mit der Sache im Park zu tun haben. Selbst wenn es nur um Drogen geht – was uns im Moment weniger interessiert. Also: Wenn Nishio redet und den Namen Mochizuki preisgibt, hast du dir gedacht, gibt's wahrscheinlich eine Hausdurchsuchung. Deswegen sollte ich wenigstens den Revolver beseitigen, stimmt's?«

»Ja. Aber Nishio hat offenbar den Mund gehalten. Sonst hätte die Polizei schon längst dein Büro und deine Wohnung durchsucht. Mochizuki hat Tatsu nicht umsonst gedroht. Er weiß ganz genau, wie die Polizei arbeitet.«

»Gut, aber reden wir wirklich von Mochizuki? Diese Frage bleibt. Männer mit einer Narbe im Gesicht und einer Vorliebe für blaue Anzüge gibt es wie Sand am Meer. Und welchen Grund sollte Mochizuki haben, Tatsu umzubringen?«

»Ich sage nicht, dass Mochizuki ihn umgebracht hat. Weißt du immer noch nicht, wo er steckt?«

Asai schüttelte den Kopf. »Ich krieg ihn nicht die Finger. Zum ersten Mal.«

Ich warf einen Blick auf die Uhr an der Wand. Es war nach neun.

»Du hast heute morgen gesagt, du hättest was zu erledigen«, sagte Asai. »Und? Gibt's was Neues?«

Ich erzählte ihm nur, dass Yuko Tanka geschrieben hätte, dass diese aus der Wohnung der Tochter gestohlen worden seien, und dass ich sowohl der Familie Shibayama als auch der Familie Yamazaki einen Besuch abgestattet hatte. Toko ließ ich aus dem Spiel. Die Informationen hätte mir ein Bekannter von der Presse gegeben, ein Mitarbeiter der *Weekly Sun*. »Warum Yuko an dem Tag im Park war, weiß ich jetzt also. Mehr aber auch nicht.«

*Hm*, brummte Asai erneut. Ich sah ihn weiter an. »Und du?« fragte ich. »Du hast gestern doch irgendwen beschattet. Deshalb war dein Handy ausgeschaltet.«

»Ich war in Kamishakujii.«

»Und wer wohnt da?«

»Die rechte Hand vom *kumicho*. Der Mann, für den ich gearbeitet habe. Ich habe die ganze Nacht vor seinem Haus gesessen und gewartet. Morgens um vier ist er aufgetaucht. Mit ner Frau im Arm, aber das spielt ja keine Rolle. Ich bin an die Tür und habe geklingelt. Habe gesagt, es sei dringend. Er bat mich herein, und dann haben wir uns unterhalten. In aller Freundschaft.«

»Aha. Die *kumi* spioniert dir hinterher, und ihr unterhaltet euch ganz freundschaftlich?«

Die Lachfältchen um seine Augen wurden sichtbar. »Noch hat sich niemand dazu bekannt, mir nachspioniert zu haben. Vermutlich hat auch niemand eine Ahnung, dass ich Lunte gerochen habe. Mein alter Chef hat auf jeden Fall keine Miene verzogen, als ich ihm sagte, warum ich da bin. Alles andere als ein Pokerface hätte mich allerdings auch gewundert. Mittlerweile bin ich immerhin so groß, dass man sich genau überlegen muss, wie man mit mir umspringt.«

»Und was hast du ihm gesagt?«

»Ich habe ihm gesagt, dass Shimamura einer meiner Bekannten ist. Dass ich gehört hätte, dass man ihm eine Warnung verpasst habe, und gefragt, von wem der Auftrag kam, natürlich. Wahrscheinlich ist er schon dabei, den zu suchen, der mir das gesteckt hat. Bei dem werde ich demnächst Abbitte leisten müssen.«

»Und? Kam der Auftrag von Hartec?«

»Ja und nein. Er kam von einem Angestellten, dem Büroleiter, einem gewissen Nagahama. Der Auftrag sei aber nicht im Namen der Firma ergangen, sondern auf persönlichen Wunsch. Das hat mein alter Chef wenigstens behauptet. Aber pass auf, es kommt noch besser. Nagahama, hieß es, habe Ende des Monats gekündigt. Und er arbeitet tatsächlich nicht mehr dort. Als ich heute morgen bei Hartec anrief und den Büroleiter verlangte, erhielt ich die Auskunft, Nagahama habe die Firma verlassen. Wo er hin ist, weiß ich nicht.«

»Wie kommt es, dass dieser Nagahama eine Verbindung zur Eguchi-*gumi* hat?«

»Nagahama war früher im Backoffice. Die Abteilung kümmert sich unter anderem auch um die Aktionärsgangster, die Sokaiya.«

»Hast du das Thema Drogen angesprochen?«

»Wohl kaum. Ich bin nicht in der Position, mich in die Innenpolitik der *kumi* einzumischen.«

Ich stand auf und ging zum Fenster. Von dort konnte man direkt auf den Sumidagawa hinabsehen. Ich betrachtete das dunkle Wasser. Dass Asais Wohnung riesig war, konnte man nicht behaupten, aber sie hatte zweifellos eine ordentliche Stange Geld gekostet. Ich ging zurück zum Sofa.

»Hast du den Revolver jetzt eigentlich mitgebracht?«

»Ja. Das hätte ich übrigens auch ohne deine Warnung getan. Ein Auto habe ich zur Zeit nicht, und im Büro kann ich ihn auch nicht deponieren.«

»Zeigst du ihn mir?«

Asai runzelte die Stirn: »Wozu?«

»Ich hatte noch nie einen in der Hand. Einmalige Gelegenheit, sich mal einen aus der Nähe anzusehen.«

Asai zog eine Schublade auf, nahm den Revolver heraus und legte ihn auf den Schreibtisch. Ich griff danach und sah ihn mir an. Ein simples, metallenes Tötungsinstrument. Das einzige, was mich wunderte, war das Gewicht. Die Waffe war schwerer als gedacht.

»Vorsicht. Da sind fünf Kugeln drin.«

»King Cobra hattest du gesagt, oder? Wo ist der Hebel zum Entsichern?«

»Hat die nicht«, lachte Asai. »Das ist ne Double Action. Du spannst den Hahn, die Trommel dreht sich. Wenn du durchziehst, knallt's. Wenn du nur bis zum Druckpunkt gehst, bleibt der Hahn gespannt. Ganz simpel.«

»So?« Ich spannte den Hahn. Es klickte. Die Trommel drehte sich.

»Lass das. Das ist kein Spielzeug für Amateure.«

Ich richtete den Revolver auf seinen Kopf. »Weil Amateure dumme Scherze damit treiben könnten?«

Asai sah mich an. Den Revolver ignorierte er. »Das ist kein dummer Scherz, das ist ein schlechter Scherz.«

»Das ist kein Scherz«, schüttelte ich den Kopf. »Du lügst einfach zu schlecht. Was von mir übrigens auch schon behauptet wurde. Wen deckst du?«

Asais Gesicht wurde ausdruckslos. Es zeigte weder Härte noch Angst. Was für eine bemerkenswerte Beherrschung. Er fixierte mich.

»Erstaunlich, wie bereitwillig dein Ex-Chef Auskunft gegeben hat.«

»Nun«, erwiderte Asai ruhig. »Das ist wohl ein Zeichen dafür, wie sehr ich in der Branche respektiert werde. Und? Was willst du damit sagen?«

»Die rechte Hand vom Boss heißt Yagi. Kann schon sein, das die Sache mit dem Büroleiter stimmt. Aber du warst in Kamishakujii, hast du gesagt. Ich nehme an, da warst du danach. Denn Yagi wohnt in Koiwa. In Kamishakujii wohnt der *kumicho.*«

Asai verzog keine Miene. »Na und?«

»Der neue *kumicho* ist Hideo Chidori. Soll gerade einmal vierundzwanzig gewesen sein, als er die Nachfolge seines Vaters antrat. Jetzt ist er dreißig.«

Zum ersten Mal zuckte es unmerklich in Asais Gesicht. Ich fuhr fort: »Ich war heute nachmittag in Nagatacho.«

»In Nagatacho? Hast du im Parlament vorgesprochen?«

»Nein, ich war in der Parlaments*bibliothek*. Wenn das Gedächtnis nachlässt, muss man sich anders behelfen. Und das habe ich getan. Die Zeitungen von 71 sind nicht digitalisiert, da hilft dir eine Computerrecherche nicht weiter. Also habe ich Mikrofiches gelesen. Den Namen Hideo Chidori habe ich in der Ausgabe vom April gefunden. Er war der kleine achtjährige Zeuge. Der Junge, über den Kuwano sich damals geworfen hat, als mein Auto explodierte.«

Asai seufzte einmal lang und tief.

»Nicht dass ich dich unterschätzt hätte, aber offenbar bin auch ich alt geworden«, sagte er und grinste. »Darf ich dir einen Rat geben?«

»Bitte.«

»Du hältst die Waffe nicht gerade. So ein Fehler kann dich das Leben kosten.«

Ich betrachtete den Revolver in meiner Hand. Er hatte recht. Die Mündung zeigte zu Boden. »Ach, mir nützt so ein Ding sowieso nichts«, sagte ich und legte die Waffe sanft wieder auf den Tisch. *Wenn man den Hahn gespannt hat, dreht sich die Trommel nicht mehr, Mann,* murmelte Asai, nahm den Revolver und entspannte ihn mit spitzen Fingern. Dann legte er ihn achtlos auf den Tisch. Er sah mich an, als hätte er jeden Funken Interesse an der Waffe verloren.

»Du hast heute morgen damit geschossen«, stellte ich fest. »Das riecht man. Außerdem fehlt eine Kugel. In die Trommel passen sechs. Willst du mir nicht endlich die Wahrheit erzählen? Bitte. Ich müsste mich sonst mit dir prügeln. Nicht, dass ein alter Alkoholiker eine Chance gegen dich hätte, aber ich müsste es tun.«

»Ich hätte nichts dagegen, mich mal mit dir zu prügeln. Aber nicht jetzt. Wir sind beide nicht mehr die Jüngsten, und Foreman heißt auch keiner von uns«, sagte Asai. Dann schwieg er und sah mich an. Lange. In seinem Blick lag ein merkwürdiger Ausdruck. *Letztlich ist nie ein richtiger Yakuza aus mir geworden,* sagte er schließlich. Seine Stimme war tonlos. »Der Alte hat sich um mich gekümmert, obwohl ich vorher Bulle war. Dem bin ich verpflichtet. Als der Junior die Geschäfte übernahm, wurde es für mich schwieriger. Nicht zuletzt wegen des Altersunterschieds. Als er klein war, hab ich ihn immer Frechdachs genannt. Weil er so übermütig war. Aber man wächst an der Aufgabe. Junior ist vernünftiger geworden, und er kennt seine Verpflichtungen. Vielleicht ist er auch gar nicht so verkehrt, aber wir sind nie richtig warm miteinander geworden. Vielleicht konnte ich mich deshalb rauskaufen. Normalerweise trinkst du Brüderschaft und bleibst in der *kumi*. Ein Fall wie meiner ist die absolute Ausnahme. Dafür bin ich Junior verpflichtet. Und trotzdem habe ich ihm heute morgen diese Waffe unter die Nase gehalten. Seinen Leibwächter habe ich zum Schweigen gebracht. Lebensgefährlich verletzt habe ich ihn nicht, die Kugel ging sauber durch seinen Arm, das ändert aber nichts daran, dass ich einem Mann, dem ich verpflichtet bin, eine Waffe unter die Nase gehalten habe. Dem Aushängeschild eines alteingesessenen Geschäfts, das seit jeher die Rechnungen des Seishu-Verbandes begleicht. Weißt du, was das bedeutet? Es bedeutet, dass ich erledigt bin. Und wahrscheinlich nicht nur in der Branche, sondern überhaupt. Mit Glück habe ich sechs Monate.«

Sein Gesicht spiegelte Gleichgültigkeit. »Und um auf das zurückzukommen, was du mich vorhin gefragt hast: Ja, ich habe das Thema Drogen angesprochen. Und was hat er gesagt? *Drück ab*. Mehr nicht. Ich bin lange genug im Geschäft, um zu wissen, dass jede weitere Frage zwecklos gewesen wäre. Also bin ich gegangen.«

»Aber warum bist du dieses Risiko eingegangen? Und warum wolltest du es mir verschweigen?«

»Tja ...« Er wiegte den Kopf. »Ich weiß es selbst nicht so genau. Wahrscheinlich aus zwei Gründen ...«

»Den einen kann ich mir vorstellen.«

Asai grinste. »Klär mich auf.«

»Mochizuki steckt in der Sache drin, und du deckst ihn.«

»Na na«, brummte Asai. »Ich bin zwar Yakuza, aber Brüderschaft haben wir nicht getrunken. Ich bin Geschäftsmann, Mochizuki arbeitet für mich. Welchen Grund sollte ich haben, einen Angestellten zu decken?«

»Du hast einen«, sagte ich. »Und zwar einen sehr guten. Deine Frau, hast du erzählt, ist gestorben. Was du nicht erzählt hast, ist, dass sie Sayoko hieß.«

Asai seufzte. Es klang resigniert. »Red weiter.«

»Auch Sayoko hat mit der Sache von 71 zu tun. Sie war nämlich mit dem Beamten verheiratet, der bei der Explosion ums Leben kam. Anschließend hat sie dich geheiratet. Mochizuki ist also dein Schwager.«

*Trinkst du noch einen*? fragte Asai statt einer Antwort. *Gerne*, erwiderte ich. Er füllte mein Glas. »Wie hast du das rausgekriegt?« fragte er still.

»Es wird nicht umsonst allerorten von Informationsgesellschaft gesprochen. Dass man auf verschiedene Art und Weise an alte Zeitungsartikel kommt, ist wirklich praktisch. Zuerst habe ich einen Bekannten, der für ein Wochenmagazin schreibt, gefragt, wie die Führungsriege der Eguchi-*gumi* aussieht. Ich bin zwar nur Amateur, aber um die wollte ich mich beizeiten selber kümmern. Ich kann dich ja nicht dauernd in Schwierigkeiten bringen. Aber gut, das hat sich jetzt wohl erledigt ... Auf jeden Fall tauchte in diesem Zusammenhang der Name des neuen *kumicho* auf: Hideo Chidori. Und der kam mir irgendwie bekannt vor. Deshalb habe ich einen Ausflug in die Parlamentsbibliothek unternommen. Die Sache von 71 ist in den Medien damals so breitgetreten worden, dass ich sofort fündig wurde. Bei der Gelegenheit habe ich gleich alle Zeitungen durchgesehen. Bis zu dem Tag, als der Polizeibeamte beerdigt wurde. Akira Yoshizaki hieß er, an den erinnere ich mich genau. Der Mann, der sterben musste, weil ich mein Auto nicht repariert habe. Da Yoshizaki kaum Familie hatte, haben die Medien sich auf seine Frau und deren Umfeld konzentriert. Eine Zeitung hat sogar ihren kleinen Bruder interviewt, der war damals erst acht. »Das wird er bereuen«, soll er gesagt haben. Und wie hieß der Junge? Miki Mochizuki. Tatsu ist also tatsächlich von Mochizuki bedroht worden. Er hat nur Vor- und Nachnamen verwechselt. Eine andere Zeitung hat Sayokos Vater interviewt, Sentaro Mochizuki, Geschäftsführer einer Sakebrauerei in Hiroshima. Den habe ich heute morgen angerufen. Die Nummer hatte ich vorher bei der Auskunft erfragt. Mochizuki senior ist so fit, dass er immer noch die Brauerei leitet, und er war sehr freundlich. Ich habe gesagt, dass ich ein alter Freund von Yoshizaki sei, was mir nicht leichtgefallen ist, und dafür, dass es nur ein Anruf von einem wildfremden Menschen war, hat Herr Mochizuki wirklich sehr bereitwillig Auskunft gegeben. Seine Tochter, erzählte er mir, habe einige Jahre nach dem Vorfall wieder geheiratet. Einen von Yoshizakis ehemaligen Schulkameraden, mit dem er auch geboxt habe. Einen Polizisten namens Shiro Asai. Der sei damals Polizist geworden, um Yoshizakis Tod zu rächen.«

Asai sah mich unverwandt an. Sein Gesicht zeigte keine Regung. »Und das macht mich jetzt zu einer Gefahr für dich?« machte er endlich den Mund auf.

»Nein. Wenn du dich an mir hättest rächen wollen, hättest du das schon längst getan. Gelegenheiten gab es genug, mehr als genug. Warum, weiß ich nicht, aber eine Gefahr für mich bist du nicht. Ganz im Gegenteil, heute hast du dich für mich in Gefahr begeben.«

»Könnte man so sagen.« Er lächelte süßsauer.

»Warum bist du zu mir in die Bar gekommen? Was wolltest du?« fragte ich.

»Zu Anfang nicht mehr als das, was ich dir gesagt habe. Ich wusste nicht, wer du bist.«

»Das glaube ich dir. Du hättest mir wohl sonst kaum deinen Namen gesagt.«

»Als du das erste Mal angerufen hast, wusste ich es auch noch nicht. Weißt du noch? Du hast mich angerufen und mir geraten, eine Weile dichtzumachen. Gedämmert hat's mir erst, und das habe ich dir im Hotel in Yokohama erzählt, als im Fernsehen die Sache von 71 aufgerollt wurde. Ich habe dir vielleicht nicht alles erzählt, aber belogen habe ich dich nicht, zu keiner Zeit. Das Thema *kumi* und Drogen hatte ich außen vor lassen wollen. Warum ich's dir letztlich doch erzählt habe, weiß ich, ob du's glaubst oder nicht, selber nicht.«

»Ich glaube dir«, wiederholte ich. »Aber du hattest mich zur Rechenschaft ziehen wollen. Warum hast du's nicht getan?«

Asai wiegte den Kopf. *Menschen ändern sich,* sagte er. Er sprach wie zu sich selbst. »Zum alten *kumicho* hatte ich schon als Bulle ein gutes Verhältnis. Der Alte hatte gemischte Gefühle. Einerseits war er froh, sogar dankbar.

Kuwano hatte seinem Sohn das Leben gerettet. Andererseits hatte er Mitleid mit Sayoko, mit der *ich* nun zusammen war, nachdem ihr Mann durch die Bombe, die sein Sohn überlebt hatte, ums Leben gekommen war. Er hatte uns praktisch in die Familie aufgenommen. Deshalb bot er mir auch an, in die *kumi* zu kommen, als ich meinen Dienst bei der Polizei quittierte. Aus diesem Grund wollte ich wissen, was damals wirklich passiert ist. Mich interessierte, was für ein Mensch du bist. Ich wollte wissen, was aus diesem Wahnsinnsboxtalent geworden ist. Nicht mehr und nicht weniger. Also habe ich die alten Akten herausgekramt und mir den Fall noch einmal angesehen. Die Unterschiede zur öffentlichen Darstellung waren bemerkenswert. Als du mir gesagt hast, dass du kein Mörder bist und dass die Sache von 71 ein Unfall war, beschloss ich, genau wie ich es dir am Telefon gesagt hatte, deine Frage zu beantworten. Natürlich gab es noch eine Menge Dinge, die ich nicht wusste. Aber du hast mir alles erzählt. Jetzt ist die Sache klar. Und Kuwano ist tot.«

Ich sah ihn an. Lange. Er sei ein »kleiner Yakuza«, hatte er gesagt, *mehr nicht*. Ja, Menschen ändern sich. Aber dieser Mann, hatte ich den Eindruck, hatte sich überhaupt nicht verändert. Im Herzen war er immer noch Polizist.

»Gut«, sagte ich. »Aber wozu dann der Auftritt beim neuen *kumicho*? Soll ich's dir sagen? Weil Mochizuki sich geändert hat. Stimmt's? Er ist in die Drogengeschäfte verwickelt, die die *kumi* betreibt. Er steht jetzt auf der Seite der Drogendealer. Und da willst du ihn rausholen, deinen

Schwager. Du warst nicht nur wegen mir beim *kumicho*, sondern auch wegen ihm.«

»…«

»Schon gut, ich erwarte keine Antwort. Sag mir nur eins: wozu das ganze Theater? Der eine der beiden Typen auf dem Motorrad war doch mit Sicherheit Mochizuki.«

Asai schüttelte den Kopf. »Nein. Was die Sache mit dir angeht, habe ich mich mit Miki nicht abgesprochen. Dass er Verbindungen zur Polizei hat, wusste ich auch nicht. Bis du mich darauf hingewiesen hast, dass niemand sonst von deiner Vorliebe, bei schönem Wetter im Park zu trinken, gewusst haben konnte. Ich kann gar nicht glauben, dass ich da nicht von selbst draufgekommen bin.«

»Willst du damit sagen, dass du mit diesem gespielten Angriff auf der Autobahn nichts zu tun hattest?«

»Ob gespielt oder nicht, ich hatte damit nichts zu tun. Aber der *kumicho*. Den habe ich nämlich danach gefragt, und er hat weder ja noch nein gesagt. Was bedeutet, dass es seine Jungs waren.«

»Interessant. Aber Mochizuki hat den Gedanken, sich zu rächen, wahrscheinlich noch nicht aufgegeben.«

»Das kann sein. Als er noch klein war, hat er immer zu mir gesagt, *wir beide nehmen Rache*. Wenn es also so weit kommen sollte, erwarte bitte nicht, dass ich mich einmische. Das werde ich nämlich nicht tun. Weder auf der einen noch auf der anderen Seite.«

»Das verstehe ich«, sagte ich. Natürlich stand es mir

nicht an, irgendetwas von Asai zu erwarten. Er war Yakuza. Er lebte nach ihren Regeln.

»Um das noch mal klarzustellen: wegen der Sache von damals habe ich mit Miki weder gesprochen noch irgendeinen Plan ausgeheckt. Dass ich ihn nochmal zu deiner Bar geschickt habe, war rein geschäftlich. Auch als Kuwanos und dein Name auftauchten, hat keiner von uns beiden das Thema Rache angeschnitten. Was passiert ist, ist lange her. Miki ist erwachsen. Er trifft seine Entscheidungen alleine, reinreden kann man ihm nicht. Wenn er wirklich noch festen Willens ist, sich zu rächen, wer weiß, dann verachtet er mich vielleicht sogar.«

»Mir war klar, dass du so denkst.«

»Wieso?«

»Weil du kein Wort über seinen Posten verloren hast.«

»Posten? Welcher Posten? Wovon redest du?«

»Dein Schwiegervater war so freundlich, es mir zu erzählen. Ich musste nicht einmal fragen. Früher sei Miki bei der Armee gewesen, aber jetzt, erzählte er ganz stolz, arbeite Miki für einen Großkonzern. Für Hartec. Er habe es sogar bis zum Leiter der Planungsabteilung gebracht.«

Fassungslosigkeit überzog Asais Gesicht. »Was? Miki soll Abteilungsleiter bei Hartec sein?« Sein Erstaunen war echt. So einen Ausdruck konnte man nicht spielen. Offenbar war es eine Weile her, dass er mit seinem Schwiegervater gesprochen hatte.

»Das wusstest du nicht?«

»Das ist nicht möglich. Ich weiß nicht, was der Leiter

einer Planungsabteilung so alles zu tun hat, aber die letzten drei Jahre war Miki tagsüber ziemlich häufig mit mir unterwegs. Seitdem ich mein Geschäft in eine AG umgewandelt habe, folgen wir dem Prinzip der 35-Stunden-Woche. Dass er vollzeit noch irgendwo anders arbeitet, ist ausgeschlossen.«

Ich dachte nach. »Gut, dann hat er deinem Schwiegervater gegenüber wohl nur angeben wollen.«

»Kann anders nicht sein.«

»Lassen wir das. Kommen wir zu Grund Nr. 2.«

»Was meinst du?«

»Du hast dem *kumicho* deine Waffe unter die Nase gehalten. Du bist ein Risiko eingegangen. Ein Risiko, von dem du mir nichts erzählen wolltest, aus zwei Gründen, hast du gesagt. Den zweiten kenne ich noch nicht.«

Die Falten um seine Nase wurden eine Spur tiefer. Er seufzte. Lang und tief. Ich wartete. Es dauerte eine Weile, bis er den Mund wieder aufmachte.

»Ich habe dir vorhin gesagt, dass ich erledigt bin. Einem *kumicho* hältst du nicht ungestraft einen Revolver unter die Nase. Wenn ich dir alles erzählte, erginge es dir genauso. Du würdest mir folgen. Weißt du, ich habe viele Leute gesehen. In diesem Geschäft. Die meisten waren Abschaum. Doch plötzlich begegnet mir, nach langer Zeit mal wieder, jemand mit Rückgrat. So jemanden findest du heute nur selten. Weshalb ich nicht wollen würde, dass ausgerechnet der mir folgt.«

Ich ließ seine Worte sacken. Sollte das etwa heißen ... dass er *mich* deckte, *mich*?

»Ich hätte nicht gedacht, dass es jemanden gibt, der sich um einen alten Alkoholiker schert.«

»Es gibt sogar zwei, würde ich sagen.« Asai grinste vielsagend. »Legen wir doch die Karten auf den Tisch. Das hier ist ja keine Pokerrunde. Es gibt doch noch jemanden, der um dich weinen würde. Eine junge Frau. Wie hieß sie doch gleich? Ach ja, Toko Matsushita.«

Ich starrte ihn an. Es dauerte eine Weile, bis ich meine Stimme wiederfand. »Woher weißt du von Toko?«

»Mein lieber Mann. Du bist wirklich ein Fossil. Dass man ein schnurloses Telefon ohne weiteres abhören kann, das weißt du, aber die grundlegenden Funktionen eines Telefons kennst du nicht? Hast du noch nie was von ›Wahlwiederholung‹ gehört? Du hast mich doch heute morgen angerufen, nicht wahr? Kurz darauf hat's noch mal geklingelt. Als ich abhob, sagte eine Frauenstimme: *Ich gehe mal davon aus, dass ich nicht mit der Wettervorhersage spreche.* Ganz schön energisch, die Kleine. Und weil sie ihren Namen nannte, habe ich meinen auch genannt. *Ach*, sagte sie, *der komische Yakuza*. Ich frage: Wo ist *er*? Darauf sie: Ich habe ihn gerade unter die Dusche geschickt. Dann haben wir ein bisschen geplaudert.«

Diesmal seufzte ich. Ich hätte besser aufpassen müssen. Dass Toko meine Unaufmerksamkeit ausnutzte, konnte ich ihr nicht verübeln.

»Also«, sagte ich endlich. »Wir müssen nach wie vor davon ausgehen, dass es eine Drogen-Verbindung zwischen einem Teil von Hartec und der Eguchi-*gumi* gibt. Einen anderen Schluss lässt die Reaktion des *kumicho* nicht zu. Das wolltest du mir verschweigen, um mein Leben nicht in Gefahr zu bringen, hast du gesagt. Erst recht vielleicht, weil sie ein Drogenkartell aufbauen beziehungsweise aufgebaut haben?«

Er zögerte, bevor er sich durchrang zu sagen: »Scheint so.«

»Offenbar spielt dein Schwager, Miki Mochizuki, eine Rolle. Seine möglichen Rachegelüste lassen wir mal außen vor.«

»Offenbar.«

»Und du willst ihn da rausholen.«

»Ja. Er ist der einzige Bruder meiner Frau. Ich hab dir doch gesagt, dass er mir ein Leben schuldet. Das war nicht gelogen. Meine Frau ist an Crystal Meth gestorben. Ihr Bruder hat sie mit dem Zeug versorgt. Seine eigene Schwester! Als ich das erfuhr, hätte ich ihn fast umgebracht. Die Narbe auf seiner Wange stammt von mir. Unter Tränen hat er mir damals versprochen, die Finger von Drogen zu lassen. Zur Strafe war ich danach besonders streng zu ihm. Deshalb dulde ich auch keine Lügen. Wie es aussieht, sind wir aber wieder bei null angelangt. Ich würde ihm trotzdem gerne noch mal eine Chance geben.«

Wir schwiegen. Dann sagte ich: »Aus dir ist wirklich nie ein richtiger Yakuza geworden. Du riechst immer noch nach Bulle.«

Er schien zu lächeln. »Ach, das hätte ich beinahe vergessen.«

»Was?«

»Mein Kontakt bei den Bullen hat mir heute was Interessantes erzählt. Ich hab dir doch gesagt, dass ich noch Verbindungen habe.«

»Nämlich?«

»Da er an einem anderen Fall arbeitet und nicht in der Soko ist, wusste er es nicht ganz genau, aber er hat mir zwei merkwürdige Dinge erzählt. Erstens, dass Sonntag mittag gegen ein Uhr ein anonymer Anruf eingegangen sei und der Anrufer behauptet habe, den Barkeeper vom *Gohei*, einen gewissen Shimamura, Samstag morgen mit einer grauen Reisetasche in Shinjuku herumlaufen gesehen zu haben. Was erklärt, warum die Bullen so schnell bei dir auf der Matte standen und die Bar durchsucht haben. Und um es gleich vorwegzunehmen: Miki war das nicht. Der war zu der Zeit nämlich mit mir zusammen. Zweitens: kurz bevor mein Bekannter sich mit mir traf, sei es in der Soko ziemlich hektisch zugegangen. Die Pressekonferenz würde vorgezogen, wurde gemunkelt. Was man bekanntgeben würde, wusste er allerdings nicht. Darüber herrscht offenbar selbst innerhalb des Reviers Stillschweigen. Die Leiter der Soko seien ziemlich nervös, meinte er.«

»Aha. Sonst nichts?«

»Nein.«

Wir dachten nach.

»Ich habe eine Bitte«, brach ich das Schweigen.

»Was?«

»Kannst du mir einen Anzug leihen? Einen unauffälligen. Und eine Krawatte?«

»Wenn's weiter nichts ist. Was hast du vor?«

»Wenn ich wieder vor die Tür will, muss ich mich verkleiden. Ich bin jetzt ein Verbrecher.«

Asai lachte. *Das stimmt, warte,* sagte er und verschwand nach nebenan. Ich nahm den Revolver vom Tisch und verstaute ihn in meiner Manteltasche. Dabei streifte meine Hand den Zettel mit dem Vierteljahresbericht, den Asai mir gegeben hatte. Ich zog ihn heraus und betrachtete ihn.

Asai kam mit einem Anzug zurück. Während ich mich umzog, sagte ich zu ihm: »Hartec ist eine verhältnismäßig junge Firma.«

Fragend sah er mich an. »Das heißt?«

Ich hielt ihm die Kopie hin. »Hier, laut diesem Bericht wurde sie 1956 gegründet. Ich kann mir nicht vorstellen, dass sie zu der Zeit schon diesen schicken Namen hatte. Entweder haben sie ihre Corporate Identity oder ihren Namen geändert. Hast du eine Ahnung, wie die früher hießen?«

»Ja, aber das ist auch schon alles, was ich rauskriegen konnte. Der Konzern hieß *Hotta Industries*. Nach seinem Gründer Haruo Hotta. Das ›Har‹ geht wohl auf *Haruo* zurück, und das ›tec‹ kommt von *technology*. Warum?«

Ich hielt einen Moment inne, dann griff ich zu dem weißen Hemd, das er mir hingelegt hatte. »Verstehe«, sagte ich.

Es war halb zwölf. Als ich zum Aufbruch rüstete, sah ich Asais Blick über den Schreibtisch schweifen. Er sagte nichts. »Wo willst du hin?« fragte er nur.

»Ich schaue mal bei meiner Freundin vorbei.«

»Glaubst du, sie lässt dich bei sich übernachten?«

»Ich habe nicht vor, bei ihr zu übernachten. Sie lässt mich vielleicht nicht mal mehr rein.«

»Wenn nicht, komm wieder.«

Ich nickte. Als ich die Tür zumachen wollte, sagte er leise: »Ich weiß nicht, was du damit vorhast. Da Miki auch bewaffnet ist, drücke ich beide Augen zu. Aber vergiss nicht: Ich ergreife keine Partei, weder für ihn noch für dich.«

»Ich weiß«, erwiderte ich.

»Dich aus den heiklen Dingen rauszuhalten, hat ja nicht funktioniert. Du gibst ja nicht eher Ruhe, bist du alles weißt. Deshalb sage ich dir nur eins: Knall keinen ab. Und: lass dich nicht abknallen.«

»Ich versuch's«, sagte ich und machte die Tür zu. *Wär schön, wenn's gelänge.*

# 18

»Was willst du?« fragte Toko schroff. Sie hatte die Tür einen Spalt breit geöffnet. Wie erwartet, war ihre Laune alles andere als gut.

»Mit dir reden. Über dich herfallen jedenfalls nicht.«

»Aha«, sagte sie spitz. Offenbar war sie nicht zu Scherzen aufgelegt. »Du hast Nerven! Mich sitzen zu lassen und dann einfach so hier aufzukreuzen.«

»Das stimmt. Die Nerven stumpfen wohl mit zunehmendem Alter ab.«

»Die stumpfen ab? Ich würde sagen, deine sind taub! Du kommst hier nur unter zwei Bedingungen rein.«

»Die wären?«

»Diese Wohnung ist und bleibt alkoholfrei.«

»In der Küche lag doch heute morgen noch eine Flasche Whisky.«

»Die hab ich zertrümmert. Soviel Zerstörung gestehst du einem wütenden Mädchen doch zu, oder?«

»Absolut«, erwiderte ich. »Den Alkohol verkneife ich mir. Und die zweite Bedingung?«

»Es gibt Leute, die dir aus freien Stücken helfen. Was bedeutet dir das? Sag es mir.«

»Bisher haben mir nicht viele Leute geholfen. Das ist also eine recht neue Erfahrung für mich. Was die anderen Leute angeht, weiß ich nicht, dir bin ich jedenfalls dankbar. Du bist obendrein schön und attraktiv. Einer so reizenden jungen Frau bin ich noch nie begegnet. Ich wusste nicht, wie ich mich dir gegenüber verhalten soll.«

Die Tür ging auf. Ich fühlte mich wie Ali Baba.

Ich faltete meinen Mantel mit dem Revolver darin sorgfältig zusammen und legte ihn unauffällig in einer Ecke des Wohnzimmers ab. Toko musterte mich, die Hände in die Hüften gestemmt.

»Was ist das denn für ein Anzug?« fragte sie schließlich. »Der sieht ja grauenhaft aus.«

»Ich kann's nicht ändern. Ist ne Leihgabe. Einen Anzug habe ich außerdem noch nie getragen.«

»Gut, dann will ich jetzt wissen, was passiert ist. Und zwar die ganze Geschichte. Von vorne bis hinten. Ohne Auslassung«, forderte sie mich auf und holte Kaffee. Obwohl mein Körper nach nichts anderem als Alkohol verlangte, trank ich gehorsam. Noch mehr Öl ins Feuer gießen wollte ich nicht. Dann begann ich zu erzählen. Von den Kartonbehausungen und Tatsu. Von Asai. Aus reiner Gewohnheit erzählte ich natürlich nicht alles. Die Waffe und ein paar andere Details verschwieg ich. Toko hörte kopfschüttelnd zu. Als ich sagte, dass sie mit Asai ja wohl schon gesprochen habe, nickte sie nur kurz und sagte: *Was kann ich dafür, wenn du so doof bist.* Ich widersprach nicht. Vom anonymen Anruf bei der Soko erzählte ich auch. »Das war wirklich knapp. Wenn du nicht gekommen wärst, hätten sie mich wahrscheinlich festgenommen.«

Endlich wurde ihr Gesichtsausdruck eine Spur weicher. »Wer die wohl angerufen hat?«

»Ich weiß es nicht. Mochizuki war's nicht, hat Asai behauptet. Wer es sonst gewesen sein könnte? Keine Ahnung.«

»Aber Mochizuki will sich doch an dir rächen. Er hat bestimmt etwas mit dem Anschlag zu tun.«

»Vielleicht. Aber das beantwortet nicht alle Fragen. Warum sollte er so viele Leute umbringen? Was ist sein Motiv? Wie ist er an Militärsprengstoff gekommen? Wir stochern im Nebel.«

»Das war alles? Und um mir das zu erzählen, bist du gekommen?«

»Ja«, log ich. »Ich wollte dir sagen, was ich herausgefunden habe. Aber ich habe auch eine Frage. Zu deinem Vater. Kannst du mir genau erzählen, was vor und nach seinem Tod passiert ist?«

Das tat sie. So gut sie sich erinnerte. Ich hörte zu. Als sie geendet hatte, sah ich auf die Uhr. Es war nach zwei.

»Danke. Dann mache ich mich wieder auf den Weg«, sagte ich, woraufhin sich ihr Gesicht wieder verdunkelte und so finster wurde, wie es gewesen war, als ich gekommen war. Warum waren junge Frauen nur so launisch?

»Wo in aller Welt willst du jetzt hin?«

»Darüber habe ich noch nicht nachgedacht.«

»Der Westausgang ist ja wohl gestorben. Und um zu

Asai zurückzufahren, müsstest du um diese Zeit ein Taxi nehmen. Was du sicher vermeiden willst ...«

»Das stimmt ... Ich hatte eigentlich vor, zu Fuß zu gehen.«

»Idiot. Willst du verhaftet werden? Der einzige Ort, an dem du sicher bist, ist hier.«

»Und was ist mit dir? Junge Frau, ganz allein.«

»Versuch's nur. Ich kann mich wehren.«

»Das ist gut«, lachte ich. »Dann nehme ich das Angebot an und bleibe hier bis zur ersten Bahn. Ich kann etwas Schlaf gebrauchen, und du auch.«

Sie lächelte. Es war das erste Lächeln seit meiner Ankunft. Sie machte auf dem Absatz kehrt und verschwand im Bad. Ich hörte sie Zähne putzen. Dann sah ich sie ins Schlafzimmer gehen. *Gute Nacht*, sagte sie, bevor sie die Tür zumachte. *Gute Nacht*, erwiderte ich.

Eine Weile dachte ich darüber nach, was als nächstes zu tun sei. Dabei fielen mir fast die Augen zu. Gestern hatte ich keine Sekunde geschlafen. Ich legte mich auf den Teppich. Die Heizung lief, das Zimmer war warm. Ich widerstand der Versuchung, mich dem Schlaf hinzugeben, nur kurz. Nicht viel später war ich fest eingeschlafen.

Wie spät es war, wusste ich nicht. Ich spürte Luft an meiner Wange, die wärmer als die Heizung war. Wärmer und feuchter.

»Schläfst du?« wisperte es in mein Ohr.

»Ja«, erwiderte ich mit geschlossenen Augen.

»Warum fällst du nicht über mich her?«

»Du hast doch gesagt, du kannst dich wehren.«

»Mach mal die Augen auf.«

»Das muss ein Traum sein. Wenn ich die Augen aufmache, platzt er.«

Sie schwieg, lange. Ein Schwirren, dann klatschte es. Die Ohrfeige hatte gesessen. Sie stand einem Faustschlag von mir in nichts nach.

»Schön, attraktiv, reizend. Hast du mich angelogen?«

»Nein. Aber meine Nerven sind scheinbar taub.«

Diesmal währte das Schweigen nur kurz. Es klatschte noch einmal. Ich hörte sie über den Teppich weggehen. Dann knallte eine Tür. Ich öffnete die Augen und machte sie sofort wieder zu. Mein Gesicht brannte, aber der Schlaf kam sofort wieder. So selig hatte ich noch nie geschlafen.

Draußen schien es zu dämmern. Ich sah auf die Uhr. Halb sechs. Meine innere Uhr war durcheinander. Ich sah zu Tokos Schlafzimmertür. Sie war zu wie eine Muschel. Dahinter war es still. Eine Sache, die ich im Sinn gehabt hatte, als ich herkam, könnte ich vielleicht erledigen. Ich stand auf und setzte mich an ihren Computer. Schaltete ihn ein. Auf dem Schirm erschien ein kryptisches Bild. Ich versuchte mich daran zu erinnern, was Toko gestern gemacht hatte. Genau. Sie hatte zuerst ein Passwort eingegeben. Wie war das noch? 5963TOKO. Ich tippte. Aber nichts passierte. Wahllos drückte ich ein paar andere Tasten. Vergeblich. Ich gab auf, schaltete den Laptop aus und sofort wieder ein. Nachdem ich dasselbe Spiel entnervt ein paar Mal wiederholt hatte, hatte ich endlich ein Bild auf dem Monitor, das ich erkannte. Ich wählte eine Zeitung. Gab einen Suchbegriff ein. Es dauerte jedes Mal eine kleine Ewigkeit, bis meine Finger die Buchstaben gefunden hatten. Endlich poppte ein Artikel auf. Ich drückte eine Taste. Ein neuer Artikel poppte auf. Es dauerte eine Weile, bis ich sie alle gelesen hatte. An einem Wort blieb ich hängen. Ich dachte nach. Mein Auge fiel auf Tokos Bücherregal. Dort entdeckte ich ein Wörterbuch, eins, das ich zuletzt im Studium in der Hand gehabt hatte. Als ich das Wort, das ich suchte, endlich gefunden hatte, ging ich zurück an den Computer und schaltete ihn aus. In der Wohnung war es immer noch still. Inzwischen war es kurz nach sieben. Die Artikel waren nicht besonders aufschlussreich gewesen. Die Lektüre hatte mich Zeit und Kraft gekostet. Diese neue Technologie war nichts für mich. Ich packte meinen Mantel. Zog meine Schuhe an. Als ich mich hinausschleichen wollte, fiel mein Blick auf die Gedichtsammlungen auf dem Tisch. Die zu lesen würde ich wohl keine Gelegenheit mehr haben.

Um acht Uhr dreißig stand ich im Eingang des Klinikums der Medizinischen Universität Toyo. Ambulante Patienten kamen nur vereinzelt, und Besucher waren noch keine da. Die Besuchszeit, das hatte ich telefonisch erfragt, begann erst um zehn.

Ich ging zur Chirurgie und stellte mich vor die Anmeldung. Ein blau bekittelter, anständig aussehender Mann mittleren Alters hob den Blick. Ich sah in das Gesicht eines Mannes, der zwar ungefähr so alt war wie ich, aber ein völlig anderes Leben geführt hatte. Es kam mir so vor, als wäre ihm der Kittel, den er wahrscheinlich schon lange trug, zu einer zweiten Haut geworden. Erst recht, weil ich mich in meinem Anzug so unwohl fühlte. Asai hatte mir sogar zeigen müssen, wie man eine Krawatte bindet.

»Guten Morgen«, sprach ich den Mann an. »Ich möchte zu Mayu Miyazaka. Würden Sie mir bitten sagen, in welchem Zimmer sie liegt?«

Sein Blick wurde nervös. Warum wusste ich nicht.

»Darf ich fragen, wer Sie sind?«

»Mein Name ist Shindo. Ich bin Leiter der Mordkommission, Polizeipräsidium Tokyo.«

Der Mann entspannte sich. Nach einem Ausweis verlangte er nicht.

»Ich bitte um Entschuldigung. Es kommen so viele Leute von der Presse, und denen sollen wir das auf keinen Fall sagen, hat uns die Polizei gesagt. Es handelt sich ja um ein Anschlagsopfer, da ist man besonders streng.«

»Wissen Sie, ich komme auch zum ersten Mal, und ich habe meinen Zettel liegenlassen. Da dachte ich, ich frage erst einmal Sie, bevor ich mir die Blöße gebe und im Präsidium anrufe ...« Ich setzte ein freundliches Lächeln auf.

»Sie liegt auf Station C, Zimmer 306.«

»Sind die Kollegen vom Revier Shinjuku auch noch da?«

»Das kann ich Ihnen nicht sagen. Soll ich im Schwesternzimmer nachfragen?«

»Nein, nicht nötig. Ich gehe hoch. Vielen Dank.«

Die Station war neu und geräumig. Saubere Frische lag in der Luft. Niemand von den Ärzten und Krankenschwestern, die mir entgegenkamen, schenkte mir Beachtung. Die Zimmer mit den 300er Nummern lagen am Ende des Gangs. Polizisten waren nicht zu sehen. Vor dem Zimmer 306 blieb ich stehen. An der Tür stand nur ein Name: Mayu Miyazaka. Einzelzimmer. Ich spitzte die Ohren, doch aus dem Zimmer kam kein Laut.

Sachte öffnete ich die Tür. Bis auf eine kleine Gestalt im Bett war das Zimmer leer. Das kleine Mädchen lag eingewickelt in eine Decke mit dem Gesicht zum Fenster. Den Tropf hatte man ihr abgenommen. Leise stellte ich mich ans Bett.

Mayu drehte sich auf die andere Seite. Ich betrachtete ihr schlafendes Gesicht. Die Verletzung auf der Wange war fast vollständig verheilt. Schon bald würde man nicht mehr das geringste davon sehen. Ich zog mir einen Klappstuhl heran und ließ mich darauf nieder. Das kleine Mädchen musste das gehört haben – ihre Augen öffneten sich einen Spaltbreit. Sie blinzelte. Dann sah sie mich verwundert an.

»Guten Morgen«, sagte ich sanft.

»Du?« fragte sie mit dünner Stimme. Und dann etwas lauter: »Der Onkel aus dem Park?«

Ich legte einen Finger über die Lippen. »Du erinnerst

dich aber gut. Genau. Der trinkende Onkel aus dem Park. Es ist noch früh. Lass uns nicht so laut sprechen.«

»Hast du heute auch schon getrunken?«

*Nein*, dachte ich perplex. Heute hatte ich noch nichts getrunken. Seit meinem Eintreffen in Tokos Wohnung gestern abend hatte ich keinen Tropfen Alkohol zu mir genommen. Ich sah auf meine Hände. Sie zitterten nicht. Ich lächelte schwach. »Nein«, sagte ich. »Das habe ich heute wohl vergessen. Wie geht es dir?«

»Gut«, sagte sie. Mittlerweile hatte sie wieder Farbe im Gesicht. »In meinem Kopf ist es noch ein bisschen schummrig, aber das macht nichts.«

»Das freut mich«, sagte ich. »Dann kannst du ja ganz bald wieder Geige spielen. Du hast in einem Wettbewerb den ersten Preis gewonnen, habe ich gehört.«

Sie nickte. »Oh«, sagte sie dann leise, als wäre es ihr erst jetzt wieder eingefallen. »Ich habe ganz vergessen zu üben.«

»Kannst du dich erinnern, wie lange du schon nicht mehr geübt hast?«

»Hm, ich weiß nicht. Was ist denn heute für ein Tag?«

»Heute ist Mittwoch.«

»Hm, dann habe ich seit Samstag nicht mehr geübt.«

»Das stimmt. Seit Samstag ruhst du dich hier aus, nicht wahr. Sag mal, erinnerst du dich noch, was an dem Samstag passiert ist?«

»Ja, jetzt wo ich dich sehe, weiß ich es wieder. Wo ist denn mein Papa?«

Offenbar wusste sie noch nicht, dass ihr Vater ums Leben gekommen war. Derjenige, der ihr das würde sagen müssen, tat mir jetzt schon leid.

»Dein Papa ruht sich in einem anderen Zimmer aus.« Die Lüge hinterließ in meinem Mund einen rostigen Geschmack. »Er hat sich ein bisschen weh getan. Aber bald ist er wieder gesund. Wart ihr eigentlich oft in dem Park, dein Papa und du?«

»Manchmal. Seitdem wir Tante Yuko kennen, geht Papa an bestimmten Samstagen hin.«

»Tante Yuko?«

»Ja. Sie ist sehr schön. Und soll ich dir ein Geheimnis verraten? Du darfst es aber nicht meinem Papa weitersagen.«

»Ich sage es nicht weiter. Was ist es denn?«

»Mein Papa ist in Tante Yuko verliebt. Deshalb zieht er sich immer so schick an und nimmt mich mit.«

»Geht ihr zufällig an jedem dritten Samstag in den Park?«

»Genau. Deshalb nenne ich ihn ›Parktag‹.«

»Seit wann gibt's denn deinen Parktag?«

»Hm … seit dem Anfang vom Sommer.«

»Und warum nimmt dein Papa dich extra mit?«

»Na, weil ich doch der … der Kewpie, nein … Wie heißt nochmal dieses Kind, das einen Mann und eine Frau zusammenbringt?«

»Cupido?«

»Genau. Weil ich doch der Cupido bin. Ich habe nämlich zuerst mit Tante Yuko gesprochen, in dem Park. Und seit wir uns ein bisschen besser kennen, kommt Papa auch mit. Wenn ich dabei bin, kann Papa doch mit Tante Yuko sprechen. Du, Onkel, warum lachst du?«

»Ich freue mich für deinen Papa. Und was ist mit Tante Yuko? War die denn auch in deinen Papa verliebt?«

»Nicht so richtig. Der Papa war unglücklich verliebt.«

Ich verbiss mir das Lachen. Junge Mädchen entwickeln sich rasant. Ihr Vater wurde mir richtig sympathisch. Ein Mann meines Alters, der sich verliebt hatte. Die zarte, unerwiderte Liebe eines hohen Polizeibeamten. Ich musste an seine Ascot-Krawatte denken.

»Habt ihr Tante Yuko letzten Samstag auch getroffen?«

»Ja. Aber Tante Yuko war nie allein. Sie war immer mit anderen Frauen da. Und Papa hat sich mit allen unterhalten, obwohl er sich am liebsten nur mit Tante Yuko unterhalten hätte. Ich hab auch schon gesehen, wie er sie um eine Verabredung bittet, aber das hat nicht geklappt.«

»Wo haben sich die Frauen denn getroffen? Auf dem Platz mit dem Wasserfall?«

»Genau.«

»Und was ist dann passiert?«

»Tante Yuko ist auf einmal so komisch geworden.«

»Wie? Komisch?«

»Sie hat mich weggeschubst.«

»Warum hat sie dich denn weggeschubst?«

»Ich weiß nicht. Und dann kann ich mich an nichts mehr erinnern.«

»Verstehe«, sagte ich. »Kannst du dich erinnern, was davor passiert ist? In der Nähe vom Wasserfall hat doch bestimmt eine große Tasche gestanden, oder?«

»Das stimmt!« antwortete sie prompt. »Mein Papa hat gesagt, ich darf nicht darauf herumturnen. Kurz bevor Tante Yuko und die anderen kamen, kam ein Mann und hat sie mir weggenommen. Er hat seinen Kopf darauf gelegt und angefangen zu schlafen.«

»Ein Mann? Wie sah der denn aus?«

»So wie du. Er hatte auch eine Krawatte. Aber dir steht die Krawatte nicht.«

»Das finde ich auch. Ich weiß auch gar nicht, warum sich die Leute welche umbinden. Kannst du dich an das Gesicht des Mannes erinnern?«

»Hm … Ach ja … das eine Ohr war kaputt.«

»Du hast ja ein tolles Gedächtnis!«

»Der Mann war ja auch komisch. So als würde er halb schlafen. Vielleicht war er betrunken? Bist du auch manchmal betrunken?«

»Manchmal. Aber mittags schlafe ich nicht. Aber wenn der Mann geschlafen hat, wie ist er denn dann zu dir gekommen?«

»Ein anderer Mann hat ihn gestützt.«

»Aha. Und was war das für ein Mann?«

»Der war klein. Dann hat er ihn abgesetzt und ist weggegangen.«

»Erinnerst du dich noch, wie dieser Mann ausgesehen hat?«

»Nein … nicht gut. Er hatte auch eine Krawatte … aber … doch! Er hatte eine Sonnenbrille!«

Im selben Moment ging hinter mir die Tür auf. Ich drehte mich um. Eine Krankenschwester mittleren Alters, eine Kladde im Arm, stand da und sah mich streng an. »So geht das aber nicht! Hatten Sie nicht versprochen, Bescheid zu geben, bevor Sie das Mädchen befragen?«

»Verzeihung. Sie waren vorhin nicht im Schwesternzimmer, als ich vorbeiging.« Ich wandte mich an das Mädchen. »Für heute wollen wir es gut sein lassen, was?«

»Musst du schon gehen?«

Ich nickte.

»Du-u«, sagte sie, als ich mich erhob und zum Gehen wandte.

Ich drehte mich um. »Was denn?«

»Kommst du zu meinem nächsten Konzert?«

»Ganz bestimmt.«

»Welches Lied magst du denn?«

Ich überlegte einen Moment. Dann sagte ich: »Ich mag die *Group Sounds*.«

»*Group Sounds*? Was ist das für Musik?«

»Hm. Wie soll ich dir das erklären? Eine Art Volksmusik, könnte man vielleicht sagen, die aber schon vor sehr langer Zeit ausgestorben ist.«

»Okay. Dann suche ich Noten und übe schon mal. Kommst du mich wieder besuchen?«

»Ja, ich komme ganz bald wieder.«

Ich spürte den eisigen Blick der Schwester, als ich mich kurz vor der Tür noch einmal umdrehte und winkte. Das kleine Mädchen im Bett lächelte.

Ich trat auf den Flur. Ein uniformierter Polizist kam auf

mich zu. Er hatte wohl gesehen, dass ich aus der 306 gekommen war. »Sie da! Wer sind Sie?« rief er mich an.

»Shindo, Mordkommission Polizeipräsidium Tokyo. Ich hatte ein Frage an die Zeugin.«

Der Beamte nahm sofort Haltung an. Der Name Shindo war den unteren Rängen offenbar ein Begriff.

»Ich bitte um Entschuldigung.«

»Keine Ursache«, sagte ich, drehte mich um und ging gemessenen Schrittes den Flur hinunter. Als ich um die Ecke gebogen war, wurde ich schneller, und als ich die Treppe erreichte, begann ich sogar zu laufen.

Als ich die Straße erreichte, war ich außer Atem. Ich hielt ein Taxi an, stieg ein und sagte: »Nach Nishi-Shinbashi, bitte.« Ich musste mich dringend noch einmal mit Asai in Verbindung setzen. Ich würde ihn anrufen, sobald ich ausgestiegen war. *Heute ist wieder wunderbares Wetter*, hörte ich im selben Moment aus dem Radio die glockenhelle Stimme einer jungen Frau. Ich sah aus dem Fenster. Ja. Heute war in der Tat wieder wunderbares Wetter.

# 19

Das Gebäude der Firma Hartec war ein modern aussehendes Hochhaus. Eines der sogenannten intelligenten Gebäude, die sich gerade großer Beliebtheit erfreuten. Ich trat ein und ging zum Empfang. Die beiden Damen erhoben sich. Das passierte heutzutage nur noch selten.

»Ich möchte zu Herrn Canela«, sagte ich.

»Haben Sie einen Termin?«

Ich schüttelte den Kopf. Sie musterten mich von Kopf bis Fuß. Dann sagte die eine höflich: »Tut mir leid, aber Herr Canela empfängt niemanden ohne Termin.«

»Würden Sie ihm bitte sagen, dass Shunsuke Kikuchi ihn sehen möchte. Das kostet Sie einen Anruf, mehr nicht.«

Das schien ihr nicht zu gefallen. Sie beäugte mich kritisch, griff dann aber zum Haustelefon und sagte etwas auf Englisch. Was sie sagte, konnte ich nicht verstehen. Als das Gespräch zu Ende war, sah sie mich verwundert an. Offenbar hatte sie eine andere Reaktion erwartet.

»Er empfängt Sie«, sagte sie geschäftsmäßig, bemüßigt, ihr Erstaunen zu verbergen. »Sein Büro ist im 9. Stock. Bitte melden Sie sich dort am Empfang.«

Ich bedankte mich und ging zum Aufzug.

Im Aufzug war ich allein. Ich rekapitulierte, was Asai mir vorhin am Telefon erzählt hatte. Ich hatte ihn unmittelbar vor meinem Besuch bei Hartec angerufen. Noch während ich darüber nachdachte – *Es gibt Neuigkeiten aus dem Dezernat für Organisierte Kriminalität. Ich weiß jetzt, warum die so in Hektik sind* – hielt der Aufzug an. Ich stieg aus. Am Empfang gegenüber wusste man anscheinend schon Bescheid. Ein Mann im Anzug kam auf mich zu. Herrn Canelas Büro befände sich am Ende des Gangs rechts. Ich schritt den stillen Flur hinunter.

An der Tür hing ein goldenes Schild mit schwarz eingraviertem Namen: Alfonso Canela. Ich klopfte. »Come in, please«, antwortete eine tiefe Stimme. Behutsam öffnete ich die schwere Tür.

Das Büro war groß. Und unvorstellbar luxuriös. Was dieser Luxus gekostet haben mochte, überstieg meine Vorstellung erst recht. Rechts gab es eine weitere Tür. Die Wand gegenüber war komplett verglast. Ja, heute war wirklich wunderbares Wetter. Die Sonne strahlte. Vor der Fensterfront stand ein Schreibtisch. Darauf eine Vase mit einer Handvoll schneeweißer Kosmeen. Dahinter die schmale Silhouette eines Mannes, hinter dem sich das Panorama der Stadt ausbreitete. Er trug einen exklusiven Anzug. Meine Schuhe versanken im Teppich, als ich auf den Schreibtisch zuging.

Der Mann drehte sich um. »Zweiundzwanzig Jahre, so lange ist es her, dass wir uns das letzte Mal gesehen haben, Kikuchi«, sagte Kuwano leise.

Er setzte ein sanftes Lächeln auf. Dasselbe wie früher. Zweiundzwanzig Jahre. Genug Zeit, alles zu ändern. Sogar sich selbst. Wie erstaunlich, dass ein Mensch, der sich von Grund auf geändert hatte, dasselbe Lächeln aufsetzen konnte wie früher. Und wie leicht es ihm fiel!

»Lange her ist relativ«, sagte ich. »Sind wir uns nicht erst vor vier Tagen über den Weg gelaufen? Im Park? Du hast mich allerdings nicht gegrüßt.«

Er blinzelte. »Ich habe damit gerechnet, dass du kommst. Früher oder später. Dass du so schnell bist, hätte ich allerdings nicht gedacht.«

»Das Alter hat mich ungeduldig gemacht. Dich offenbar nicht. Ein *so* ausgeklügelter Plan setzt eine Menge Geduld voraus.«

Er musterte mich. »Wahrscheinlich hast du recht«, sagte er dann. Seine Stimme war ruhig.

Sein Gesicht hatte sich kaum verändert. Im Vergleich zu früher war es hohlwangiger und von einem Hauch Hochmut überzogen. Ganz spurlos war die Zeit auch an ihm nicht vorbeigegangen.

»Darfst du überhaupt Japanisch reden?« fragte ich. »Als Kind japanischstämmiger Einwanderer, das was weiß ich wo aufgewachsen sein soll?«

»Woher weißt du das?« fragte er ungerührt.

»Hartec, wurde mir gesagt, habe vor zwei Jahren durch einen ausländischen Investor und den Einzug eines Ausländers in den Vorstand für Schlagzeilen gesorgt. Daraufhin habe ich mich an den Computer gesetzt und recherchiert.«

»Interessant«, sagte Kuwano. Ein Lächeln umspielte seine Mundwinkel. »*Du* hast dich an den Computer gesetzt …? Du siehst nicht so aus, als könntest du einen bedienen.«

»Ich bin auch nicht scharf darauf, es noch einmal zu tun. Wie dem auch sei: Herr Canela ist bekannt für seine Abneigung gegen Interviews. Er hat niemandem eins gegeben. Die meisten Artikel über ihn geben also nicht viel her. Abgesehen davon, dass seine Familie japanische Wurzeln hat. Aber jetzt pass auf. Es gibt einen Artikel von einem Journalisten, den eine New Yorker Wirtschaftszeitung zu Milner & Ross geschickt hat, und in dem steht an einer Stelle etwas über den finanzkräftigen Investor Canela, nicht viel, nur dass er von manchen Leuten ›Vrai‹ genannt würde, Englisch und Spanisch spreche, aber ansonsten ein wortkarger und rätselhafter Mensch sei. Was mich wunderte, war der Spitzname. Wieso Vrai? Aus Alfonso würde man doch eher Al machen? Und ich gebe zu, es hat eine Weile gedauert, aber dann erinnerte ich mich an meinen Französischkurs, an dem ich so gut wie nie teilgenommen hatte. Ich hätte nicht gedacht, dass ich in meinem Alter noch einmal ein Wörterbuch konsultieren würde. Und, was finde ich? Deinen Namen: Vrai. Wahr. Makoto. Den hast du wohl noch aus Pariser Zeiten, hat nur ne Weile gedauert, bis ich drauf kam. Weißt du, was mich überhaupt darauf gebracht hat, diese Firma zu recherchieren? Ihr alter Name: *Hotta Industries*. Da fiel es mir wieder ein. Nämlich dass das die Bekleidungsfirma war, in der du damals diesen rasanten Aufstieg hingelegt hast. Damals war der Betrieb allerdings noch in Shibuya.«

»*Hotta*. Diesen Namen hat dir der komische Yakuza verraten«, sagte Kuwano immer noch lächelnd. »Wie hieß der noch? Asai, nicht wahr?«

»Genau«, lächelte ich säuerlich. Wieso wurde Asai immer als »komischer Yakuza« bezeichnet? Selbst von Kuwano?

»Ja, du hast recht: nach außen spreche ich nur Englisch und Spanisch. Selbst im Restaurant spreche ich nur gebrochen Japanisch. Aber hier sind wir allein.«

Er kam um den Schreibtisch herum und streckte die linke Hand aus. Eine normale Geste für jemanden, der lange im Ausland war. Aber ich ergriff sie nicht. Ich betrachtete seinen rechten Arm. Er hing normal herunter, die Hand an seinem Ende weiß behandschuht.

»Tut mir leid«, sagte ich. »Ich habe keine Lust, dir die Hand zu schütteln. Selbst wenn du mir die Prothese hingehalten hättest.«

Kuwano ließ die Hand wieder sinken. »Du weißt es?« sagte er und fasste sich an die Schulter.

»Nicht nur ich. Die Polizei unterzieht den Arm, den sie nach der Explosion im Park gefunden hat, gerade einer neuen DNA-Analyse. Du weißt schon, der Arm, den man aufgrund deiner Fingerabdrücke für deinen hielt. Man hat daran nämlich Spuren von Formalin gefunden, was nahelegt, dass diese Schlussfolgerung womöglich etwas voreilig war. Außerdem hat man einen einzelnen Finger sichergestellt, von dem man nicht weiß, zu wem er gehört. Es ist also nur eine Frage der Zeit, bis die Polizei dahinterkommt, dass du im Park einen konservierten Arm entsorgt hast.«

Kuwano verzog keine Miene. »Kann man Körperteile so gut konservieren?«

»Du hast das beste Beispiel dafür geliefert. Wenn man einen Experten hat und genug Geld in die Erhaltung steckt, scheint es zu funktionieren. Ich habe einen Fachmann gefragt. Es gibt ein Lösungsmittel, mit dem man die Kapillargefäße erweitert und Blutgerinnsel löst. Damit spült man das Blut aus. Dann spritzt man Formalin. Anschließend braucht man den Teil nur noch in Formaldehyd zu legen. Lenins Leichnam soll auf diese Weise konserviert worden sein.«

»Gratuliere. Ich hätte nicht gedacht, dass du so schnell einen Fachmann findest.«

»Es ist ein Obdachloser.«

»Ein Obdachloser?«

»Wundert dich das? Auf der Straße gibt's die tollsten Typen. Der Mann, der mir erzählt hat, wie man Leichen konserviert, war Professor für Rechtsmedizin. Aber es gibt auch andere. Der alte Mann, der für dich sterben musste, zum Beispiel, hieß Genzo Kawahara. An den konnte sich eine Augenzeugin sehr gut erinnern, dem fehlte nämlich ein Ohr. Das hat ihm seinerzeit ein Stahlträger auf einer Baustelle abgerissen. Es war *sein* Blut, das du in deinen konservierten Arm gespritzt hast, damit er möglichst *frisch* aussieht. Und dann hast du ihm auch noch KO-Tropfen oder etwas ähnliches verabreicht und ihn dorthin geschleift, wo die Bombe postiert war. Dann gibt es Obdachlose, die zu Tode gefahren werden. Der junge Tatsumura zum Beispiel, der einem vermeintlichen Unfall zum Opfer fiel. Die haben alle dieselbe Luft geatmet wie du und ich.«

Kuwanos Lächeln war unverändert. Wenn man nicht wüsste, dass er ein Mörder war, hätte man dieses Lächeln glatt attraktiv finden können.

»Das wusste ich nicht. Für diese Dinge war Mochizuki zuständig. Den alten Mann hat er aus einer Gruppe älterer Männer gepickt, die alle keine Familie mehr hatten. Natürlich nicht ohne vorher die Blutgruppe und so weiter in Erfahrung zu bringen.«

»Mochizuki, ach ja? Das bezweifle ich. Warum sollte ausgerechnet er dir helfen? Deine Bombe hat damals seinen Schwager in die Luft gejagt.«

»Früher hast du statt ›ich‹ immer ›icke‹ gesagt.«

»Die Zeiten haben sich geändert. Ich bin keine zwanzig mehr. Beantworte meine Frage.«

»Das ist ganz einfach: Jeder Mensch hat einen Siedepunkt.«

»Kannst du mir das bitte erklären? Du weißt doch, für mich muss es einfach sein.«

Kuwano legte wie ein Kind den Kopf schief und sah mich an. »Du hast zuletzt offenbar in einer Bar gearbeitet. Was verdient man denn da so im Schnitt pro Jahr?«

»Letztes Jahr war es knapp eine Million. Warum?«

»Ich habe Macht.« In seiner Stimme lag eine gewisse Verachtung. Bildete ich mir wenigstens ein. »Die Macht des Geldes. Und Geld ist sehr mächtig. Nimm einen Menschen, egal wen, einen x-beliebigen Menschen, und leg ihm Geld hin. Nicht *dein* Jahreseinkommen, natürlich, das entlockt hier niemandem auch nur ein müdes Lächeln, nein, leg ihm das Zehnfache hin, 10 Millionen. Was glaubst du passiert? Er zuckt. Oder er zuckt nicht. Wenn er nicht zuckt, auch gut. Dann legst du ihm das Hundertfache hin, 100 Millionen. 100 Millionen Yen in bar. In dem Moment, wo du jemandem 100 Millionen unter die Nase hältst, ist der Kampf in den meisten Fällen entschieden. Die Gier besiegt die Vernunft. Der Mensch verändert sich. Wie Wasser, das bei 100 Grad seinen Aggregatzustand ändert. Natürlich gibt es Leute, die selbst bei 100 Millionen nicht zucken. Denen muss man dann entsprechend mehr bieten. Aber jeder kommt unweigerlich irgendwann an seinen ganz persönlichen Siedepunkt. Das haben mich die vergangenen zwanzig Jahre gelehrt.«

»Dass man Menschen so genau berechnen kann, ist mir neu.«

»Das ist *dir* vielleicht neu. Aber es ist so. Oder willst du sagen, dass du eine Ausnahme bist? Ich habe bisher noch keine erlebt.«

»Ich weiß nicht. So viel Selbstvertrauen habe ich nicht. Wie du wissen dürftest, bin ich Alkoholiker. Und Alkoholiker haben keinen Stolz. Aber was du damit wohl sagen wolltest, ist, dass Mochizuki seinen Siedepunkt erreicht hat.«

Kuwano nickte. »Ja. Bei 100 Millionen bar auf den Tisch ist er weich geworden. Nach meiner Rückkehr nach

Japan habe ich die Familie des Polizisten aufgesucht, der damals ums Leben gekommen ist. Irgendwie muss die Sache mit der Autobombe an mir genagt haben. Bei dieser Gelegenheit bin ich Mochizuki begegnet. Bei ihm hat mich der Siedepunkt besonders gereizt. Jetzt arbeitet er für mich. Offiziell ist er Leiter der Planungsabteilung. Ins Büro kommt er aber nur selten, eigentlich ist er direkt mir unterstellt und übernimmt besondere Aufgaben. Ich habe in dieser Firma eine Menge Befugnisse.«

»Hast du deinen Büroleiter auch benutzt? Das war doch Nagahama, der zusammen mit ein paar Rowdies einen harmlosen Barkeeper aufgemischt hat, oder?«

»Gut erkannt. Den habe ich kündigen lassen. Ich brauche ja auch Leute hinter den Kulissen.«

»Das hast du also in den vergangenen zwanzig Jahren gelernt? Wie man Leute benutzt?«

»Nicht nur das.«

»Da hast du recht: Nicht nur das. Du kannst jetzt auch andere Dinge. Zum Beispiel: Massaker. Warum hast du Yuko ermordet? Warum hast du Oberrat Miyazaka ermordet? Und warum mussten all die anderen Leute sterben?«

Kuwano deutete auf das Sofa neben sich. »Das ist eine lange Geschichte. Wollen wir uns nicht setzen?«

»Nein«, antwortete ich.

Schweigend starrten wir uns an.

»Ich sehe schon«, sagte Kuwano still. »Du hast dich nicht verändert. Du stehst immer noch im Ring. In deinen sechs Kämpfen hat dich keiner besiegt. Und auch jetzt willst du nicht verlieren. So muss es sein. Du bist immer stehen geblieben. Du hast immer gekämpft.«

Ich rührte mich nicht, sah ihn nur einfach weiter an. Dieser Gedanke wäre mir nicht im Traum gekommen, aber vielleicht hatte er sogar recht. Vielleicht tat ich unbewusst genau das. Ich wusste es nicht. Kuwano kannte mich, er kannte mich gut. Vielleicht sogar besser als ich mich selbst. Ich zog Asais Revolver aus der Tasche. Kuwano zeigte keine Regung. »Schau. So weit ist es mit mir gekommen.«

»Was willst du damit?«

»Im Notfall benutzen, natürlich. Warum hast du Yuko und Miyazaka ermordet?«

Kuwano seufzte. »Gut, aber vorher will ich dir erzählen, wie es mir ergangen ist, nachdem sich unsere Wege getrennt hatten.«

»In Ordnung, aber mach's kurz.«

»1971. Ich flog nach Paris. Entschlossen, früher oder später in die Botschaft zu gehen, wie abgemacht. Dann passierte etwas Merkwürdiges. Vor mir tat sich eine neue Welt auf. Der alte Widerstandsgeist in mir flammte wieder auf. Obwohl ich damit doch längst abgeschlossen hatte. Natürlich hatte ich dir gegenüber ein schlechtes Gewissen. Ich hatte dich nicht vergessen. Aber ich fing wieder an zu diskutieren, zuerst mit meinen Kommilitonen. Über die kam ich dann in Kontakt mit dem Pariser Ableger einer lateinamerikanischen Organisation. Und als mir Interpol auf die Pelle rückte, bin ich über diese Verbindung nach Lateinamerika gegangen. Das war 75.

Wohin genau, ist ja egal. Es ist ein kleines Land. Nennen wir es X.«

»Was war das für eine Organisation?«

»Sie hieß *Coléra de tierra*. ›Wut der Erde‹. Eine Gruppe linksradikaler Guerillakämpfer, die sich damals als die wahren Erben Che Guevaras betrachteten. Kennst du die?«

»Nein.«

»Hätte mich auch gewundert. Hierzulande kennt die praktisch niemand. Kleine Organisation in einem fernen Land. Aber wie dem auch sei. Ich habe dort eine militärische Ausbildung gemacht und gelernt, wie man mit Waffen umgeht. Nicht nur mit so was Einfachem, was du da in der Hand hältst. Die Tage gingen dahin, und ehe ich mich versah, war ich ein anderer. Letztlich hatte wohl auch ich einen Siedepunkt. Wenn auch unabhängig von Geld. Ich war jetzt Terrorist. Ich war sogar an einem Attentat auf ein Mitglied der Regierung beteiligt. Eines Tages überfiel uns die Armee. Sie nahm uns, wie üblich, in Präventivhaft, die muss nicht einmal begründet werden. Aber anders als sonst mischten sich diesmal die Japaner ein. Die Botschaft schickte den Ersten Sekretär, und der forderte meine Auslieferung.«

»Toru Miyazaka.«

Kuwano lachte. »Gut kombiniert.«

»Wenn man gezwungen ist, sich näher mit der Polizei auseinanderzusetzen, lernt man das ein oder andere dazu. Zum Beispiel, dass die meisten Karrierepolizisten etwa zehn Jahre nach Dienstantritt für eine Weile ins

Ausland gehen, an eine japanische Botschaft, wo sie in der Regel den Posten des Ersten Sekretärs bekleiden. Als mir klar wurde, dass der Anschlag auch einen rein terroristischen Aspekt hat, wusste ich, dass Miyazaka ein Ziel gewesen sein muss. Ich brauchte also nur eins und eins zusammenzuzählen.«

»Einen rein terroristischen Aspekt, interessant. Wie bist du darauf gekommen?«

Ich antwortete nicht.

»Naja, ist ja auch egal«, sagte er und fuhr fort. »X hat meine Auslieferung jedenfalls abgelehnt. Heute würde die Entscheidung vielleicht anders ausfallen. Japan zahlt schließlich beträchtliche Entwicklungshilfen. Aber damals war die Situation anders. Je kleiner das Land, desto größer sein Stolz. Es wurde verhandelt, und Miyazaka revidierte seine Forderung: Keine Auslieferung, stattdessen forderte er, mich vor Gericht zu stellen und hart zu bestrafen. Dieser Forderung kam man schließlich nach. Und obwohl es keinen einzigen Beweis gab, nur Miyazakas einseitige Aussage über das, was 71 in Japan passiert war, hat man mich zu einem Terroristen erklärt und ins staatliche Gefängnis geschickt. Ein Gefängnis, vom dem es hieß, dass man zwar hinein-, aber nicht wieder hinauskommt. Da sitzen auch einfache Mörder ein. Aber egal. Das interessiert hierzulande ja niemanden. Für mich hat sich damals auch niemand interessiert. Aber gut, so konnte ich einige höchst aufschlussreiche Erfahrungen machen ...«

Kuwano lächelte wieder. »Wusstest du, dass es Stromboxen gibt?« Das Lächeln in seinem Gesicht war wie eingemeißelt.

»Stromboxen? Was soll das sein?«

»Damit werden Gefängnisinsassen gefoltert, aber von den Wärtern. Den Wärtern, wohlgemerkt! Die foltern nicht, um irgendetwas aus den Gefangenen herauszupressen. Die foltern zum Spaß, nur zum Spaß. Eine Strombox ist knapp einen Meter breit und ungefähr mannshoch. Aufrecht passt man gerade so rein. Die Front ist aus Glas, damit man dich sehen kann. Da stellen sie dich rein. Die Wände stehen unter Strom. Und eine Elektrode kleben sie dir an den Schwanz. Du darfst dich also nicht bewegen. Aber irgendwann wirst du müde, fängst an zu schwanken. Und sobald du irgendwo anstößt, kriegst du einen Schlag. Glaub mir: Du kannst dir nicht vorstellen, was das für Schmerzen sind, wenn du es nicht selber erlebt hast. Und weißt du was: trotz dieser Schmerzen kriegst du'n Ständer. Darüber lachen sich die Wärter halbtot. Folterinstrument mit Spaßfaktor, ohne Witz. Das hätte ich mir nie träumen lassen, dass Menschen sich so was einfallen lassen. Alle drei Tage haben sie mich in die Box gestellt, zehn Stunden lang.«

Stumm sah ich ihn an. Sein sanftes Lächeln war unverändert. Die Zeit war nicht spurlos an uns vorbeigegangen. Aber vielleicht war es nicht dieselbe Zeit gewesen. Vielleicht hatte jeder seine eigene gehabt. Ich sah ihn einfach nur weiter an.

»Das war natürlich nicht alles«, sprach Kuwano weiter. »Das Gefängnis als solches war der reinste Dschungel. Ich war schwach, viele Männer haben sich an mir vergangen. Auch das habe ich Miyazaka zu verdanken.«

»Und dann bist du ausgebrochen«, sagte ich. Warum Miyazaka hatte sterben müssen, war mir jetzt klar.

»Ja, ich bin ausgebrochen. Ich dachte, zwei Jahre, längstens, sonst bin ich fertig. Nach einem Jahr habe ich mich also an den gefährlichsten Typen des ganzen Gefängnisses rangemacht. Ich wurde seine ›Geliebte‹. Dann brachte ich ihn auf die Idee, gemeinsam auszubrechen. Und, um es kurz zu machen: Er legte ein paar Wärter um, und der Ausbruch glückte. Sobald wir draußen waren, habe ich ihn natürlich kaltgemacht.«

»Du tust mir leid«, sagte ich. »Selbst wenn es dir vermutlich egal ist, du tust mir wirklich leid. Aber was hat das mit Yuko und den anderen Leuten zu tun?«

»Lass mich noch ein bisschen weitererzählen«, sagte Kuwano. »In der Hauptstadt von X habe ich mir eine neue Identität zugelegt. Als Sohn japanischer Einwanderer. Das war nicht schwer. Anfang des Jahrhunderts waren genug Japaner nach Lateinamerika ausgewandert. Und begann ein neues Leben. Ein ganz normales. Für dich tat es mir leid, aber nach Japan zurück wollte ich nicht mehr. Aber dann verliebte sich ein Mädchen in mich. Ihre Familie bat mich, sie zu heiraten. Ich konnte nicht ablehnen. Sie nahmen mich auf wie einen Sohn. Ihr Vater war ein mächtiger Mann. Er hatte sogar Einfluss auf den Präsidenten, und welche Sorte Mensch in Lateinamerika so einflussreich ist, kannst du dir wohl denken.«

»Jemand, der Koka anbaut, verarbeitet und in großem Stil illegal vertreibt.«

»Genau. Selbst als Barkeeper weißt du noch, was in der Welt so vor sich geht.«

»Schade, dass du keine Achtung mehr hast.«

»Achtung?«

»Früher hättest du niemanden für seinen Beruf verachtet.«

Ein Schatten glitt über sein Gesicht. Er zuckte die Schultern. »Kann sein.«

»Was Kokain angeht, habe ich das ein oder andere gehört. In den letzten zwei, drei Jahren gingen die Drogenprobleme der USA auch hier durch die Presse. An einem Artikel im Zusammenhang mit Kolumbien bin ich hängengeblieben. In Medéllin, der zweitgrößten Stadt Kolumbiens, gibt es das sogenannte Medéllin-Kartell. Dieser Name tauchte mehrfach auf. Ebenso der Name Escobar. Es sollen sogar Pläne aufgetaucht sein, das Gefängnis, in dem Escobar einsitzt, aus der Luft zu bombardieren.«

»Pablo Escobar Gaviria. Ja, auf den und ein paar seiner engsten Vertrauten waren die Amerikaner ziemlich scharf. Auch das Cali-Kartell hat sich gegen ihn zur Wehr gesetzt. *Die* wollten das Gefängnis bombardieren. Der einzige, der außerhalb Kolumbiens Gegenwehr leisten konnte, war mein Schwiegervater. In X wurde zwar nicht soviel Koks produziert wie in Kolumbien, aber es funktionierte. Um die Regierung in Schach zu halten, arbeitete mein Schwiegervater mit der Guerilla zusammen, deren Mitglied ich gewesen war. Sie bildeten praktisch eine Einheit. Für die Guerilla war das ein einträgliches Geschäft. Als Mitglied der Familie hatte ich plötzlich Macht. Aus dem einfachen Terroristen war ein Mann geworden, der Tausende von Menschen befehligen konnte. Eines Tages wurde ein Attentat auf mich verübt. Leute von einer kleinen Organisation zündeten ganz in meiner Nähe eine Bombe. Dabei verlor ich meinen Arm. Aber bevor ich das Bewusstsein verlor, habe ich einem meiner Leute gesagt, er soll ihn mitnehmen. Der könnte mir noch nützen, habe ich gedacht. Wer weiß, vielleicht habe ich damals schon geahnt, wozu ich ihn benutzen würde.«

Ich erinnerte mich an das Bild im Park nach der Explosion. An den offenen Arm, der – wie zum Spaß – auf einem einzelnen Bein gelegen hatte.

»Ja«, sagte ich. »Es ist genau so gekommen, wie du es dir vorgestellt hast. Nur, dass ein alter Mann dafür sterben musste. Aber das allein war nicht der Grund dafür, dass du zurückgekommen bist.«

»Natürlich nicht. Für meine Rückkehr nach Japan gab es mehrere Gründe. Einer davon liegt wohl auf der Hand.«

»Der Ausbau des Drogengeschäfts.«

»Genau. Japan ist im Gegensatz zu anderen Ländern praktisch unerschlossen. Weißt du, wie viel Kokain die Behörden im letzten Jahr in Japan sichergestellt haben? Läppische einunddreißig Kilo. In Amerika wird das Zeug tonnenweise beschlagnahmt. Im Umlauf ist mehr als das Zwanzigfache davon, aber selbst diese Menge, um dir eine Vorstellung der Produktionsverhältnisse zu geben, lässt sich locker im Heimbetrieb erwirtschaften. So jungfräulich wie der Markt hier ist, kannst du den Stoff vier oder sogar fünfmal so teuer verkaufen wie in den Staaten, das macht den Markt so attraktiv.«

»Und hier kommt die Eguchi-*gumi* ins Spiel.«

Kuwano nickte. »Für so eine Kooperation brauchst du ein großes Unternehmen. Als sich herausstellte, dass der Mann, der mir im Sondierungsgespräch gegenübersaß, der kleine Junge von damals war, war ich natürlich überrascht. Aber damit war die Sache schnell entschieden. Zum einen entstammt er einer alteingesessenen Yakuzafamilie und weiß, was sich gehört. Zum anderen kann er rechnen. Unsere Interessen deckten sich.«

Jetzt wusste ich, warum der neue *kumicho* »drück ab« gesagt hatte, als Asai ihm den Revolver vor die Nase hielt. Der Tod würde das Geschäft nicht gefährden. Das war das, woran Leute an der Spitze glaubten.

Ich seufzte. »Aber das war nicht der einzige Grund, stimmt's?«

»Natürlich nicht. Ein anderer ist Geldwäsche. Auch hier steckt Japan noch in den Kinderschuhen. Die Dividendensätze sind so gut, dass ein Teil des Gewinns schön gewaschen wieder in den Kreislauf zurückfließt. Ich beschäftige mich sogar hauptsächlich mit Investitionen, und das mit einigem Erfolg.«

»Verstehe. Das erklärt aber nicht, warum du dich ausgerechnet bei Hartec eingekauft hast.«

»Ich kannte die Firma, schließlich hatte ich dort gearbeitet. Außerdem ist sie börsennotiert, aber nur im 2. Segment. Da wird nicht so genau hingeschaut, wenn jemand Aktien kauft. Aber das waren nur die Hauptgründe. Es gab auch andere. Das alte Management konntest du in der Pfeife rauchen. Das hatte mich früher schon gestört. Die innerbetriebliche Prüfung, die ich vornahm, ergab, dass sich niemand an mich erinnerte und das Management immer noch so unfähig war wie früher. Wenn die Firma nicht Glück mit Immobiliengeschäften gehabt hätte, wäre sie schon längst untergegangen. Ein guter Start für meinen Rachefeldzug.«

»Rachefeldzug? Gegen wen? Gegen ein unfähiges Management?«

»Nein. Hartec sollte nur die Basis für den Rachefeldzug gegen Japan sein. Das Land, das mich zu dem gemacht hat, was ich bin. Verstehst du? Japan ist ein Drecksland. Wirtschaftlich fett, aber Dreck. Und es produziert nicht mehr als Dreck. Das wurde mir in der Strombox endlich klar. Und dieses Land wollte ich von innen heraus zersetzen. Das Werkzeug hatte ich schon. Sieh dir nur Amerika an. Dass sie den Drogen den Kampf angesagt haben, beweist, dass sie die Zeichen der Zeit erkannt haben. Dass sie erkannt haben, welche Macht Drogen haben. Dass sie ein Land von innen heraus zerstören können. Dass Drogen effektiver sind als jede Waffe.«

Ich starrte ihn an. Kuwanos universaler Hass auf das Böse war zu einem Hass auf Japan geworden.

»Du hast dich wirklich verändert«, seufzte ich unwillkürlich. »Du hast dich völlig verändert.«

»Wahrscheinlich«, erwiderte Kuwano tonlos. »Die Erfahrungen haben mich verbogen. Und die Zeit bleibt nicht stehen.«

*Das stimmt. Die Zeit bleibt nicht stehen.* Ich hätte mich umdrehen können und wortlos das Zimmer verlassen. Aber noch war der Kampf nicht zu Ende, noch hatte es nicht gegongt.

»Aber warum hast du dich noch eines Verbrechens schuldig gemacht, bevor du zurückgekommen bist? Abgesehen von denen in Lateinamerika. Warum hast du Yukos Mann umgebracht?«

»Wie kommst du darauf, dass ich Yukos Mann umgebracht habe?«

»Der Grund für den Unfall waren manipulierte Bremsen. Ziemlich mieser Scherz, findest du nicht auch?«

»...«

»Außerdem hat jemand Yukos Gedichte gestohlen. Dafür kann es nur eine Erklärung geben. Sie hat etwas geschrieben, das ich verstehen würde. Und das musste verhindert werden. Wer Tokos Telefon abgehört und das Manuskript gestohlen hat, liegt auf der Hand. Ihr habt euch in New York getroffen, stimmt's?«

Jetzt hatte er zum ersten Mal beinah unmerklich gezuckt. »Du hast das Manuskript gefunden?«

»Ja.«

»Und? Was hat sie so geschrieben?«

»*Wenn er mordet / der Terrorist / dreht er ihn dann auch so / den blauen Sonnenschirm?*« zitierte ich aus dem Gedächtnis.

»Aha.« Kuwano wiegte den Kopf. »Und was ist das Besondere daran?«

»Dieses Gedicht ist das einzige ihrer New Yorker Stadtszenen, das aus dem Rahmen fällt. Gestern bin ich in der Zeitung über das Wort ›Terrorist‹ gestolpert. In dem Artikel, in dem es vorkam, hieß es, dass es sich bei dem Sprengstoff, der beim Anschlag verwendet wurde, offenbar um Militärsprengstoff handele. Und dass dieser Sprengstoff aus dem Ausland eingeführt worden sein müsse. Du weißt, meine Phantasie ist begrenzt. Die einzige Verbindung zwischen Yuko und dem Anschlag, die ich sehe, ist hier. Dieses Gedicht legt nahe, dass es in Yukos Umfeld einen ›Terroristen‹ gegeben haben muss. Wo sollte der herkommen? Bei einer Frau, die im Ausland ein ganz normales Leben führt. Ich kenne nur eine Person, die ein solches Bild heraufbeschwören kann. Du hast es eben selbst gesagt. Der Terrorist aus diesem Gedicht ist real. Und als ich es las, wurde mir klar, dass dieser Anschlag eine terroristische Komponente hat. Ich finde übrigens interessant, über was ihr so alles geredet habt.«

Er sah mich lange schweigend an. »Das Gedicht kannte ich nicht«, murmelte er dann.

Ich sah ihn an. Das Lächeln auf seinem Gesicht war verschwunden. Sein Blick war in die Ferne gerichtet. Er schwieg, lange. Dann sagte er leise: »Du hast recht. Ich war in New York. Seit meiner Ankunft in Amerika bin ich Canela. Mein Familienname wäre bei der Einreise aufgefallen. Ziel war der Aufbau einer Investitionsfirma, um Geld zu waschen. Aber die Wege des Herrn sind unergründlich. Ich hätte nie gedacht, dass mir auf der Fifth Avenue Yuko über den Weg laufen würde. Von da an trafen wir uns häufiger. Wir verabredeten uns. An den Tag aus dem Gedicht erinnere ich mich gut. Es war Sommer, und heiß. Die Sonne war so intensiv, dass ich auf der Fifth Avenue einen Sonnenschirm kaufte. Yuko hatte Eis gegessen, ihre Finger klebten. Deshalb hielt ich den Schirm. Der Griff war aus Holz. Ich ließ den Schirm kreiseln wie einen von diesen Handpropellern, mit denen ich als Kind gespielt habe. Yuko lachte darüber. Sie war schön. Es war ein friedlicher Tag.«

Kuwano blickte zu Boden.

»Ja. Ich habe ihren Mann umgebracht. Der Grund ist einfach. Ich wollte sie für mich alleine haben. Das ist alles. Was das Umbringen von Leuten angeht, bin ich Profi. Es macht mir nichts aus, und in seinem Fall war's einfach. Ich manipulierte die Bremsen seines Autos, fuhr neben ihm her, zwang ihn zu dem Unfall. Der Bronx River Parkway ist zweispurig und kurvenreich. Da gibt es schnell mal einen Unfall. Die Polizei hat nicht einmal richtig ermittelt.«

Kuwano sah mich kurz an, wandte den Blick aber sofort wieder ab. Er ging zum Fenster. Und betrachtete den noch immer strahlend blauen Himmel. Ich musterte seinen Rücken, seine kleine Gestalt, die Arme. Nichts, was unnatürlich aussah. Die Prothese war wirklich gut gemacht.

»Wusste sie es?« fragte ich.

»Vielleicht. Gesagt hat sie nichts, aber ich nehme an,

sie vermutete es. Muss sie ja wohl, sonst hätte sie kaum dieses Gedicht geschrieben.«

»Warum hast du sie umgebracht?«

»Wegen dir natürlich«, sagte er, ohne sich umzudrehen. »Warum sonst?«

»Du willst die Wahrheit wissen? Ich erzähle sie dir.« Kuwano wandte sich um. Im Gegenlicht war sein Gesicht nicht mehr als ein schwarzer Schatten. »Yuko hat mich fasziniert. Und nicht erst seit unserem Wiedersehen in New York. Nein, immer schon. Seit den Protesten, seit unserer Besetzung von Nr. 8. Aber sie war damals schon in dich verliebt. Das war mir während der Proteste schon klar geworden. Ich war eifersüchtig. Wegen Yuko, aber nicht nur wegen Yuko. Ich war eifersüchtig, weil du mir überlegen warst. In jeder Beziehung überlegen warst. Du warst cool. Wirklich cool. Nicht gleichgültig. Nein. Wie soll ich sagen, wie eine Eiche auf einer Frühlingswiese, unabhängig und unerschütterlich, so kamst du mir vor. Nichts und niemand konnte dich besiegen. Vielen war das gar nicht bewusst, aber Yuko wusste es auch. Deshalb fühlte sie sich zu dir hingezogen. Du hast mich besiegt. Ohne es auch nur zu ahnen. Aber so war's. Auch mit dem Boxen. Ich hätte das nicht gekonnt, und ich meine, nicht nur körperlich nicht gekonnt. Mir hätte auch die seelische Kraft dazu gefehlt. Aber du hast nach den Protesten nur so gestrotzt vor Kraft. Bei jedem deiner Kämpfe hätte ich vor Eifersucht platzen können. Gleichzeitig – und das war noch schlimmer – habe ich mich dafür geschämt. Wenn ich mich nicht so für meine Eifersucht geschämt hätte, wer weiß, dann wäre vielleicht alles anders gekommen. Aber ich konnte diese Scham nur ein einziges Mal vergessen. Yuko war allein in deiner Wohnung, du warst nicht da. In dem Moment vergaß ich meine Scham und wurde zum Schuft. Anfangs wehrte sie sich, irgendwann lag sie nur noch da wie tot. In diesem Moment spürte ich keine Selbstverachtung. Zu ihrer Ehrenrettung sei gesagt, dass sie danach bei dir ausgezogen ist. Der Grund für ihren Auszug war ich. Sie war ein anständiges Mädchen. Deshalb wollte sie dir auch nie wieder unter die Augen treten. Sie wollte dein Bild von mir nicht zerstören.«

Ich stand da, wortlos. Mein Denken setzte einen Moment lang aus, dann stand mir schlagartig wieder alles vor Augen. Die Tage der Unruhen. Die Tage, die wir zu dritt verbracht hatten. Jede Szene. Sie stachen mir in die Augen, verursachten gleichzeitig auch ein wehmütiges Ziehen im Magen. Die Zeit floss an mir vorbei. Gut zweiundzwanzig Jahre waren vergangen. Gut zweiundzwanzig Jahre, in denen ich nicht die geringste Ahnung gehabt hatte.

»Soll das heißen ...« Die Stimme versagte mir. »... Soll das heißen, dass du die Bombe damals gebaut hast, um dich gegen mich zu wehren?«

»Ich weiß es nicht. Aber es spielte wohl eine Rolle. Vielleicht dachte ich, dass ich dir damit Paroli bieten kann. Den Bau einer Bombe rechtfertigt das natürlich nicht. Aber so war es wohl. Ich war eben schwach. Es heißt nicht umsonst, dass jedes Werkzeug, das nur der Zerstörung dient, für die Schwachen ist.«

Er schwieg. Ich lauschte der Stille.

»Ja«, hörte ich seine Stimme wieder. »Ich habe das Telefon ihrer Tochter abgehört. Und ja, ich habe die Gedichte gestohlen. Aber nicht, um sie vor dir zu verbergen. Ich wollte sie selber lesen. Das Gedicht, das du eben rezitiert hast, war nicht in dem Manuskript, das ich mitgenommen habe. Die, die ich gelesen habe, waren zum größten Teil an dich gerichtete Liebesgedichte. Aber lass uns noch mal auf New York zurückkommen. Als ich Yuko in Amerika wiedertraf, wurden meine alten Gefühle für sie wieder wach. Und was sie angeht, nun, ich nehme an, die Zeit hatte ihre Wunden geheilt, oder es war dem Umstand geschuldet, dass wir uns im Ausland begegneten, jedenfalls schien ihr unser Wiedersehen nicht unangenehm zu sein. Wir begannen, uns häufiger zu sehen. Aber für sie war es reine Nostalgie. Sie hat dich nie vergessen können. Bei jedem Treffen sprachen wir am Ende unweigerlich über die alten Zeiten und über dich. Und irgendwann wurde mir klar, dass es zwecklos war. Weißt du, an welchem Punkt du alle Hoffnung aufgibst? Wenn du einer unumstößlichen Tatsache ins Auge siehst. In der Strombox konnte ich noch hoffen. Hoffen, irgendwann wieder herausgelassen zu werden. Aber in diesem Fall? Nein. Und wenn du keine Hoffnung mehr hast, kommt jede Hilfe zu spät. Ich habe mir Mühe gegeben, mir nichts anmerken zu lassen, aber ich glaube, sie wusste es. Deshalb ist sie gegangen. Nach dem Tod ihres Mannes, vielmehr, nachdem ich ihn ermordet hatte. Du magst lachen, aber dass sie nach Japan zurückgehen könnte, daran hatte ich ihm Traum nicht gedacht. Die Zeit verging. Viel Zeit. Letztes Jahr kehrte auch ich nach Japan zurück. Aber nicht als der, als der ich damals gegangen bin. Sondern als Canela. Was ich hier als erstes gemacht habe, kannst du dir wohl denken.«

»Ja, das kann ich. Du hast die vergangenen zweiundzwanzig Jahre auf den Kopf gestellt. Auf den Kopf gestellt wie eine Spielzeugkiste. Du hast Leute ausfindig gemacht. Yuko. Miyazaka. Mich wahrscheinlich auch.«

Der Schatten nickte.

»Das beantwortet aber nicht die Frage, warum du Yuko umgebracht hast«, sagte ich mit harter Stimme.

»Hast du es immer noch nicht verstanden? Das, was ich nicht haben kann, mache ich kaputt. Das ist, was aus mir geworden ist. Ein Monster.«

Ich sah ihm ins Gesicht. Ein Gesicht, von dem ich nicht einmal sagen konnte, ob es überhaupt einen Ausdruck hatte. War das für ihn der einzige Ausweg gewesen? *Das?*

Kuwano fuhr fort: »Ich wollte mich an Miyazaka rächen. Als ich erfuhr, dass er und Yuko sich einmal im Monat zufällig am selben Ort befinden, konnte ich es gar nicht fassen. Ein Geschenk des Himmels! Das Ziel meiner Zerstörungswut und das Ziel meiner Rache an ein und demselben Ort! Ich hatte den Plan sofort vor Augen. Wie ich schon sagte, mein Schwiegervater ist ein mächtiger Mann. Er hat einen Posten im Innenministerium. Was bedeutet, dass man mich in der hiesigen Botschaft kennt.

Mir in einem Diplomatenkoffer Militärsprengstoff mitbringen zu lassen, war also einfach.«

»Yuko wusste, dass du Erfahrungen mit dieser Art Sprengstoff hast, stimmt's?«

»Ich habe es ihr erzählt, in New York. Sie hat sehr interessiert zugehört. Als ob es ein spannendes Märchen wäre. Für sie hatte es keinen Bezug zur Realität. Die Strombox, die Sache mit Miyazaka, ich habe ihr alles erzählt. Auch die Sache mit der Autobombe. Ich wollte wahrscheinlich nur, dass sie sich für mich interessiert. Aber meine Mühe war umsonst. Aber deswegen wusste sie sofort, was los war. Als ich mich ihr im Park zeigte. Sie sah auf die graue Reisetasche neben sich, und in dem Moment wusste sie Bescheid. Sie schubste Miyazakas Tochter in das Blumenbeet. Im selben Augenblick drückte ich auf den Knopf der Fernbedienung. Der Platz ist wie eine Schüssel konstruiert. Von da, wo ich stand, konnte ich gefahrlos zünden.«

»Aber in einem Punkt hast du dich verrechnet.«

»Nein, in zweien. Nishio hat das Mädchen nicht umgebracht. Die Tochter von Miyazaka. Die meintest du doch eben mit Augenzeugin, stimmt's? Er hätte sie wenigstens vom Tatort wegbringen sollen. Aber damit war er angesichts der Ausmaße des Anschlags wohl überfordert. Gut, man darf eben kein unfähiges Personal einsetzen. Das zweite, womit ich nicht gerechnet habe, ist, dass du Kontakt zur Obdachlosenszene hast. Ich hätte nicht im Traum daran gedacht, dass man den Alten identifiziert. Aber das ist ja mal wieder typisch für dich. Wahrscheinlich kennst du die Szene besser als die Behörden. Aber dass Miyazaka sich ausgerechnet in Yuko verliebt – das war wirklich Ironie des Schicksals.«

»Und die vielen Unschuldigen? Fallen die auch in diese Kategorie?«

Kuwanos Mundwinkel zuckten. Er begann zu lachen. Erst leise, dann immer lauter und schließlich fast hysterisch. »Nein, das sind die üblichen Kollateralschäden. So macht man's halt in Lateinamerika. Das ist keine Erfindung von mir. Erinnerst du dich an den Avianca-Flug 203? Die Maschine, die 89 infolge einer Bombenexplosion abstürzte? Weißt du, warum man die in die Luft gejagt hat? Weil sich an Bord Informanten befanden, die gegen das Medellín-Kartell aussagen wollten. Bei dem Anschlag sind über 100 Leute ums Leben gekommen. Aber so macht man das eben in Lateinamerika. Für uns ist das normal.«

»Für dich vielleicht, für *uns* wohl kaum. *Du* machst es so. Letztlich ist noch nicht einmal ein richtiger Terrorist aus dir geworden. Du bist ein gemeiner Mörder, weiter nichts.«

Kuwanos Lachen wurde noch hysterischer. »Weiter nichts ist gut. Außer Yuko und Miyazaka war doch noch jemand da.«

»Du meinst mich?«

»Genau. Noch eine Figur, die durch wundersame Fügung auf dem Spielfeld erschien.«

»Spielfeld?«

»Wie ich eben sagte. Du warst mir immer überlegen.

Ich hatte nie auch nur den Hauch einer Chance gegen dich. Als ich herausfand, dass du bei schönem Wetter in den Park gehst und trinkst, habe ich mich gefreut. Ich dachte, jetzt kann ich es endlich mit dir aufnehmen.« Sein hysterisches Lachen verstummte abrupt. Es wurde still. Beängstigend still. Unfähig, mich zu rühren, stand ich da. Das einzige, was ich spürte, war das Zittern meines innerlich erkaltenden Körpers.

»Willst du damit sagen, dass das alles nur ein Spiel war? Du hast Genzo Kawahara ermordet, um eine Leiche zu haben. Du hast deinen Arm am Tatort deponiert. Du hast Nishio auf mich angesetzt. Du warst der anonyme Anrufer beim Präsidium. Noch am selben Abend schlagen mich ein paar Typen von der Eguchi-*gumi* zusammen. Als ich mit Asai auf der Autobahn unterwegs bin, werden wir von zwei Typen auf einem Motorrad angegriffen, was halb nach Einschüchterung, halb nach Theater aussah, und mich verwirrte. Das alles war nur ein Spiel? Ein *Spiel?*«

Kuwano sah zur Seite. Jetzt konnte ich, wenn auch nur vage, sein Gesicht wieder sehen. Es war völlig ausdruckslos. »Du sagst es. Ein Spiel. Es sieht allerdings so aus, als ob ich schon wieder verloren hätte. Ich rufe extra im Präsidium an, und du entkommst ihnen. Du lässt dich nicht einschüchtern, egal, welchen Druck man auf dich ausübt, du bleibst immer cool, genau wie früher. Zwanzig Jahre, und du hast dich nicht im geringsten verändert. Als der Anruf von der Rezeption kam, war es mir plötzlich klar: Gegen dich kann ich einfach nicht gewinnen.«

»Gut«, sagte ich und hob, einem plötzlichen Impuls folgend, die Waffe. »Dann wollen wir die Sache doch ein für allemal klären.«

Ich zielte auf Kuwano. Meine Hand zitterte nicht. Ich spannte den Hahn. Kuwano zeigte keine Regung. Sein Gesicht blieb ausdruckslos. *Ist das mein Siedepunkt?* dachte ich. *Gibt es auch bei mir einen Punkt, an dem ich nicht länger ich selbst bin?* Ich stand da und überlegte. Irgendwann, ich weiß nicht, wie viel Zeit vergangen war, begann die Waffe in meiner Hand zu zittern.

»Du kannst es nicht«, sagte Kuwano. »Du kannst mich nicht erschießen.«

Das löste meine Starre. Ich umfasste die Waffe mit beiden Händen und verstärkte – ganz langsam – den Druck meines Fingers am Abzug.

Dann knallte es.

# 20

Die Vase auf dem Schreibtisch zerbarst. Die weißen Blüten der Kosmeen wirbelten wie in Zeitlupe durch die Luft. Wie auf Kommando sahen Kuwano und ich in die Richtung, aus der der Schuss gekommen war. In der Seitentür des Zimmers stand ein Mann, eine Waffe in der Hand. Asai. »Ich störe nur ungerne, aber Mord passt einfach nicht zu dir«, sagte er. Ich sah verblüfft auf seine Waffe. Er grinste.

»Die hier?« fragte er. »Ich besitze selbstverständlich mehr als eine Waffe. Hatte ich das nicht erwähnt?«

»Wie hast du mich gefunden?« fragte ich.

»Deine Freundin rief heute früh an. Du wärst verschwunden, sagte sie. Aber offenbar erstellt ihr Computer automatische Backups, aus denen sich ersehen ließ, auf welchen Seiten du warst. Und da ist der Name dieser Firma aufgetaucht. Nachdem du dir gestern einen Anzug von mir geliehen hast, brauchte ich also nur noch eins und eins zusammenzuzählen. Ich hab mich sofort ins Auto gesetzt und bin hergefahren. Als du mich heute morgen angerufen hast, stand ich schon auf der anderen Straßenseite und hab dich beobachtet.«

Ich seufzte. Mein Arm war schon gesunken. Die Mündung meines Revolvers zeigte zu Boden.

»Du bist also Asai?« fragte Kuwano. Die Situation schien ihn zu belustigen.

»Genau der«, erwiderte Asai. »Und ich war so frei, mir eure Unterhaltung anzuhören, jedes Wort. Ich kann gegen dich aussagen. Und ich bin nicht der einzige. Deine rechte Hand – bildlich gesprochen – Mochizuki kann auch gegen dich aussagen. Zwei Stunden, bevor Shimamura, nein, Kikuchi hier aufgetaucht ist, ist der mir heute morgen nämlich als Beifang sozusagen ins Netz gegangen. Wir sind hinter's Gebäude, wo er auf meine freundliche Aufforderung hin alles ausgespuckt hat. Die Sache mit Mochizuki betrifft auch mich, ich musste das klären.«

Dann sah er mich an. »Der Tatsumura, von dem du gesprochen hast, den hat er tatsächlich umgebracht. Er hat zugegeben, ihn angefahren zu haben. Ihn bloß einzuschüchtern schien ihm nicht zu reichen. Ich hätte nicht gedacht, dass er so schwach ist. Sich ausgerechnet von jemandem kaufen zu lassen, dem er Rache geschworen hat, und dann wie ein Hund mit dem Schwanz zu wedeln. Der hatte keine zweite Chance verdient.«

»Wie bist du reingekommen«, fragte Kuwano.

»Ich habe Mochizuki gebeten, mir sein Büro zu zeigen, das Büro des Planungsleiters, mit diskret vorgehaltener Waffe, versteht sich. Ich gebe zu, nicht ganz die feine Art. Wenn du wissen willst, wo er ist: Er liegt da hinten auf dem Boden, allerdings bewegungsunfähig. Meine

Schläge sind vielleicht nicht mehr das, was sie mal waren, aber dafür reicht's noch.«

Kuwano sah mich an. Auf sein Gesicht hatte sich erneut ein Lächeln gemalt. »Du hast interessante Freunde.«

»Sieht so aus.«

»Du solltest dir vielleicht mehr Gedanken um dich selbst machen, Mister Canela. In Kürze wird's hier von Polizisten nur so wimmeln«, sagte Asai und wandte sich zu mir. »Lass uns gehen. Um den Rest können sich die Bullen kümmern.«

»Hast du die gerufen?«

»Nein, deine Freundin. Sie hat sich Sorgen gemacht, dass du in Schwierigkeiten stecken könntest. Ich hab ihr geraten, eine Stunde zu warten und dann die Bullen anzurufen. Das ist jetzt genau ne Stunde her.«

Ich sah Kuwano an. Das Lächeln auf seinem Gesicht war mild. Geradezu friedvoll.

»Kikuchi«, sagte er. »Ich weiß, es steht mir nicht zu, dich um etwas zu bitten, aber tust du mir einen Gefallen?«

»Was?«

»Leihst du mir deinen Revolver?«

»Was willst du damit?«

»*Game over*, hast du damals gesagt. Erinnerst du dich noch? Das hier ist die Wiederholung. Aber diesmal ist das Spiel wirklich zu Ende. Mit den hiesigen Behörden möchte ich nichts zu tun haben.«

Asai setzte an, etwas zu sagen, ich gebot ihm mit der Hand zu schweigen. »Das kann ich nicht«, sagte ich zu Kuwano. »Der Revolver gehört mir nicht.«

»Gut, dann will ich dir noch eines sagen: Als du herkamst, wusste ich, dass ich verloren habe. Ich habe die Niederlage akzeptiert und dir alles erzählt. Alles, bis auf eins ...«

»Nämlich?«

»Warum ich das Telefon von Toko Matsushita abgehört habe.«

»Warum hast du?«

»Weil sie meine Tochter ist.«

Stumm sah ich ihn an.

»71«, sagte er leise. »An dem Tag, als ich dir den Ausflug vorschlug, habe ich Yuko getroffen. Das war das letzte Mal vor unserem Wiedersehen in Amerika. Dass sie kurze Zeit später geheiratet hat, wirst du wissen. Mir hat sie es in New York erzählt.«

Ich sah ihm lange ins Gesicht. Ein merkwürdiges Funkeln lag in seinem Blick. Es war der Blick eines Mannes, der alles aufgegeben, der alles akzeptiert hatte. Ich sah ihn lange an. Und dann verstand ich. Das war das Ende, das er herbeigesehnt hatte. Ich *sollte* ihn finden. Dieses »Spiel« sollte mich zu ihm lotsen. Ein so cleverer Mensch wie er hätte andernfalls niemals Militärsprengstoff benutzt, sondern irgendwelche Stoffe, die man den Linksextremisten zurechnen würde, hätte nicht zugelassen, dass man Fingerabdrücke von Genzo Kawahara findet, hätte nicht die Eguchi-*gumi* für einen so ausgeklügelten Angriff eingespannt, hätte sich nicht ausgerechnet bei seinem früheren Arbeitgeber eingekauft. Nein, auf dieses Ende hatte es hinauslaufen sollen, von Anfang an.

»Ich glaube dir nicht«, sagte ich. »Aber weißt du was? Ich bin auch alt geworden. Da wird mir niemand Vorwürfe machen, wenn ich mal was vergesse.«

Ich spürte Asais Blick, als ich den Revolver auf den Schreibtisch legte. Aber er sagte nichts. Auf Kuwanos Gesicht zeigte sich wieder ein Lächeln. Es war das Lächeln eines Menschen, der seinen Frieden gefunden hat.

»Danke. Ich bin froh, dich noch einmal gesehen zu haben.«

»Das kann ich von mir nicht behaupten. Den anderen Kuwano, den Entmenschlichten, den hatte ich nicht sehen wollen.«

»Es musste so kommen. Das ist das Schicksal der Generation, die damals gekämpft hat.«

»Wir leben nicht das Leben einer Generation. Wir leben jeder unser eigenes Leben. Das müsstest du doch am besten wissen.«

Ich drehte mich um. Asai folgte wortlos.

Wir traten auf den Flur und zogen die schwere Tür hinter uns zu. Ein kurzes, trockenes Geräusch. Der Schuss verklang ohne Widerhall.

Schweigend gingen Asai und ich den Flur hinunter. »Stromboxen ... mein lieber Mann«, murmelte Asai, während wir auf den Aufzug warteten.

»Ja.«

»Armes Schwein.«

»…«

»Recht eigenwillige Interpretation des klassischen Doppelselbstmords aus Liebe, würde ich …«

»Eine Bitte habe ich«, unterbrach ich ihn.

»Keine Sorge. Ich weiß, wann es besser ist zu schweigen.«

Der Fahrstuhl erreichte das Erdgeschoss. Die Tür ging auf. Vor mir stand Toko. »Du Idiot!« rief sie. Dann quollen ihr auch schon die Tränen aus den Augen und kullerten ihr die Wangen hinunter. Ich sah sie an. Sah ihre Mutter. Und – einen Schatten von *ihm*. »Warum bist du einfach so abgehaun? Ohne was zu sagen?«

»Du hast geschlafen. Ich wollte dich nicht wecken.«

»Ich hab überhaupt nicht geschlafen. Meinst du, ich hätte nicht gehört, wie du auf meinem Laptop rumhämmerst? Und dann schleichst du dich einfach raus wie ein Dieb.«

»Bei dem ist Hopfen und Malz verloren«, mischte Asai sich ein. »Der weiß nicht, dass man morgens erst einmal die Dame des Hauses begrüßt.«

»Du hast dir ja wohl nichts zuschulden kommen lassen, oder?«

Ich wollte gerade antworten, als ich eine Horde Polizisten ins Gebäude stürmen sah. Als sie die Waffe in Asais Hand bemerkten, blieben sie auf der Stelle stehen. Zögern machte sich breit. Im nächsten Moment hörte man einen Befehl. Wie auf Kommando griffen alle an ihre Holster. Asai grinste gequält, dann ließ er seine Waffe fallen. Als sie auf den Boden schlug, sah er mich an: »Wollen wir?«

»Ja.«

»Wohin??«

»Keine Sorge, Mademoiselle. Man wird ihn nicht anklagen.«

»Da wär ich nicht so sicher«, sagte ich. Zusammen schritten wir auf die Polizisten zu.

»Ich warte auf dich«, hörte ich Toko hinter mir. »Hörst du? Ich weiß jetzt, warum meine Mutter dich geliebt hat. Ich weiß es jetzt.«

Asai grinste mich von der Seite an. »Darf ich dir einen Rat geben?«

»Bitte.«

»Im Umgang mit jungen Frauen solltest du dir ein bisschen mehr Fingerspitzengefühl zulegen.«

Zeit, etwas zu erwidern, hatte ich nicht mehr. Im nächsten Moment waren wir von Polizisten umringt. Handschellen klickten. »Vergiss nicht«, hörte ich Asai. »Die Waffen gehörten alle mir!«

Im selben Moment kam ein etwa fünfzigjähriger Polizist auf mich zu. »Wir haben Ihnen einige Unannehmlichkeiten bereitet«, sagte er, als spräche er über das Wetter.

»So würde ich das nicht sagen. Wer sind Sie?«

»Mein Name ist Shindo, Leiter der Mordkommission. Das meiste hat mir die junge Dame am Telefon schon erzählt. Nishio wurde festgenommen. Die Wohn- und Geschäftsräume der Eguchi-*gumi* werden soeben durchsucht – die Beschlüsse hatten wir de facto gestern schon besorgt – die kriegen wir diesmal alle dran.«

»Und was ist mit mir? Was werfen Sie mir vor?«

»Sagen wir: Körperverletzung, unerlaubter Waffenbesitz und Amtsanmaßung – meinen Namen zu benutzen, Sie haben Nerven! – es sei denn, Sie haben sich hier noch etwas zuschulden kommen lassen. Sie sehen, es ist nicht so, als ob wir gar nichts wüssten. Nishio haben wir schwimmen lassen. Unser Ziel war natürlich Mochizuki, aber der war für Nishio eine Nummer zu groß. Und dann die Sache mit dem anonymen Anrufer. Der war nach der Durchsuchung Ihrer Wohnung nicht mehr glaubwürdig. Wir haben den Anruf aber trotzdem vorsichtshalber aufgezeichnet, für den Fall, dass sich doch jemand zu dem Anschlag bekennt. Da wir am Tatort Spuren von Sprengstoff sichergestellt hatten, haben wir den Anruf ein paar von Ihren alten Bekannten und Freunden aus Studienzeiten vorgespielt. Damit war die Sache weitgehend klar.«

»Wollen Sie damit sagen, Sie haben mich zur Fahndung ausgeschrieben, obwohl Sie das alles bereits wussten? Unter *sauberen Ermittlungen* stelle ich mir etwas anderes vor.«

»Na na. Nennen wir es: *ausgeklügelte* Ermittlungsstrategie. Aber wie dem auch sei, dank Ihnen haben wir Gewissheit. Er lebte also noch.«

»Wenn Sie Kuwano meinen: der ist gerade noch einmal gestorben. Ergänzen Sie die Vorwürfe gegen mich um den Punkt ›Beihilfe zum Suizid‹, dann haben Sie's.«

Ein Uniformierter kam auf mich zu. »Keinen Strick«, herrschte Shindo ihn an. »Handschellen reichen.«

Vor dem Gebäude standen geschätzt zehn Streifenwagen. Asai und ich wurden in zwei verschiedene Wagen verfrachtet. Ich saß auf der Rückbank, eingepfercht zwischen zwei jungen Beamten. Der Wagen setzte sich in Bewegung. Die Beamten taten keinen Mucks. Stück für Stück ließ ich das Gespräch mit Kuwano noch einmal Revue passieren. Es würde eine Weile dauern, bis ich alles verdaut hätte. Aber wohl kaum wieder zwanzig Jahre. *Strombox*. Ich schüttelte den Kopf, um das Wort aus meinen Gedanken zu vertreiben. Ich dachte an Yuko. An Yuko an jenem Tag. Ob sie gewusst hatte, dass ich ganz in ihrer Nähe war? Ich wusste es nicht. Und ich würde es auch nie erfahren. Ich dachte an ihr Gedicht. New York. Die Sonne scheint. Sie und Kuwano gehen Seite an Seite die friedliche Straße hinunter. Die Sonne brennt. Kuwano dreht den Schirm zwischen seinen Händen wie ein Kind seine Bambuslibelle. Er lacht.

»An was denken Sie?« fragte mich einer der beiden Beamten.

Ich schwieg einen Moment. Dann hörte ich mich flüstern: »Ich habe heute einen Freund verloren.«

Vor dem Fenster meinte ich auf einmal weiße Kosmeen zu sehen. Im nächsten Augenblick waren sie aber schon wieder aus meinem Blickfeld verschwunden.